DANS

DU MÊME AUTEUR AUX ÉDITIONS ACTES SUD

LE MUR INVISIBLE, 1985 ; Babel n° 44 ; “Les Inépuisables”, 2014 ; Actes Sud audio (lu par Marie-Ève Dufresne), 2019.
NOUS AVONS TUÉ STELLA, 1986 ; Babel n° 150.
DANS LA MANSARDE, 1987 ; Babel n° 1635.
LA PORTE DÉROBÉE, 1988.
SOUS UN CIEL INFINI, 1989.
LA CINQUIÈME ANNÉE, 1992.
LA NUIT, 1994.

Édition préparée avec le concours de Jacqueline Chambon

Titre original :
Die Mansarde

ISBN 978-2-330-12502-8

MARLEN HAUSHOFER

DANS LA MANSARDE

roman traduit de l'allemand
par Miguel Couffon

BABEL

DIMANCHE

De la fenêtre de notre chambre à coucher, nous apercevons un arbre à propos duquel nous ne parvenons pas à nous mettre d'accord. Hubert prétend que c'est un acacia. Il prononce a-g-acia parce que son père, qui était originaire de Görz, prononçait ce mot ainsi. Je ne sais pas si c'est l'usage à Görz ou bien si c'était particulier au père d'Hubert. Il aime les acacias, ces arbres dont on raconte, dans les vieux romans, que le parfum de leurs fleurs est doux et enivrant. Le parfum en est effectivement doux et enivrant. Tous les adjectifs employés dans les romans anciens sont justes. Seulement, il ne faut plus les utiliser aujourd'hui. Pourtant, les fleurs d'acacias auront toujours leur parfum doux et enivrant, aussi longtemps qu'il y aura sur terre un nez, un seul, pour le discerner.

Pour Hubert, cet arbre de l'autre côté de la rue est donc un acacia. En fait, il ne comprend rien aux arbres. Il aime les acacias pour la simple raison que son père, le vieux Ferdinand, qui était à l'époque le jeune Ferdinand, avait coutume de flâner dans une allée d'acacias. Je suppose qu'il ne s'y promenait pas seul, mais en compagnie de quelque jeune fille. Elle portait sans doute une ombrelle tendue de soie jaune et le parfum indicible emplissait la terre entière, une terre ronde et intacte, qui n'existe plus. Le vieux Ferdinand aussi a disparu, mais son fils prétend toujours que l'arbre devant notre fenêtre est un acacia.

Je ne peux que sourire. Pour moi, il s'agit d'un orme ou d'un aulne, ce qui prouve que mes connaissances en matière d'arbres sont également ténues bien que j'aie grandi à la campagne. Mais cette époque est lointaine, et qui sait où j'avais les yeux, en ce temps-là ?

Je n'attache d'ailleurs aucune importance à la connaissance des noms qui figurent dans les livres d'histoire naturelle. « Bel-arbre » est pour moi un terme tout à fait suffisant. Je donne à bien des oiseaux le nom de « rouges-pattes » ou de « plumes-vertes » et tout mammifère dont j'ignore le nom s'appellera « bête-à-fourrure ». Qu'il ait de longues oreilles, une queue touffue, un museau rond, un poil soyeux, ce sera une « bête-à-fourrure ». L'animal en question n'en a cure, il ne déposera pas plainte pour outrage. Quant à l'arbre en face, il se moque bien de savoir quel nom je lui donne. Nous l'appellerons donc orme ou aulne.

Il ne sait pas que j'existe. Sa particularité la plus étonnante est de n'être visible qu'en hiver. Dès qu'il bourgeonne et se couvre de feuilles, on ne le voit plus, jusqu'au jour où son tronc et ses délicats branchages s'élèveront de nouveau, dans leur nudité, sur le fond gris d'un ciel de novembre, et où se reposera l'énigme de son nom.

Hubert se redresse dans le lit et dit : « C'est un *agacia*, il n'y a pas de doute ».

Je m'obstine : « Un aulne ou un orme.

— Tu me prends vraiment pour un être débile, réplique Hubert. Penses-tu que je ne sache pas reconnaître un agacia au premier coup d'œil ? »

En réalité, il ignore absolument à quoi ressemble un acacia, mais je ne dis rien afin de ne pas le vexer. Je ne sais d'ailleurs jamais exactement ce qui pourrait le blesser. Parfois, rien ne l'atteint ; d'autres fois il se froisse pour des détails. Cette histoire d'acacia pourrait sûrement le vexer, comme tout ce qui se rapporte, d'une façon ou d'une autre, à son père. En fait, Hubert pratique un peu, en secret, le culte des ancêtres. Moi aussi, je suis donc prudente sur la question. Je n'ajoutai rien, je m'en tins là et tournai les yeux vers l'arbre.

Un dimanche de février. Cette petite scène se répète tous les dimanches matin. Les autres jours de la semaine, nous n'avons naturellement pas le temps de nous adonner à de tels jeux.

« Un oiseau s'est posé sur l'arbre, annonce Hubert. Un étourneau.

— C'est ridicule ! Il n'y a pas d'étourneaux en hiver, ce doit être un merle. »

Je suis un peu désavantagée parce qu'Hubert est presbyte tandis que je suis légèrement myope. Je ne distingue qu'une petite tache noire sur une fourche du branchage.

« Non, dit Hubert. Ce n'est certainement pas un merle.

— C'est peut-être un verdier. »

Je ne connais pas le véritable nom des oiseaux que j'appelle « verdiers » ; ils ressemblent à de très gros moineaux, mais verts.

« Toi et tes verdiers ! » répond Hubert avec mépris, puis il ouvre un livre, un récit de la bataille de Saint-Gotthard-Mogersdorf, livrée en 1664. Il a une prédilection pour les livres qui racontent d'anciennes batailles et il s'imagine qu'il aurait fait un meilleur stratège que tous ces généraux vieux et croulants. C'est angoissant de voir à quel point ça le chagrine de ne pouvoir corriger le déroulement de nos batailles perdues. Ce n'est pas du patriotisme, je m'en suis rendu compte il y a longtemps, mais un désir ardent de perfection. Les batailles perdues l'attristent, quelles que soient les nations concernées. Pourtant l'étude de ces ouvrages semble le satisfaire et comme on trouve des tonnes de livres consacrés à d'anciennes batailles, il ne manquera jamais de lecture, dût-il vivre cent ans. Ce ne sera vraisemblablement pas le cas et ce ne serait pas souhaitable non plus.

Hubert a cinquante-deux ans et se porte fort bien pour quelqu'un qui ne fait absolument rien pour sa santé. Sa tension est normale. Bien sûr, ses articulations craquent un peu, parfois, et il a perdu quatre dents, mais ce n'est pas considérable. Par contre, il a des cheveux bruns encore assez épais, même si quelques cheveux gris s'y mêlent. Peut-être fume-t-il trop mais il ne boit pratiquement pas. C'est un homme tempérant, légèrement enclin à la pédanterie. Pourquoi ne vieillirait-il pas ? Bien sûr, il travaille trop mais il semble y prendre plaisir, cela ne peut donc pas être vraiment nocif.

Il sourit en se laissant glisser, au milieu des senteurs d'acacias, sur un toboggan qui le ramène en pleine bataille de Saint-Gotthard-Mogersdorf. Il oublie sa femme, l'arbre, et l'oiseau sur l'arbre.

L'arbre s'élève et s'étale sur le fond du ciel, tel un dessin sur du papier de riz gris. Il a un côté un peu chinois. Si on le regarde pendant un long moment, tout du moins si je le regarde, moi, assez longtemps, il se transforme. Le ciel gris-blanc commence à se glisser et à s'arrondir entre les branches, il prend la forme de balles légères et bientôt l'arbre, qu'il soit acacia, aulne ou orme, le tient emprisonné entre la multitude de ses doigts gris-argenté. Si je ferme alors les yeux pour les rouvrir une minute plus tard, l'arbre est redevenu plat comme sur un dessin. Ce tableau ne m'apporte ni tristesse ni joie et je pourrais le regarder pendant des heures. L'instant suivant, la mystérieuse métamorphose recommence, le ciel s'arrondit et se prend dans les doigts aux lignes délicatement brisées.

Mais ce qu'il y a de plus merveilleux dans cet arbre, c'est qu'il peut absorber et éteindre les désirs. Non que j'aie encore des souhaits particulièrement ardents, mais je connais tout de même des inquiétudes, des désagréments et des accès de mauvaise humeur. L'arbre les extrait de mon être, les niche dans les fourches de ses branches et les recouvre de balles de nuages blanches jusqu'à ce que tout se dissolve dans la fraîcheur humide. Je suis alors vide et légère, je peux détourner la tête et me rendormir une demi-heure. Je ne rêve jamais pendant ce temps-là ; l'arbre, acacia, aulne ou orme, est un arbre scrupuleux sur lequel on peut compter.

Je lui en suis très reconnaissante car l'important est de rassembler des forces grâce auxquelles on occupera dignement le temps qui passe. Il n'est pas dans ma nature de briser de la vaisselle et je ne voudrais pas non plus devenir haineuse ou ironique, or, j'aurais une légère tendance à l'être. Il est également néfaste de ressasser ses pensées ou de bouder. Il y a un mot pour cela en Autriche : *mocken*, mais c'est le mot anglais *sulk* qui exprime au mieux cet état qu'il faut à tout prix éviter. Il y a dans le mot *bouder* une nuance incongrue de taquinerie et *ressasser* désigne en fait tout autre chose. Un ermite peut ressasser ses pensées sans déranger personne, mais on n'a jamais entendu parler d'un ermite boudeur. *Mocken* se rapproche de l'idée, c'est une évocation du côté apathique et idiot de la personne atteinte, mais dans le mot *sulk*, il y a tout, avec en plus cette froideur et cette indifférence composée qui doivent blesser la victime. Or je ne veux blesser personne. On voit déjà sans cesse autour de soi beaucoup trop de gens blessés.

Hubert ressasse occasionnellement. Mais il le

fait avec discrétion, assis à son bureau, un journal devant les yeux. Il lui arrive d'aller au café dans cette seule intention. Il ne me viendrait pas à l'idée de l'y accompagner. Si je veux aller dans un café, je m'y rends seule. Ce n'est pas un endroit pour un couple. Mari et femme peuvent faire tout ce que bon leur semble sauf aller s'asseoir dans un café pour y lire le journal. On soupçonnerait tout de suite chez l'un et l'autre une exaspération réciproque.

Il est des fois, naturellement, où nous sommes excédés mais, dès que nous en prenons conscience, nous sombrons dans une profonde mélancolie et attendons que ce navrant état passe. Nous ne pouvons nous permettre de faire durer cette lassitude mutuelle, vers qui nous tournerions-nous alors, qui serait notre soutien ? Les autres sont des étrangers pour nous, nos amis aussi, en fait ce sont plutôt des connaissances que des amis. Même notre fille Ilse nous est étrangère. Elle a quinze ans et ne sait trop par quel bout nous prendre. Elle occupe la plus jolie chambre de la maison car nous voulons qu'elle se sente à son aise et qu'elle soit heureuse. Elle grandit harmonieusement et c'est une jeune fille gaie. Elle me rappelle parfois une de mes tantes qui est entrée au couvent ; la seule différence est qu'Ilse n'entrera pas au couvent, encore que je ne puisse naturellement affirmer cela avec certitude car on voit sans cesse se produire des événements inattendus. C'est une très bonne chose pour Ilse que nous n'ayons pas vraiment besoin d'elle et que nous ne nous attachions pas exagérément à sa personne. Ilse n'appartient pas au cercle très intime. Certains faits se sont produits avant sa naissance et cette enfant est née alors que ses parents avaient achevé leur vie réelle.

Elle est « œuvre posthume », bien que ses parents aillent et viennent comme si de rien n'était. Bon nombre d'enfants sont sans doute dans le même cas sans que personne s'en soit jamais inquiété. Je crois pourtant qu'elle est parfaitement heureuse ainsi. Ses amies l'envient d'avoir des parents qui ne s'occupent d'elle que lorsqu'elle le désire. Combien d'enfants peuvent revendiquer ce bonheur ?

Notre fils, qui a reçu le prénom du père d'Hubert et qui s'appelle donc comme le vieux Ferdinand, n'a pas cette chance. Je ne crois pas qu'il ait jamais été très heureux. Il est né, lui, avant ces événements et il a toujours été au centre de notre vie, à cet endroit où l'eau ne fait jamais de vagues mais où le moindre écart peut précipiter un corps Dieu sait où. Il a dû le ressentir car il estima de bonne heure qu'il valait mieux ne pas trop remuer et surtout s'en tenir à la prudence. Ce n'est pas un lâche pour autant, d'ailleurs il s'appelle Ferdinand, ce prénom impérial lui ayant toutefois attiré les quolibets de ses camarades d'école. Il remercie peut-être le ciel de ne pas avoir permis que son grand-père s'appelât Léopold, ce qui eût été tout à fait possible. Depuis qu'il a vingt et un ans, c'est-à-dire depuis l'année dernière, il sous-loue une chambre dans le neuvième arrondissement. Ferdinand est en effet un héritier. La mère d'Hubert, la vieille épouse du conseiller à la cour, lui a légué tout son argent. A lui l'argent, à Hubert la maison, et encore... uniquement parce qu'elle lui appartenait déjà. Il l'avait reçue de son père ; sa mère n'en avait que l'usufruit. Elle n'a rien légué à Ilse, pas même un bijou. Quant à moi, il va de soi que je n'ai rien obtenu non plus.

Le dimanche, Ferdinand vient souvent déjeuner à la maison. Pendant la semaine, il vient parfois, inopinément, prendre le café et nous avons naturellement sa visite les jours fériés. S'il a quitté la maison, ce n'est pas qu'il ne nous aimait pas, il voulait seulement être libre et indépendant.

L'argent de la vieille suffira bien jusqu'à ce qu'il ait achevé ses études et qu'il puisse subvenir à ses besoins. Hubert enrage en cachette, mais moi, je suis contente. C'est un bien pour Ferdinand de ne pas être obligé de nous demander d'argent et de pouvoir vivre avec l'illusion d'être un homme libre. En vérité, je ne suis pas tout à fait sûre qu'il y croie encore. Il a toujours compris très vite. Voir évoluer autour de soi un fils adulte, né avant les événements, se tenant au cœur du tourbillon, serait une situation déplaisante. Il appartient au cercle intime, ce qui rend difficiles les contacts avec lui. La proximité est chose trop écrasante et tous trois nous n'aimons guère quand elle devient trop étroite.

De toute façon, on ne peut plus rien pour Hubert ni pour moi et nous ne pouvons donc plus être frappés par grand-chose d'autre que par le destin commun, immuable, lot de tout être humain. Ferdinand a donc bien fait de prendre ses distances. Peut-être éprouve-t-il parfois la nostalgie d'un chez-soi bourgeois et confortable mais il vit dans sa chambre en sous-location, méprisant toute langueur, veillant à toujours bien rester au centre de la zone calme et à ne pas poser le pied sur quelque terrain dangereux. Et quel terrain serait plus dangereux pour lui que cette maison ? Il doit se désespérer parfois de ne pas oser faire ce pas qui le projetterait aux confins du monde. Il referme alors ses livres et ses notes et il va au cinéma ou bien il va retrouver des amis. Je n'ai pas la moindre idée des relations qu'il peut entretenir avec les femmes. Il possède un certain charme qui attire sans doute ces orgueilleuses et ces dominatrices qu'il doit justement éviter.

Ilse ressemble à ma mère. Elle est d'un naturel heureux et simple. Peut-être qu'Hubert aussi pourrait être heureux. Qu'il ne le soit pas tient moins à lui qu'aux influences et aux circonstances qu'il n'était pas à même d'affronter. Ferdinand ne ressemble ni à moi ni à Hubert, mais à son grand-père. De façon mystérieuse, il sera toujours ce qu'on a appelé jadis un véritable « monsieur ». Il ne le sait naturellement pas car on ne peut reconnaître des choses ou des états que l'on n'a jamais vus ou jamais vécus. D'un autre côté, il ne peut, à l'évidence, être différent. Ferdinand, étant issu de notre passé lointain, ne peut devenir qu'un anachronisme. Nous nous en rendons compte et ne savons si nous devons nous en réjouir ou nous en attrister, ce qui, de toute façon, ne changerait rien. Nous ne pouvons plus rien changer d'ailleurs ; tout est arrivé et suit son chemin. Nous ne pouvons plus lever le petit doigt. En outre, tout cela n'est que spéculations pour ce qui concerne Hubert, car nous parlons très peu de notre fils, et jamais à propos de choses aussi importantes. Ilse constitue un sujet de conversation anodin, de même que toute personne qui n'appartient pas au cercle intime mais que l'on aime bien pourtant et que l'on apprécie.

Les relations entre les enfants sont pratiquement inexistantes. La différence d'âge est trop importante. Ferdinand considère qu'Ilse est une petite nigaude ; certainement à tort. Ilse considère son frère comme une espèce d'hurluberlu ; on la comprend si on se met à sa place. Parfois Ferdinand offre des bonbons à sa sœur ou bien il l'aide à faire un devoir de latin. Nous n'avons formé de véritable famille que pendant trois ans, de la naissance de Ferdinand jusqu'à cet événement dont nous ne parlons jamais et que chacun d'entre nous cherche à oublier. Par moments, nous l'oublions complètement mais nous ne parvenons pas à en faire disparaître les conséquences.

C'est pourquoi je suis si contente que cet arbre efface tout souvenir en moi et me permette de dormir une demi-heure sans rêves.

Lorsque je m'éveillai, le soleil allait percer le ciel d'hiver gris. C'est une tentative quotidienne du soleil pourvu qu'il ne pleuve ni ne neige. Il n'y parvient presque jamais. Ces efforts ont pour moi quelque chose de très touchant. Un cercle rougeoyant, masqué par la brume, déverse une étrange lumière rose sur la ville. Il donne à l'arbre un brillant humide et transforme ses branches en argent et en cuivre. Je ne peux alors m'imaginer que ce soit un véritable arbre avec des racines en terre et une sève qui, même en hiver, monte lentement en lui. Il ne semble plus avoir de nature organique, il devient un objet d'art qui a pris la rigidité du verre et qui brille.

« C'est vraiment curieux, dit Hubert en posant à côté de lui la bataille de Saint-Gotthard-Mogersdorf. Vraiment curieux. Chaque fois qu'un oiseau vient se poser sur l'arbre, un autre s'envole.

— C'est peut-être un cérémonial, remarquai-je inutilement.

— Que faisons-nous aujourd'hui ? » demanda Hubert.

Je ressentis comme une petite piqûre, rien de très douloureux, comme si on avait touché une ancienne blessure. En me posant cette question, il rejetait sur moi la responsabilité de cette journée. Débrouille-toi pour trouver une occupation qui ne soit pas trop déplaisante, me disait-il ainsi, car le dimanche je ne peux tout de même pas aller au bureau. Tu n'as pas besoin de te creuser la cervelle, tu trouveras bien quelque chose.

C'est un jeu, un des derniers qui nous restent. Il vaut mieux ne pas penser aux jeux du passé. Comme il ne me vient plus rien de nouveau à l'esprit, à moi non plus, je suis forcée de consentir à ce jeu. J'y consens toujours, d'ailleurs, car je suis très soucieuse de ne jamais laisser naître de fausse note, laquelle me troublerait pendant des heures, voire des jours, et je ne peux pas me laisser perturber ainsi.

Ilse était partie une dizaine de jours avec sa classe faire un stage de ski. Mais même lorsqu'elle est ici, elle préfère passer ses dimanches après-midi avec des jeunes de son âge plutôt qu'avec nous. La matinée serait consacrée au rangement et à la cuisine. Nous n'allons presque jamais au restaurant. Nous trouvons horripilant d'attendre que le serveur veuille bien nous apporter l'addition. De plus, la cuisine, même dans les restaurants chers, est lamentable et puis nous n'aimons pas non plus toutes ces odeurs et ces gens assis beaucoup trop près de nous. Nous avions donc à prévoir les seules occupations de l'après-midi. On ne pouvait quand même pas tout le temps écouter des disques ou lire.

« Il y a en ce moment une exposition de peinture française moderne », dis-je timidement. Hubert se contenta de grogner. « On peut aussi jeter un coup d'œil sur le mobilier finlandais.

— Il est vraiment trop laid.

— Alors, on pourrait aller se promener, proposai-je, puis on irait au cinéma voir un film suédois.

— Les Suédois me barbent », dit Hubert.

Moi aussi, c'est pourquoi je n'insistai pas.

« D'ailleurs, je n'aime pas aller au cinéma. Je trouve ces films effrayants.

— Comment cela ? demanda Hubert.

— Je n'aime pas ces visages gigantesques. Tout y est tellement démesuré, ça m'est physiquement désagréable. J'ai peur des géants. Quand sommes-nous donc allés pour la dernière fois au cinéma ? »

Hubert réfléchit. Il est la mémoire de notre couple.

« Il y a sept mois, dit-il. On avait vu quelque chose d'amusant. »

Je me souvenais maintenant.

« Ce n'était pas amusant du tout de voir ces

têtes monstrueuses sur l'écran. On se serait cru chez les ogres quand elles ouvraient leurs grandes bouches garnies de toutes ces dents... et ces rides comme des ravins... et ces femmes qui portent de faux cils, c'en est obscène. Même les couples d'amoureux ressemblent à des couples d'ogres. J'ai vraiment eu peur. »

Hubert fit l'effort de tourner la tête pour me regarder. Ses yeux gris m'étaient apparus jadis arrogants. On aurait dit aujourd'hui de l'eau sous la glace et je pouvais voir quelque chose papilloter dessous, comme de minuscules poissons au fond d'un lac gelé.

« C'est curieux, dit Hubert. Je ne me rappelle pas. Quand tu as peur, tu respires toujours beaucoup plus vite. Je m'en aperçois tout de suite.

— Tu étais tellement absorbé par ce film qui te faisait rire, je m'en souviens bien, tu ne pouvais pas t'en rendre compte.

— Mais avant, tu n'avais jamais peur au cinéma.

— Cela doit venir de la télévision, dis-je rapidement. Une fois qu'on s'est habitué aux nains, on ne supporte vraisemblablement plus les géants.

— Alors, mon Dieu, n'allons pas au cinéma ! conclut Hubert.

— Nous n'avons personne non plus à qui rendre visite ? »

Hubert ne répondit pas, pourquoi l'eût-il fait d'ailleurs, je ne demandais pas cela sérieusement. Nous ne rendons jamais de visite si nous pouvons l'éviter d'une façon ou d'une autre. Nous ne connaissons pas grand monde, nos connaissances respectives ne sont pas les mêmes, nous n'avons pas non plus de parents et, si nous en avions, nous n'irions sans doute que bien rarement les voir.

Je sentais que j'approchais d'un tourbillon qui allait me saisir d'un instant à l'autre. Mais je ne voulais pas encore me laisser prendre. Il fallait que le jeu durât un certain temps ; ce temps n'était pas écoulé.

« On pourrait aller regarder les vitrines des magasins. » Hubert se mit à rire. Je n'aimais pas son rire qui ressemblait un peu à un gloussement sournois. Il y a dans le rire d'Hubert un trait de mauvaise malice qui ne transparaît que rarement, mais qui m'avait plu jadis, car cela faisait partie des petites surprises qui pimentent l'existence. Aujourd'hui ce rire signifie seulement : « Je te comprends, mon amour. » Or je n'aime pas beaucoup que l'on me comprenne aussi bien. « Bon, dis-je avec soumission, je pense que nous pourrions aller à l'Arsenal. »

Satisfait, Hubert se recoucha alors dans ses oreillers et rouvrit son livre.

Lorsque nous ne savons que faire, le dimanche après-midi, nous prenons le chemin de l'Arsenal. Nous invoquons là une solution de fortune alors qu'en réalité nous n'avons nullement l'intention d'aller ailleurs. Je comprends qu'Hubert s'y rende aussi volontiers. Pourquoi je l'y accompagne, je n'en sais trop rien, mais les choses sont ainsi. Je préfère l'Arsenal à toute exposition et à tout autre musée. Je m'y sens tellement chez moi que j'en éprouve quelque inquiétude.

Je jetai un dernier regard sur l'arbre. Le soleil s'était retiré, chagrin, et la lumière rose s'était éteinte. Je me levai et quittai la pièce.

Après le déjeuner, nous allâmes nous promener pendant une heure. Le temps était maussade, froid et surtout calme, ce que je trouvai bien agréable car le vent qui souffle constamment dans cette ville me fait souffrir. Nous bavardâmes tranquillement et aimablement de choses sans importance. Nous sommes effectivement des êtres tranquilles et aimables, la plupart du temps. En fait, nous le sommes toujours. Je ne savais pas encore que le lendemain matin ma vie changerait d'étrange façon. Hubert ne le savait pas non plus. Je suppose qu'il ne le saura jamais, en tout cas je l'espère.

Puis nous allâmes en voiture jusqu'à l'Arsenal. Il est agréable de conduire le dimanche, même en février, bien que ce ne soit pas aussi plaisant qu'en été lorsque la ville s'étend, déserte, et que s'élève une odeur d'asphalte brûlant.

Dès qu'il fut entré dans le hall, Hubert s'acheta une brochure sur la bataille d'Ebelsberg, qui eut lieu en 1809, et une carte avec le portrait du prince Eugène peint par Johann Kupezky. La carte disparaîtra dans son bureau, il ne l'écrira jamais ; à qui Hubert pourrait-il bien écrire une carte ? Sans attendre, il se dirigea d'un pas décidé vers les stéréoscopes qui présentent des scènes de la Première Guerre mondiale. Il croit, en effet, avoir découvert son père sur l'une de ces vieilles photographies. Je ne peux émettre d'avis, je n'y vois qu'un jeune homme maigre dans son uniforme de sous-lieutenant, portant des bandes molletières, le képi légèrement relevé sur le front, fatigué et pensif, les yeux fixés sur une mitrailleuse. La photographie a été prise quelque part dans les montagnes du Tyrol du Sud, elle est déjà un peu jaunie. Je n'ai vu le père d'Hubert que trois fois et à l'époque il avait plus de soixante ans. Ce pourrait être lui, naturellement, mais une quantité de jeunes gens devaient être taillés sur le même modèle.

Quand nous arrivons devant les stéréoscopes, Hubert m'oublie sur-le-champ. Je continue lentement de cheminer à travers les salles bien connues et je regarde les figurines dans leurs vieux uniformes. Elles ont l'air tellement vivantes, dans leurs vitrines, que l'on s'en effraie. Bien sûr, si on les regarde de près, elles ne semblent ni vivantes ni mortes, ce ne sont que des mannequins avec ce qu'ils peuvent avoir d'attirant et d'inquiétant. Je m'y arrête toujours un très long moment. Elles me fascinent. L'Arsenal tout entier est un lieu attirant et inquiétant, c'est peut-être ce qui me fait tant aimer cet endroit. Je visite la salle Radetzky, la salle de l'archiduc Charles, la salle du prince Eugène et je m'étonne secrètement de l'ordre et de la propreté remarquables qui y règnent. Aucun musée dans cette ville n'est aussi soigné, aussi amoureusement entretenu que l'Arsenal. On est surpris mais, au fond, c'est parfaitement naturel et évident. Ma balade se termine, la plupart du temps, devant la tente de Kara Mustafa, la grande tente turque. Parvenue là, je me repose.

Je savais que dehors les voitures roulaient sur l'avenue du Gürtel, que les feux de circulation clignotaient, et je constatai avec un certain malaise que je me sentais davantage chez moi dans ce paisible royaume des morts que dehors, dans la ville des vivants. Je ne suis pas non plus tout à fait sûre que la ville vive réellement, peut-être est-elle un lieu d'ébats pour des figurines qui ont le droit de s'agiter encore un peu avant qu'on ne les enferme dans des vitrines, tels les vieux arquebusiers exposés dans le musée.

J'aime bien être entourée de choses qui ne peuvent pas se rendre compte de ma présence, qui ne m'approchent pas, maquettes d'anciens navires aux voiles gonflées sans le souffle d'aucun vent, nombreux drapeaux et étendards jadis chargés de signification et qui, aujourd'hui, n'avaient que l'importance qu'on accorde à une vieille soie dépenaillée que l'on ne doit pas toucher. Il y avait ici une odeur mêlée d'antiquité, de cuir, d'étoffes râpées et de cire à parquet.

Nous nous retrouvons d'habitude devant la grande tente turque puis nous redescendons les escaliers lentement et sans un mot. Je savais que notre place n'était pas ici mais dehors, dans le monde, avec les voitures et les feux rouges, dans ce monde qui est bien le nôtre et que nous n'avons pu choisir. Mais dans cette maison, le calme et l'effacement crépusculaire du passé avaient la séduction inhérente à toute époque révolue, même si on trouve cette époque détestable ou horrible. Et si elle l'est, c'est bien parce qu'elle est si séduisante.

« Est-ce que tu l'as reconnu, aujourd'hui ? demandai-je.

— Je suis maintenant presque persuadé que c'est lui, répondit Hubert. C'est indéniablement son attitude. Mais je ne pourrai naturellement jamais en être tout à fait sûr.

— Non, tu ne le pourras jamais. »

Nous n'en parlâmes pas davantage. C'était la fin de cet après-midi à l'Arsenal, nous étions dans la rue. Il s'était mis à neiger, à petits flocons imperceptibles, l'air était froid et sentait le propre. Nous n'échangeâmes pas une parole sur le chemin du retour. Hubert devait faire très attention car les rues étaient glissantes et l'un des essuie-glace ne fonctionnait pas bien. J'apercevais à travers un brouillard ce qui se passait devant nous. Il faisait presque sombre et les phares des voitures m'aveuglaient.

Le gazon ras et jaune de notre jardin devant la maison était déjà couvert d'une fine couche de neige et ce spectacle me rappelait quelque chose mais je ne parvenais pas à savoir quoi. Je renonçai à y réfléchir plus avant.

La chaleur était agréable dans la maison. Dans l'atmosphère flottait cette légère odeur de fumée que l'on ne peut jamais complètement supprimer. On distinguait aussi la senteur des épluchures de mandarines posées sur la table, et ce mélange de parfums n'était pas déplaisant. Hubert alla dans sa chambre ; je savais qu'il allait maintenant finir la bataille de Saint-Gotthard-Mogersdorf. Les jours de la semaine, il n'a pratiquement pas la possibilité de lire, en tout cas pas pour son plaisir.

Je savais donc qu'il n'était pas à plaindre, je

montai dans la mansarde et m'assis devant ma table à dessiner. La mansarde m'appartient. Même Hubert n'y entre que lorsque je l'y invite expressément ; cela arrive rarement et tient plutôt d'un rituel. Ainsi, lorsqu'il me fait une confidence, ce qui est exceptionnel, je sais qu'il se sent ensuite mal à l'aise et je lui offre, à titre de dédommagement, un de mes secrets. Mes secrets sont infimes, insignifiants : ce sont surtout des dessins de reptiles ou d'oiseaux, mais je n'ai rien d'autre à offrir. Comme les confidences d'Hubert ne valent pas la peine non plus qu'on en parle, tout est pour le mieux et l'équilibre est rétabli.

Dans la mansarde, je peux dessiner ou peindre. Je peux aussi, quand l'envie m'en prend, marcher simplement de-ci de-là. C'est une habitude qui énerverait Hubert. J'ai hérité d'un unique talent dont je ne sais tirer grand-chose. Jadis, il y a bien longtemps, j'illustrais des livres. Mais Hubert ne souhaite pas me voir gagner de l'argent de cette façon, même le peu que cela me rapporte, surtout depuis que Ferdinand n'a manifestement plus besoin de lui. De mon côté, je suis bien contente de ne pas avoir à m'en tenir aux directives d'un employeur et de pouvoir dessiner ce qui me fait plaisir.

Mes talents sont très restreints ; mais en demeurant dans leurs limites étroites, je suis parvenue à une certaine maîtrise. Je dessine depuis toujours. Après le collège, j'ai étudié le dessin pendant deux ans dans une école. J'y ai appris ce que j'étais en mesure d'apprendre mais cela n'avait pas en réalité grande importance pour moi. Je n'ai toujours dessiné que des insectes, des poissons, des reptiles et des oiseaux. Je ne me suis jamais attaquée ni aux mammifères ni aux humains. Je saurais dessiner les fleurs mais elles ne m'ont jamais beaucoup attirée.

Ces dernières années, je me suis intéressée

presque uniquement aux oiseaux. J'ai un but précis mais je n'imagine pas ce que je ferais si je l'atteignais un jour. C'est peut-être une des raisons de mon absence de progression véritable. Je voudrais dessiner un oiseau qui ne serait pas le seul oiseau sur terre. Je veux dire par là qu'il faudrait qu'on puisse s'en rendre compte au premier coup d'œil. J'ai échoué jusqu'ici et je doute de réussir jamais. Je crois parfois le tenir enfin mais lorsque je regarde le dessin, le lendemain, je vois bien que cet oiseau ignore l'existence de ses congénères. Je saisis le dessin et l'enferme dans l'armoire où s'entassent des piles d'oiseaux solitaires, dessins que nul, hormis moi, ne connaît. Seul Hubert en a vu quelques-uns mais pour lui ce sont tout simplement de petites œuvres d'art, il ne sait pas que tous sont ratés. Une lueur d'espoir réapparaît de temps à autre, mais très rarement. Il y a bien des années, alors que je n'avais pas encore opté pour les oiseaux, j'avais réussi un étourneau qui semblait écouter l'appel étouffé d'un autre étourneau, venant d'un jardin voisin. C'est ce que l'on pouvait penser en voyant sa façon de tenir la tête et ses plumes ébouriffées. Mais ce n'était qu'une impression, il n'y avait pas reconnaissance mutuelle. Pourtant, à l'époque, je fus très heureuse du résultat. Ce petit dessin a disparu pendant la guerre.

J'ai commencé, il y a quelques jours, le dessin d'une hirondelle mais, dès le début, je me suis rendu compte que le choix n'était pas bon. Comme l'on voit toujours des hirondelles voler par groupes, on s'imagine que ce sont des oiseaux sociables. Mais c'est une erreur. Elles volent seulement l'une devant l'autre et ne pensent en fait qu'à leur butin. Mon hirondelle, quant à elle, semblait parfaitement satisfaite de sa solitude volontaire ; ce joli animal décoratif ne se souciait en aucune manière des autres représentants de son espèce. Je travaillai dix minutes sur elle, modifiant ici le dessin, là une touche de couleur. Puis je me levai et marchai de long en large. Je suis bien contente que la mansarde soit située au-dessus de la cuisine. Ainsi je ne peux pas déranger Hubert. Et c'est tellement important pour moi de pouvoir aller et venir, de la table jusqu'au conduit de la cheminée, de l'armoire au divan, du divan à la fenêtre. De la fenêtre je vois le mur de la maison voisine, un mur gris et très laid. C'est bien ainsi car ce mur ne peut pas me distraire. Mes doigts tremblent un peu, comme à chaque fois que je leur interdis de dessiner. Je fermai les yeux et vis l'hirondelle devant moi telle que je la désirais. Je me précipitai à ma table et modifiai légèrement le dessin de l'œil. Elle avait maintenant un air de défi, on aurait cru qu'elle laissait éclater sa solitude joyeuse. Je n'avais encore jamais vu hirondelle si insolente, on eût dit qu'elle se moquait de moi. Son œil criait : « Je suis la seule hirondelle au monde, le ciel en soit loué ! » Je m'énervai tellement que je déchirai la feuille et la jetai dans la corbeille à papier. Ce petit monstre ne survivrait pas, même dans l'armoire.

De nouveau, quelque chose avait échoué et cette fois-ci d'une façon particulièrement provocante. Je me remis à arpenter la chambre et soudain je sus que je ne pouvais m'en prendre qu'à moi. Je ne voulais manifestement dessiner que des oiseaux solitaires. Cette prise de conscience m'occupa longtemps l'esprit mais ne me permit pas d'avancer. Je compris enfin que je ne devais rien commencer de nouveau aujourd'hui et je redescendis au salon.

Hubert regardait les sports à la télévision. Le sport ne le passionne pas, pourtant il laisse rarement passer cette émission. Il regarde d'ailleurs trop la télévision et comme il n'aime pas rester seul, je perds, moi aussi, beaucoup de temps devant le poste. Il ne se rend pour ainsi dire pas compte de ma présence et ne m'adresse pas la parole mais il faut que je sois dans la pièce. Parfois je lis en même temps, mais c'est mauvais pour les yeux parce qu'il fait trop sombre. D'un autre côté, la télévision aussi est mauvaise pour les yeux. Au fond, tout ce que nous faisons est mauvais pour quelque chose et si l'on voulait écouter tous les conseils, il n'y aurait qu'une fois mort que l'on ne ferait plus de mal à sa santé.

Nous restâmes donc jusqu'à onze heures devant le téléviseur et je ne me souviens de rien. Pourtant j'ai gardé tout le temps les yeux ouverts, fixés sur l'écran. Où sont les heures, les jours, les mois et les années que j'ai perdus de la sorte ? Quand je pense à toutes ces choses que je sais sans pouvoir m'en souvenir, je suis effrayée. On est assis dans une prairie paisible et l'on ne soupçonne pas la présence de la bête sauvage qui peut, à chaque instant, surgir de derrière un buisson. Je n'aime pas les surprises.

LUNDI

Le facteur passe toujours vers les neuf heures. Il n'apporte que des réclames ou des magazines auxquels je me suis abonnée dans un moment de faiblesse. Toute la correspondance commerciale et les factures arrivent au bureau d'Hubert. D'autres lettres peuvent naturellement lui parvenir sans que je les voie. Mais je ne crois pas qu'Hubert reçoive de courrier privé. Il n'a plus de famille à part un oncle à Trieste, un très vieux monsieur qui nous envoie seulement une carte à Noël. Les connaissances d'Hubert habitent toutes en ville et peuvent l'appeler au téléphone. Non, je ne vois pas qui pourrait écrire à Hubert.

Moi, en tout cas, je ne reçois jamais de courrier. Ma seule parente, une sœur de ma mère, vit dans un cloître, au Tyrol. Je ne sais d'ailleurs pas si elle vit encore, je n'ai plus jamais reçu de ses nouvelles. Peut-être son ordre est-il si sévère qu'elle ne peut entrer en contact avec le monde extérieur. Peut-être prie-t-elle quelquefois pour moi. Cette pensée est très étrange et touchante. Peut-être a-t-elle simplement oublié mon existence.

Mais ce lundi matin une lettre est arrivée pour moi, dans une enveloppe épaisse, de couleur jaune, avec une adresse écrite en majuscules d'imprimerie. Pas d'expéditeur. J'allai dans la cuisine, très étonnée. J'étais comme un chat qui tourne autour de la marmite et ne veut pas se brûler les pattes.

Je finis par décacheter l'enveloppe. Quelques pages jaunies d'un cahier d'écolier en tombèrent, couvertes d'une écriture serrée que je reconnus tout de suite. C'était en effet la mienne, enfin... celle d'une jeune personne que j'avais été autrefois. Je ne reconnus pas seulement l'écriture, je sus immédiatement ce que j'avais devant moi, même si je n'avais pas revu ces papiers depuis près de dix-sept ans. Je ne ressentis que de la répugnance et ce choc que provoquent toujours chez moi les événements imprévus. Je remis les papiers dans l'enveloppe et les portai dans la mansarde. Je les y cachai dans le tiroir de la table, sous du papier à dessin. Je n'ai pas l'habitude des cachotteries. Mais ces choses-là devaient être cachées, même si elles ne contenaient rien de répréhensible ou d'infamant, même si ce n'était qu'un reliquat du passé que je ne voulais pas qu'on me rappelât.

Puis je redescendis dans la cuisine, bien décidée à ne pas entamer mon système : les choses et les pensées qui concernent ma vie dans la mansarde n'ont pas à pénétrer dans le reste de la maison. Je ne suis pas sinon très ordonnée mais je me suis toujours tenue à ce principe.

Je repris mon travail qui me parut, d'un seul coup, d'une importance extrême. Je me cramponnai à ma grande cuiller à pot et me concentrai entièrement sur mon intention de préparer un *strudel* aux noix. Ceci m'occupa un assez long moment car un strudel aux noix digne de ce nom demande du temps.

A midi, Hubert rentra à la maison et nous passâmes à table. J'avais toujours les idées un peu engourdies, comme si j'avais reçu un coup sur la tête. Hubert ne remarqua rien parce qu'il se plongea tout de suite dans son journal et nous ne parlons jamais beaucoup pendant les repas. La lecture du journal achevée, Hubert alla s'étendre une vingtaine de minutes sur le canapé du salon. J'attaquai le rangement de la cuisine. Je dois m'y mettre tout de suite parce que c'est un travail que j'exècre et dont il faut que je me débarrasse.

Lorsqu'Hubert fut reparti pour son bureau, je jetai un coup d'œil sur le journal, c'est-à-dire que je fis semblant de le lire. Ce qui se passa vraiment pendant ce temps-là, je n'en sais rien.

A trois heures, Ferdinand vint à la maison pour prendre quelques livres. Il est très grand et doit se pencher pour m'embrasser. Sa joue avait une agréable odeur de jeunesse et de vitalité. Ferdinand est plus grand que son père, en cela il ressemble aussi à son grand-père. Je fis du café et apportai le strudel aux noix sur la table. Il faut bien constater que Ferdinand possède un sixième sens pour détecter le strudel aux noix ou quelque autre pâtisserie à travers toute la ville. Toujours est-il qu'il surgit à chaque fois que j'ai fait chauffer le four.

« Est-ce que tout va bien chez vous ? demanda-t-il.

— Comme d'habitude. Papa a de nouveau un œil-de-perdrix, et ces derniers temps je ne dors plus très bien.

— Que se passe-t-il ?

— Je ne sais pas. Je fais peut-être trop de mauvais rêves. C'est peut-être l'âge.

— C'est ridicule. Tu as toujours l'air aussi jeune. »

Il est très persuasif lorsqu'il prononce ce genre de paroles. Je me sentis immédiatement rajeunie et belle. Il me fixait de ses grands yeux noirs et semblait réfléchir. Ses cheveux bruns qu'il venait de laver se dressaient en épis et le faisaient ressembler un peu à un oiseau de nuit que j'avais dessiné autrefois. Je m'imagine que ses yeux étaient bleus jusqu'à l'âge de trois ans, et ses cheveux châtains. Ce n'est, bien sûr, pas possible, les cheveux peuvent foncer, mais les yeux ne changent plus de couleur à cet âge-là. J'ai beaucoup de faux souvenirs, peut-être tous mes souvenirs sont-ils faux, c'est fort possible. La peau de Ferdinand qui était d'un rose brunâtre lorsqu'il était enfant, est pâle maintenant, tirant sur l'olive, mais elle est très claire et pure, ce teint n'est pas très fréquent ici. Il a absorbé comme une éponge tout le ténébreux de ces temps lointains et confus.

Pauvre Ferdinand, on ne sait jamais s'il est heureux de vivre ou non. A son âge, je venais de perdre mon grand-père, du moins ce qui subsistait, c'est-à-dire pas grand-chose, de l'être qu'il avait été. J'étais seule dans cette ville, bien loin, et je savais que j'abandonnais pour toujours les champs et les prés du Danube, la vaste maison et le village qui s'appelait Rautersdorf et qui est toujours indiqué sur la carte. Il me restait seulement un peu d'argent. Je fus très malheureuse à l'époque. Ce n'est qu'un peu plus tard, lorsque je fis la connaissance d'Hubert, que je retrouvai le bonheur. Il dura de ma vingt-quatrième à ma vingt-neuvième année. Je n'avais alors presque plus un sou, pratiquement rien à me mettre, nous n'avions pas de logement à nous, mais j'avais un mari et un fils. Ni l'installation d'un logis ni les soins du ménage ne m'avaient détournée de mes deux hommes, pas plus que des histoires de vêtements, de rideaux, de draps de lit, d'achats coûteux, encore moins la cuisine car le menu était frugal. La plupart de nos amis ne possédaient pas davantage, certains même moins. Nous étions tous en assez bonne santé, pleins d'espoir et entourés d'une ribambelle de gamins. Hubert, qui terminait ses études pour faire ses années de stage, vendit son appareil photo, les cannes à pêche et les fusils de son père, un poste de radio et un microscope. Le vieux Ferdinand était mort peu avant notre mariage. Sa moustache très noire et ses sourcils qui se rejoignaient au-dessus du nez donnaient à son visage un air sombre. Sur des photos de jeunesse, il ressemble à un anarchiste transportant une élégante petite bombe dans la poche de son habit. C'était en fait un homme très bon, qui n'eut jamais un mot discourtois envers sa femme, ce qui, à mon sens, l'élève au rang des saints. Sa dernière fonction fut celle de conseiller au tribunal. Le nom de Ferdinand lui allait bien.

Hubert étudia également le droit, non parce que son père l'y aurait poussé mais parce que les études présentaient entre elles autant ou aussi peu d'intérêt pour lui et que c'était la première chose à laquelle il avait pensé. Il ne vendit pas seulement le matériel de pêche et les fusils de son père, il céda également sa veste à col de fourrure et son smoking. Chaque fois qu'il rendait visite à sa mère, il lui arrachait une de ces affaires qui, de toute façon, lui appartenaient mais dont elle ne voulait pas se séparer. Cette femme avait la plus grande peine à abandonner quelque chose, même lorsqu'elle n'en était pas propriétaire. Il y eut des combats entre la mère et le fils. Elle avait souffert également de devoir abandonner son fils à une femme qu'elle n'aimait pas, ce qui d'ailleurs n'avait pas grande signification car elle n'aimait pour ainsi dire personne.

On ne pouvait pas me reprocher grand-chose. J'étais issue d'une famille honorable même si elle s'était éteinte ; j'avais un peu d'argent. Si celui-ci n'a pas survécu à la guerre, je n'y suis pour rien. J'étais, certes, une enfant de parents tuberculeux, mais j'avais une bonne santé, un joli teint brun-rose et d'abondants cheveux châtains. L'épouse du conseiller n'était pas au courant de la maladie de mes parents. Hubert avait fait mourir mon père de la grippe et ma mère d'une pneumonie. Si je n'avais pas été aussi aveugle dans mon amour, cela aurait dû me servir d'avertissement.

Mais, à l'époque, je m'accommodai de tout. Je ne voulais pas rester seule plus longtemps, il était urgent pour moi de fonder une famille, d'en être le centre, assise tous les soirs sous la lampe, racontant des histoires, personnage fort et tout en rondeur comme le fut mon grand-père. J'oubliais seulement que je n'étais ni forte ni ronde, que je ne pourrais jamais être le centre de quelque chose et que je ne savais pas raconter d'histoires, en tout cas pas celles qui auraient plu à une famille. Je me faisais une fausse image de moi-même et d'Hubert. Si j'avais été telle que je me voyais, le manque d'assurance d'Hubert n'aurait pas pu nous nuire, pas plus que sa mère avec qui j'aurais pu très facilement mettre les choses au point. Mais comme j'étais aveugle et que je ne pouvais distinguer la vérité, l'histoire se termina mal. Quoi qu'il en soit, je me donnai beaucoup de mal en ce temps-là. Je gagnai même ma vie en illustrant des livres d'images et en peignant des cartes. Je ne pouvais, certes, peindre que des plantes, des insectes, des poissons et des oiseaux, mais pour certains livres c'était bien suffisant. Une fois, nous avions eu un pressant besoin d'argent et j'avais tenté de dessiner des cartes de Noël, mais les anges ressemblaient à un vol de chouettes et l'enfant Jésus à une carpe en papillote. Contrariée, je dus laisser tomber l'idée. En tout cas, j'avais de la bonne volonté, peut-être trop. Mes papillons furent très demandés pendant un temps, et l'épouse du conseiller aurait pu sans déchoir me traiter comme un être humain. Mais elle fit comme si je n'existais pas. Aujourd'hui cela me serait bien égal, mais à l'époque un peu de prévenance de sa part m'aurait fait du bien. Bon, il n'en fut rien. Hubert s'échinait à jouer son rôle de père de famille sûr de lui et je croyais à la réalité de son assurance. Je lui faisais ainsi du tort sans le vouloir.

Je pense qu'Hubert a dû beaucoup aimer sa mère, dans sa tendre enfance. Plus tard, il s'est imaginé ne pas l'aimer et vécut alors avec elle en bisbille continuelle. Ce fut l'époque où il découvrit d'un seul coup son père et où il s'attacha à lui, longtemps avant que je n'apparusse. Je ne fus donc pas à l'origine de ses mauvaises relations avec sa mère. J'étais très peinée qu'il lui rendît visite aussi rarement et qu'il se montrât désagréable avec elle.

Plus tard, estimant qu'il m'avait laissé tomber et trahie, il punit sa mère durement. Il n'alla presque plus jamais la voir, il se conduisit froidement et tel un étranger avec elle. Il ne pouvait se punir lui-même, alors il punissait sa mère. Puis vint le temps où la vieille femme tenta de bien s'entendre avec moi. Elle m'offrit un collier de perles pour la naissance d'Ilse. Je n'en éprouvai aucune joie mais la remerciai poliment. Il était trop tard pour nous, elle s'en rendit compte et n'entreprit pas d'autres tentatives d'approche. Je ne mis jamais le collier, non parce qu'il me venait de la conseillère, mais parce que je n'aime pas porter de bijoux. Je l'offrirai à Ilse pour son dix-huitième anniversaire.

Ferdinand repoussa le strudel aux noix en disant : « Je n'en peux plus, maman, c'était délicieux, mais je n'ai vraiment plus faim. Comment va la pauvre Fini ? » Fini avait été cuisinière chez la conseillère. Elle vit normalement dans une maison de retraite mais est hospitalisée depuis des semaines. Je lui rends visite quelquefois. Elle ne m'évoque rien. Lorsqu'elle était esclave chez la conseillère, elle ne faisait pour ainsi dire jamais attention à moi. Hubert lui envoie de l'argent tous les mois mais ne va jamais la voir. Ferdinand est le seul qui s'occupe un peu d'elle. Il était aussi le seul à rendre de fréquentes visites à sa grand-mère et à bien l'aimer. Curieusement, elle n'a jamais essayé de lui chercher noise. Je pense qu'elle l'aimait, la preuve en fut qu'elle lui légua son argent.

« Fini va un peu mieux. Mais elle doit rester couchée encore quelques semaines.

— Il faut que j'aille la voir. Pauvre vieux chicot. »

C'était le mot juste. J'admire beaucoup Ferdinand pour la patience qu'il déploie avec les pauvres vieux chicots. Il a plus de cœur que ses parents. Il me rendra certainement visite, à moi aussi, un jour, quand je serai à l'hôpital. Son plus grand talent est de donner aux gens avec qui il se trouve le sentiment qu'ils sont importants et qu'on les aime. Je ne sais pas du tout comment il y parvient ni s'il ne joue pas un peu la comédie. Mais c'est tellement agréable qu'on abandonne tout de suite ce soupçon.

« Sinon, dit-il en me regardant d'un œil noir, j'ai vu quelque chose qui me semble bien pratique, ce sont des coussinets de mousse que l'on place sur les cors aux pieds. J'en achèterai pour papa. »

J'eus honte. C'est toujours mon fils qui pense à ces choses-là, moi jamais. Je ne vois pas ce qui est exposé dans les vitrines.

« Fais-tu de très mauvais rêves ? demanda-t-il.

— Pas vraiment. Ce sont plutôt des rêves épuisants. Par exemple, il faut que je nettoie une maison de fond en comble. Elle est abominablement crasseuse, et quand je me réveille, je suis aussi fatiguée que si j'avais travaillé toute la nuit.

— Ce n'est pas drôle, dit Ferdinand. Mais je ne suis pas surpris. Tu travailles trop, tout simplement. Cette maison finira par te tuer. Prends donc quelqu'un pour t'aider !

— Je t'enveloppe un morceau de strudel. »

J'essayai de détourner la conversation. Il faut que j'évite toute discussion sur la question. Je sais bien pour quelle raison je ne veux pas me faire aider. Je ne suis pas assez conciliante pour supporter une domestique. C'est donc bien fait pour moi si je dois m'éreinter. D'autre part, à mon âge, le travail physique ne peut me faire que du bien. Ferdinand fit preuve de tact en ne poursuivant pas. Je suis sûre qu'il nous considère, son père et moi, comme des cas sans espoir, de pauvres et presque vieux chicots avec qui l'on doit être gentil parce qu'on ne peut plus les changer.

« Udo et Fritz te font leurs amitiés », me dit-il. Je dus réfléchir un peu pour me souvenir des deux garçons et il me sembla alors inconcevable qu'ils aient pu dilapider pour moi le temps d'une pensée. Mais je remerciai avec joie et demandai à Ferdinand de les saluer de ma part. Ferdinand esquissa un petit sourire de côté qui me plaît. Il avait compris ce que je pensais. Il s'essuya la bouche, se leva, m'embrassa sur la joue, je sentis à peine son baiser, puis il dit : « Il faut que je file, maman, merci pour ce bon goûter, et prends un peu soin de toi ! » Il n'allait certainement pas « filer ». Ferdinand va et vient toujours avec une extrême nonchalance.

Je regardai par la fenêtre, il me fit un petit signe puis gagna d'un pas traînant l'arrêt du tramway. Ce n'est qu'à ce moment-là que je me rendis compte avec quelle habileté il avait évité la moindre allusion à ses propres affaires. Il est passé maître en la matière. Udo et Fritz te font leurs amitiés. Il aime beaucoup inventer de petits traits de caractère amicaux dont il pare les gens qu'il connaît. Sans cette amabilité, qui n'existe que par lui, la vie lui paraîtrait peut-être insupportable. Il met quelques gouttes d'huile sur le quotidien afin de ne pas avoir l'oreille blessée par des gémissements et des grincements. Ferdinand a une oreille de musicien, sensible aux fausses notes. Malgré sa complexion mélancolique, il se déplace avec légèreté et élégance dans le monde.

Je le suivis des yeux, mon fils sage, mon fils adulte, qui avait compris qu'il valait mieux que nous souffrions un peu de son absence et que nous ne nous rappelions pas sans cesse, en le voyant, ce temps où nous formions une petite unité heureuse. Pourtant ses propres souvenirs ne doivent pas remonter aussi loin. Mais il a compris.

Ilse n'a pas cette sagesse. Elle se fige dans un mélange d'ennui et d'antipathie lorsqu'elle est avec des gens qu'elle n'aime pas. Elle n'a pas besoin d'être sage ; elle fera toujours ce qu'elle voudra, sans se préoccuper des autres. Elle n'est pas musicienne non plus ; quelques gémissements ou grincements ne la dérangent pas. Je ne me fais jamais de souci pour Ilse. Elle est déjà parvenue là où je ne fus ni ne serai jamais. Son assurance me coupe souvent le souffle.

Ilse est bien une descendante de ma mère et de cette famille de meuniers, de scieurs de bois et de paysans, gens au teint frais et aux bonnes joues, blonds aux yeux clairs, sûrs d'eux et quelque peu irascibles à l'occasion, ne plaisantant jamais, pouvant devenir grossiers mais bons et généreux de nature. Je connais bien cette race car j'ai grandi au milieu de ces gens, dans la maison de mon grand-père, qui fut ma première, mon unique terre d'attache ; je n'en ai jamais connu d'autre.

Je revois les prairies humides, couvertes de perce-neige, de boutons-d'or et de renoncules, perpétuellement menacées par les crues du Danube. Je vois les croupes magnifiques des vaches de grand-père et les pommiers ronds dans le verger. Lorsque les arbres fleurissaient, ils ressemblaient à des nuages roses, et les nuages dans le ciel, ronds et drus, ressemblaient à des arbres en fleurs. En haut... en bas... pas de différence. Je crois parfois sentir sur la langue le goût du pain frais ou de ce beurre jaune que l'on ne trouve plus, depuis que tout le lait est livré aux laiteries. Nos aliments sont devenus immangeables. Les volailles, les porcs, les veaux ont un goût de gant de toilette mariné. Lorsque je prépare un goulasch avec de la viande de veau, Hubert s'exclame à chaque fois : « Quelle horreur ! Qu'est-ce qui pue la charogne comme ça ? » C'est pourquoi, depuis quelque temps, je n'utilise plus que de la viande de bœuf pour le goulasch ; ces animaux-là refusent peut-être obstinément de manger autre chose que de l'herbe et du foin. Hubert fume, on peut sans doute s'en féliciter car ainsi il remarque moins le goût infect de la nourriture. Il ne se rend pas compte que la crème fouettée pue et que le poisson sent le pétrole. Les prix augmentent, la qualité baisse, et les produits sont servis dans des emballages prétentieux. Il suffit de voir ce que sont devenues les pêches que plus personne, bientôt, ne pourra manger. Ne parlons pas de la charcuterie. Pour une seule tartine comme on les faisait jadis, je donnerais tout le confort dans lequel nous vivons.

Ce qui est effrayant dans cet état de choses, c'est que tout le monde le sait et que personne n'en parle, ou presque. Nous avalons avec soumission ce qu'on nous présente. Nous sommes comme ces bœufs qui portent un anneau aux naseaux et qui trottinent bien gentiment sur le chemin qu'on leur ordonne de suivre. J'avais acheté, samedi, des épis de maïs et des artichauts en boîte. Ils coûtaient une fortune et avaient un goût de cornichons marinant dans le vinaigre. Pour ce genre de choses, il n'y a, semble-t-il, personne à qui l'on puisse s'adresser ou contre qui l'on puisse porter plainte. Et du concierge jusqu'au ministre, nous mangeons tous patiemment notre papier buvard imprégné d'acide.

Je me rappelais les noix fraîches de mon enfance. Quand on frottait dans ses mains des feuilles de noyer, un parfum s'élevait, qui m'a laissé dans les narines sa trace ineffaçable. Peut-être les feuilles de noyer ont-elles, aujourd'hui encore, la même odeur. Je n'ose pas aller au fond des choses et refaire l'expérience.

Ou bien, est-ce que cela ne tient qu'à moi, et à moi seule, si tout a tellement changé ? Est-ce ainsi lorsque l'on vieillit ? J'ai quarante-sept ans, Hubert en a cinquante-deux. La vie peut continuer ainsi un certain temps. Les jours raccourcissent sans cesse, les nuits rallongent, car nous nous réveillons souvent et nous ne nous rendormons pas. Ces heures d'insomnie nous minent lentement. Je remarque tout de suite quand Hubert est réveillé. Il respire différemment, moins fort, presque à la dérobée. J'en fais autant, sans doute, et chacun poursuit ses pensées solitaires en souhaitant que l'insomniaque du lit d'à côté ne les devine pas.

Qu'advient-il de nous pendant ces nuits où nous dérivons, allongés sur le dos, et épions le grondement lointain de la puissante cascade qui nous engloutira ? Nous savons que les miracles n'existent pas, qu'aucun être humain encore n'a échappé à cette chute d'eau et que plus rien ne nous sépare de ceux qui l'ont atteinte avant nous qu'un petit laps de temps. Un jour, trois ans, dix ans, vingt ans. Parfois cette pensée n'est pas si désagréable. Je n'ai pas d'effort à faire, je n'ai même pas besoin d'agiter les mains dans les eaux noires qui me portent et m'emportent. Un vertige léger m'enveloppe et je sais que j'atteindrai ce but, même si je n'ai pas atteint les autres, peut-être parce que celui-là, ce n'est pas moi qui me le suis fixé.

Et loin derrière nous, et pourtant si proches, à cet intervalle que l'on mesure en années mais qui n'a rien à voir avec les années, nos enfants dérivent aussi vers ce but. Seulement, eux ne le savent pas. Car leurs nuits sont courtes et profondes comme une perte de conscience.

Dans ma jeunesse, j'étais assaillie parfois, en plein jour, par la peur de la mort et je sentais mes cheveux se dresser sur ma tête. La pensée de n'être plus là était atroce. Aujourd'hui, je n'y pense que très rarement dans la journée et lorsque cela m'arrive, je ne ressens aucune peur. Mais les nuits ont remplacé les jours. C'est peut-être pour cette raison qu'Hubert ne veut jamais aller dormir. Je vais me coucher encore avec plaisir et je m'endors rapidement, le problème n'est pas là. Seulement, à quatre heures je m'éveille et je me sens alors dériver, lentement et sans résistance. Le grondement de la grande chute d'eau est encore à peine perceptible, mais je sais avec certitude qu'elle m'attend.

J'étais toujours assise à ma table, je regardais mes mains. Elles sont plus vieilles que ma figure, c'est très curieux. Ferdinand était parti, peut-être depuis un long moment, peut-être depuis dix minutes seulement. Cette façon de laisser divaguer mes pensées, sans que je pense réellement, devient une habitude. Non, ce n'est pas une forme de pensée, il n'y a pas acte conscient mais quelque chose qui me traverse comme si j'étais un être aérien. Cela arrive sans doute toute la journée aux personnes âgées quand elles se reposent dans leur fauteuil et que l'on ne sait pas si elles dorment ou si elles sont éveillées. Mais y a-t-il encore des personnes âgées se reposant dans leur fauteuil ? Celles que je rencontre tentent de couper le flot pour traverser une rue et font penser aux écrevisses, un pas en avant, deux pas en arrière. Elles attendent patiemment leur tour aux caisses des magasins et se disent que leur vie était bien agréable quand les libres-services n'existaient pas. Les vieux montent en clopinant les trois étages d'une maison sans ascenseur, ils se hissent péniblement en prenant appui sur la rampe. Ils essaient de gérer leur petit budget avec leurs petites pensions. Ils se plaignent mutuellement de leur sciatique, de leur phlébite, de leur asthme, de leurs troubles cardiaques et de leur œdème des jambes. Quand ils sont dans la rue, ils ont peur comme des lièvres poursuivis par des chiens. S'ils ne sont pas assez rapides, leur compte est bon. Et personne ne veut les avoir à la maison, ni la fille ni, encore moins, le fils. La vie est courte, de plus en plus courte et personne ne veut s'entourer de ruines que leur déclin n'a pas rendues plus dignes d'amour.

L'esprit absent, je mis dans ma bouche un petit morceau de strudel et avalai de travers. Je toussai et me réveillai complètement. Il était absurde de penser à de vieilles personnes que je ne pouvais ni ne voulais aider. Il est évident que je ne veux pas les aider. Je suis contente qu'il n'y ait plus de personnes âgées dans ma famille. C'est nous maintenant qui sommes les vieux, du moins les plus âgés.

Pour je ne sais quelles raisons, après avoir profité du rayon de soleil que Ferdinand m'avait offert, je m'étais laissée glisser toujours plus bas et j'étais maintenant enlisée. Lorsque cela m'arrive, il ne faut pas que je commence à me plaindre ou à me dorloter. Il n'y a alors qu'un seul remède : il faut que je me fasse violence. Jusqu'à présent, cette attitude a toujours été payante. Je dois immédiatement et sans pitié m'attaquer au travail le plus désagréable qui soit. Les coups de botte et les claques sont pour moi la meilleure des médecines, cela tient peut-être à mon origine paysanne. Je ne sais pas ce que d'autres gens font en pareille circonstance et ça ne me regarde pas non plus.

Je pensai d'un seul coup à la bibliothèque qui n'avait pas été rangée et sur laquelle je n'avais pas passé de coup de chiffon depuis six mois. Mon être intime, enclin à se plaindre, eut une contraction douloureuse à cette pensée, mais je ne lui permis ni de pleurer ni de geindre. Je me levai tout de suite et, ressentant des fourmis dans une de mes jambes, je tapai vivement du pied trois fois de suite. Taper du pied me donne toujours beaucoup de courage. Aller chez le dentiste n'eût pas été une mauvaise solution non plus, mais j'étais déjà allée le voir deux semaines auparavant, il aurait été étonné de me revoir si tôt. Le pauvre a déjà trop de travail. Je suis sûre qu'il souffre d'un affaissement de la voûte plantaire et qu'il a des douleurs dans les reins. Quand on y réfléchit bien, il n'est pas un métier qui vaille mieux que l'autre. Mais il n'y avait plus lieu de réfléchir, le mot d'ordre était « la bibliothèque » et si je ne voulais pas me renier moi-même, je devais me mettre immédiatement au travail.

J'enfilai un tablier, me nouai un foulard autour des cheveux et allai chercher l'escabeau dans le débarras. Un des côtés très agréables de cette maison est qu'on y a prévu ce genre de pièces. A l'époque, on construisait encore des maisons où l'on pouvait vivre.

Debout sur l'escabeau, j'emplissais mon tablier de livres, redescendais, les portais sous la véranda de bois et les entassais sur la table. Je me mis ensuite à l'ouvrage avec chiffon et brosse. Je m'étonnai de cette soif d'action qui s'était emparée de moi d'un seul coup. Je devais l'avoir héritée de ma mère car d'après ce que j'avais appris sur mon père, celui-ci aurait toujours été un agité qui voulait dévorer la vie mais qui n'aurait jamais été particulièrement porté sur le travail. Ce qu'il préférait par-dessus tout dans son inaction, pour autant que je puisse m'en souvenir car je n'avais que huit ans lorsqu'il mourut, c'était jouer aux cartes, plaisanter avec les jolies filles et flâner, le dimanche, sur la grand-place de notre petite ville.

Il était employé de banque et mourut à trente-huit ans de la tuberculose. Il n'était peut-être pas indolent de nature mais seulement fatigué par ce poison qui attaquait son corps. Je le revois très précisément. Il avait le visage étroit, des cheveux bruns et des yeux verts, légèrement de biais, qui avaient l'air gai, surtout quand sa santé s'améliorait. Je ne l'aimais pas en ce temps-là. A cause de lui, ma mère n'avait pas de temps à me consacrer. Je compris très vite que je n'avais pas été désirée, qu'on aurait très bien pu se passer de moi et que ma mère n'avait jamais voulu autre chose que cet homme beau, malade et incapable, qui dissipait avec désinvolture l'argent de sa femme. Je n'étais qu'un phénomène marginal auquel on n'avait pas pris garde et que l'on n'avait pas pu éviter.

Ma mère me faisait peur, parfois. C'était une masse imposante, au teint rose, aux cheveux blond clair. Telle une montagne, elle se dressait au-dessus de mon père. Elle le servait comme une esclave, mais cela ne changeait rien à son aspect menaçant. Il n'appréciait sans doute pas qu'on fût ainsi à son service, mais il ne pouvait pas se défendre. Je crois qu'elle aurait aimé le dévorer afin qu'il fût en sécurité. Après la mort de mon père, elle resta telle une montagne, mais c'était une montagne morte. Elle était toujours blonde et rose, mais n'avait plus de but et semblait parfaitement indifférente.

Même à ce moment-là, elle n'eut pas besoin de moi. Elle n'avait en fait plus besoin de personne et passa les années qui suivirent tant bien que mal jusqu'au jour où, parvenue au même point que mon père, elle put, à son tour, mourir. Elle était malade depuis longtemps, bien sûr, car mon père l'avait contaminée. Je ne sais pas si je l'aimais, peut-être que oui pourtant, car lorsque j'étais petite, j'étais désespérée de voir qu'elle ne me prenait jamais dans son lit. Elle sentait tellement bon, son corps était si chaud et si moelleux. Mais elle ne me laissa jamais monter dans son lit, on ne le lui aurait pas permis non plus. Tous les deux étaient très prudents sur la question, ils ne voulaient pas m'attirer dans leur vie, ou plutôt dans leur mort. Jamais mes parents ne m'ont embrassée. Ma mère se lavait les mains sans cesse. Peut-être était-ce là sa façon d'aimer, peut-être n'était-ce de sa part que la conscience de son devoir.

Je ne comprenais pas ces considérations. J'avais toujours les doigts de pieds glacés et je voulais les réchauffer dans le lit, à côté de ma mère. Elle me donnait une bouillotte. La bouillotte me réchauffait les pieds ; le froid en moi subsistait.

Une fois, mon père m'offrit un collier de corail. J'étais absolument folle de tout ce qui était rouge. Ce collier était un objet piquant. Je l'ai perdu, plus tard. J'avais peut-être six ans quand on me l'offrit. Mon père était déjà très malade. Il se lava les mains et lava aussi le collier avant de me l'accrocher autour du cou. Le froid humide de l'objet me glaça. Je vis que mon père aurait aimé me soulever et m'embrasser, ses yeux verts semblaient affamés. Je sentis quelque chose qui voulait me saisir, me retenir et je m'enfuis. J'ai oublié ce que mon père dit alors. Je ne me rappelle jamais les voix, seulement les images, et cette image-là est bien présente devant mes yeux. Comme je l'ai dit, plus tard je perdis le collier. J'ai toujours eu tendance à perdre les objets, et les gens aussi, très facilement, comme par jeu.

Pendant tout ce temps, je montais et descendais l'escabeau, le tablier plein de livres. Je ressentais une légère douleur dans les reins. Nous possédons beaucoup trop de livres. Personne ne les lira jamais. Le vieux Ferdinand est le seul peut-être à les avoir vraiment lus. Certains sont reliés en cuir, ils ont de la valeur, mais ceux-ci justement sont tout jaunis et poussiéreux. Hubert ne les a jamais lus, sauf une histoire universelle en dix volumes et quelques livres sur l'art et sur d'anciennes batailles. Il a aussi ses livres spécialisés. Mais je ne les compte pas au nombre des vrais livres. Je pense que si le vieux Ferdinand lisait autant, c'était pour ne pas être obligé de parler avec sa femme. Quoi qu'il en soit, les hommes, en ce temps-là, avaient encore suffisamment d'autorité pour que personne n'osât pénétrer dans leur cabinet de travail. C'est ainsi que mon cher beau-père devint un savant.

Sa mort prématurée me fit beaucoup de peine. Je l'aurais sans doute bien aimé. Sa femme était vaniteuse, rusée et froide. Personne n'aurait pu se réchauffer les pieds auprès d'elle. Sinon, elle était jolie, mis à part l'impression frappante de nudité du visage. Dans son enfance, elle avait tenu un rôle lors d'une représentation d'un conte de fées. Elle faisait Blanche-Neige. Il reste une photographie qui montre une gamine de dix ans aux longues nattes noires, un sourire moqueur au coin d'une petite bouche en cœur, les sourcils dessinant deux arcs minces et noirs. Un petit visage nu. Le vieux Ferdinand dut être leurré par cette image trompeuse. Cela a quelque chose d'inquiétant de voir qu'Hubert ressemble davantage à elle qu'à son père. Par contre il a la bouche de son père, et c'est déjà beaucoup. Mais son visage à lui aussi est un peu nu. Pourtant, c'est Hubert que je voulais. Il ne fut pas le premier homme dans ma vie mais lorsque je le rencontrai, j'oubliai sur-le-champ tout ce qui s'était passé avant lui. Hubert ne fut jamais un étranger pour moi, ce fut toujours un familier, comme si nous nous étions connus depuis l'enfance. Il avait lui aussi l'air d'un enfant qui n'aurait jamais pu se réchauffer les doigts de pieds contre sa mère. Je n'en savais encore rien, naturellement, pourtant ce fut sans doute la cause de notre connivence.

Lorsque je travaille intensément, que je fais des efforts, que je monte et descends cet escabeau, la bouche pleine de la poussière âcre des livres, je ne peux plus contrôler mes pensées qui s'égaillent en tous sens. Elles se dissipent aussi lorsque je ne travaille pas, mais il m'est plus facile alors de leur resserrer la bride.

Mes mains étaient déjà toutes noires et je m'étonnais d'avoir dans la bouche ce goût amer. Rien ne l'est davantage que la poussière que dégagent les vieux livres. Et ces livres, je n'en voyais toujours pas la fin. Quand ils sont bien rangés, on a le sentiment de les saisir dans leur ensemble. Mais dès qu'on les sort du rang, ils se transforment en une montagne dont on a du mal à saisir l'ampleur.

Un livre qui avait appartenu à mon grand-père me tomba entre les mains. C'était un ouvrage sur la chasse au petit gibier, agrémenté de vieilles illustrations sur lesquelles les animaux ne ressemblaient pas du tout à la réalité. Mon grand-père ne possédait pas beaucoup de livres, une trentaine peut-être, mais ce furent les compagnons de sa vie et il les connaissait tous presque par cœur car il avait une très bonne mémoire. Il pouvait me faire la lecture sans tourner les pages et l'enfant que j'étais en ressentait pour lui une admiration sans bornes. Pour moi, cela tenait de la magie. Je ne sais pas où sont passés les autres livres, mais celui-ci m'est resté, avec ses animaux étranges. Quand il pleuvait et que le Danube sortait de son lit, mon grand-père, assis dans la pièce, lisait. Quand les eaux s'étaient retirées, de petites mares où se reflétait le ciel subsistaient dans les prés. Je n'ai jamais revu, depuis, de mares aussi bleues. Le bleu était à l'époque une couleur très importante pour moi ; elle me fascinait. Les yeux de ma mère aussi étaient vraiment bleus alors que les miens sont bleu-vert. Ils sont aussi légèrement de biais, comme l'étaient ceux de mon père. Mais les siens étaient encadrés par des sourcils noirs très épais. C'est peut-être avec ces yeux-là qu'il séduisit ma mère, l'entraînant hors de la vaste maison, loin des mares et des prés, loin des perce-neige vertes et blanches.

Mon grand-père n'avait pas eu beaucoup de chance avec sa famille. Sa femme était morte jeune et leur fils unique était resté paralysé à la suite d'un accident à la scierie. Ce garçon était grand et avait belle allure ; il ne parvint jamais à oublier son infirmité. Il épousa une femme qui n'aimait en lui que ses biens et ils eurent un fils qui disparut à la guerre. Le coup fut très dur pour mon grand-père qui commença dès lors à laisser les affaires aller à vau-l'eau. Ce n'était plus le même homme. Il avait perdu ses filles également puisque ma mère était morte et que ma tante vivait dans un cloître, ce qui, pour lui, revenait au même. Il ne lui en voulut pas mais il ne parla plus jamais d'elle. Tous ses frères le précédèrent dans la mort. C'étaient de grands hommes larges, tous plus jeunes que lui, qui avaient épousé des filles de meuniers ou de propriétaires de scieries. Mon grand-père avait été, dans ses belles années, un chef de clan que l'on consultait en toute occasion. Ses frères n'avaient eu que des filles, chacun une, qui furent plus tard complètement absorbées par les familles de leurs maris. Je ne les ai pratiquement pas connues. Finalement, il ne resta plus que moi et l'oncle paralytique, lequel passait son temps assis à côté du poêle et buvait beaucoup trop, disant que ses jambes lui faisaient mal. Il buvait peut-être aussi pour d'autres raisons, personne ne lui en fit jamais le reproche. Il ne comptait pas, sa femme s'était emparée du commandement et faisait comme s'il n'existait pas.

Mon grand-père m'aurait volontiers légué tout ce qu'il possédait, mais c'était naturellement impossible. Je ne l'aurais pas voulu non plus ; un fils, même paralysé, reste un fils, et mon grand-père en avait conscience également. Il savait que tout tomberait en des mains étrangères et quand il fut malade, il n'y attacha plus d'importance. Trois jours lui suffirent pour mourir pendant lesquels il ne reconnut plus personne, pas même moi. Mais je tenais sa main et nous restâmes seuls des heures entières. J'en suis heureuse aujourd'hui encore. Même s'il ne pouvait plus ni voir ni entendre, peut-être sentait-il quelqu'un lui tenir la main. On ne sait jamais ces choses-là. Je reçus un peu d'argent qu'il m'avait destiné et j'allai à la ville, étudier dans mon école de dessin.

Ce qui était grave pour moi, c'était d'avoir perdu, par sa mort, la seule place où je m'étais sentie vraiment chez moi. Beaucoup plus tard j'appris par hasard que l'oncle paralysé était mort lui aussi et que sa veuve avait épousé un adjoint des eaux et forêts. Celui-ci était beaucoup plus jeune qu'elle et menait joyeuse vie. Le domaine et la scierie furent liquidés aux enchères, on n'en parla plus. Ainsi tout s'est envolé, la grande maison, les prairies et les champs, les vaches magnifiques et les tas de bois qui sentaient bon, les pommiers ronds et en fait tout ce à quoi je tenais.

L'argent perdit toute valeur mais je ne m'en chagrinai pas autrement. Je ne suis jamais retournée à Rautersdorf. Au fond, il n'y a pas là une seule pierre qui m'ait appartenu, j'ai seulement vécu dans l'illusion d'y être chez moi.

C'était maintenant le tour des auteurs classiques dans leur suite interminable. Tranche dorée naturellement et caractères beaucoup trop petits. Mais nous ne les lirions pas davantage s'ils étaient imprimés en gros caractères. On nous a tourmentés à l'école avec ces textes et dissuadés pour toujours de les lire. Je n'ai gardé d'eux qu'un souvenir flou et seuls quelques passages sans importance me sont restés. J'ai une certaine propension à ne retenir que les choses sans intérêt et à oublier celles qui sont importantes. Ainsi, le seul souvenir qui me reste de l'enterrement de ma mère, c'est qu'il faisait très chaud en ce jour de juin. Une chaleur brûlante descendait d'un ciel blanc. Les instruments à vent jouaient faux. Une de mes grand-tantes, une des anciennes filles de meuniers, portait aux pieds d'énormes chaussures noires recouvertes de la poussière du cimetière. Pendant toute la cérémonie, je me dis que c'était un homme déguisé et cette pensée me parut tellement horrible que je me mis à pleurer. Je ne sais pas ce qu'il y avait là de si horrible mais je me souviens nettement de ce que je pensais être des jambes d'homme, poilues sous la longue jupe de taffetas. Ce sont ces choses-là que je garde en mémoire, et jamais ce qu'il importerait que je retienne. Aujourd'hui encore, j'ai peur des gens travestis et un bal masqué est pour moi un cauchemar.

En tout cas, les auteurs classiques étaient particulièrement crasseux et je dus, enveloppée d'un nuage de poussière, procéder sur eux à un nettoyage à la brosse douce. Il faisait froid sous la véranda, je trouvais cette fraîcheur agréable. J'aurais pu bien sûr mettre des gants de caoutchouc mais ils me gênent pour travailler. Je n'aime pas les gants. Quand je suis obligée d'en porter, en hiver, j'ai le sentiment que mes doigts en sont prisonniers, je ne les sens plus entièrement vivants. Mon grand-père ne portait jamais de gants, ses mains étaient brun-rouge, sèches et chaudes, même au plus profond de l'hiver.

Je me suis longtemps imaginé que je lui ressemblais, mais ce n'était qu'un beau rêve. En réalité, je tiens davantage de mon père. Il n'y a que sa tuberculose que je n'aie pas eue, peut-être parce qu'à Rautersdorf on me gavait de beurre, de lait et de miel. Il y avait là-bas une multitude de ruches et l'on entendait à toute heure du jour un aimable bourdonnement dans l'air. Les femmes qui travaillaient dans les champs ressemblaient un peu à des abeilles, avec leurs formes rondes et leurs poils blonds sur les bras, sur les jambes et le long de la nuque. Je pense que tout leur corps était couvert d'un délicat duvet. Les hommes, eux, ressemblaient à des bourdons, avec leurs pantalons marron bouffants et leurs voix graves et bougonnes. Il y avait aussi parmi eux quelques beaux frelons, grands, brillants et dangereux, toujours aux trousses des blondes femmes-abeilles.

Je remontai les classiques nettoyés. Mon travail était maintenant bien avancé. Je devais ressembler à un cafard, mais si je m'étais arrêtée une minute, je n'aurais plus réussi à me relever, tant ma fatigue était grande. Pendant les travaux ménagers, on ne peut s'accorder une seule minute pour s'asseoir car c'est l'instant que la fatigue guette pour vous assaillir.

Puis vint le tour des guides touristiques et des biographies. Hubert a rangé tous ces livres par matières et je n'ai pas le droit d'y mettre le désordre. Ils ne sont pas aussi sales que les classiques car on les lit quand même, parfois, et ils sont placés tellement bas que je peux régulièrement passer un coup de chiffon dessus.

J'imaginais déjà combien mon sommeil serait profond, cette nuit-là. Mais je n'en étais pas absolument sûre. Hubert rentrerait un peu plus tard que d'habitude à la maison car il devait dîner avec un client. Je ne serais pas obligée de regarder la télévision et je pourrais monter dans la mansarde. Il fallait que j'y aille afin d'examiner le squelette qui reposait dans le tiroir de ma table. J'étais parvenue à refouler cette pensée pendant tout ce temps. Je suis finalement très bien entraînée à ce genre d'exercice. C'est une question d'apprentissage. Et il m'avait fallu faire cet apprentissage afin que ma vie n'aboutît pas au chaos. J'ai épousé un homme aux mœurs bourgeoises, je m'occupe d'un intérieur bourgeois et dois me comporter en conséquence. Mes extravagances hors des règles d'une vie bourgeoise se limiteraient à passer la soirée dans la mansarde.

Il me fut désagréable en cet instant de penser à la mansarde et je remarquai que mes mains tremblaient, mais les efforts que j'avais dû faire pour trimbaler les livres pouvaient en être cause, je décidai donc d'opter pour cette dernière explication.

La fatigue s'envola d'un seul coup, je travaillai plus vite que précédemment. J'aurais pu sans difficulté nettoyer une autre bibliothèque, le problème était que nous n'avons pas de deuxième bibliothèque. Je savais que là-haut, dans la mansarde, j'avais une tranche de mon passé à liquider. Je n'avais certes pas le sentiment qu'il s'agît du mien, mais le passé, quel qu'il soit, doit être liquidé. C'est une démarche douloureuse devant laquelle, toute ma vie, je me défile.

Quel bonheur qu'Hubert ne rentre pas aujourd'hui avant que tout soit fini. J'étais bien contente aussi de ne pas devoir regarder la télévision.

Ilse ne vient presque jamais, le soir, s'asseoir avec nous. C'est très bien ainsi, elle a encore sa vie à elle et n'est pas tributaire de la télévision. Elle écoute des disques dans sa chambre, finit ses devoirs ou bien sort avec ses copains. Il faut qu'elle soit rentrée à dix heures précises, et toujours accompagnée. Hubert est très strict sur ce point. Parfois, très rarement, Ferdinand passe une soirée avec nous. Ilse sort alors de sa tanière et nous nous retrouvons tous devant une bouteille de vin. Ferdinand nous distrait avec de petites histoires qu'il invente peut-être, d'ailleurs. On a peine à croire en effet que tout ce qu'il raconte ainsi soit vrai. Mais il a une façon si plaisante de parler de tout et de rien que nous aimerions l'embrasser, tant notre reconnaissance est grande. Nous jouons alors à former une famille, situation burlesque et triste à la fois et que nous ne pourrions supporter à longueur de temps mais qui se présente si rarement que c'en est un plaisir.

Cher Ferdinand, enfant qui ne peut se souvenir du temps où notre vie était réelle. Jadis, il y a une éternité, je lui avais confectionné une grenouille verte dans le tissu d'un vieux gilet de son père. Cette grenouille dormait toujours avec lui, l'étoffe vert foncé pressée contre sa joue brune. Le jour où je dus partir, je dis à Ferdinand : « Sois bien sage, mon petit garçon, je reviendrai bientôt et je te rapporterai un beau cadeau. » Je m'efforçai de parler bas car je ne savais pas quel son avait ma voix. J'étais sourde et j'avais toujours peur de crier ou de croasser. Ferdinand me sourit et je vis ses lèvres s'ouvrir. Il parla mais je ne saurai jamais ce qu'il voulut me dire.

Un an et demi plus tard, plus de grenouille. La conseillère l'avait jetée, assurément, car elle était très portée sur l'hygiène. Le petit Ferdinand ne possédait absolument rien qu'il pût emporter dans son lit. Mais il retournait tous les soirs la pointe de son oreiller en une sorte de poupée à qui il parlait jusqu'à ce que le sommeil vînt. Il s'était ainsi débrouillé avec un coin d'oreiller qui n'était certes pas beaucoup plus hygiénique que la grenouille mais contre lequel la conseillère était désarmée. Il fallut attendre l'âge de sept ans pour qu'il renonçât à cette habitude.

Dès sa plus tendre enfance, Ilse avait eu des peluches et des poupées, mais je n'en avais confectionné aucune moi-même. Elle n'avait pas vraiment besoin de ces objets-là car c'était une enfant qui s'endormait tout de suite. Elle suçait parfois son pouce, mais très rarement. Ce fut un jeu d'enfant d'élever Ilse. Peut-être se montra-t-elle aussi agréable parce que je ne l'importunai jamais par trop d'amour et de sollicitude. Elle obtenait ce qu'elle désirait et rien de plus. Nous nous entendons bien, aujourd'hui encore, toutes les deux. Ainsi elle ne vient jamais dans la mansarde pour m'espionner. Moi, je n'aurais pas pu, j'aurais toujours été pendue aux basques de ma mère. Mais il n'y avait rien à espionner et rien non plus contre quoi j'eusse pu me révolter. Ma mère ne vécut que pour mon père, et lorsque celui-ci eut disparu, elle ne fut plus qu'un automate accomplissant son travail, assailli de temps en temps par une quinte de toux.

Je me dis parfois, aujourd'hui, que mon père a pu m'aimer. Je revois alors ses yeux verts affamés. Il aurait peut-être voulu me caresser et m'embrasser. C'était un être très tendre qui n'avait pas le droit de céder à sa tendresse. Il avait déjà tué ma mère en se montrant tendre avec elle, cela suffisait. Une grande discipline est nécessaire pour ne pas caresser ni embrasser un enfant. Je regrette aujourd'hui qu'il n'ait été qu'un obstacle pour moi, me séparant impitoyablement de ma mère.

Je fus bien contente lorsqu'il mourut. Il ne tousserait plus, la nuit. C'était en effet terrible et je n'oublierai jamais cette toux qui le faisait aboyer interminablement et qui m'arrachait à mon profond sommeil d'enfant. Je criai parfois de peur et fâchai beaucoup ma mère qui me disait : « Ne sois pas sotte, ce n'est que ton pauvre père qui étouffe. » Le jour, je la croyais, mais la nuit tout était différent. Ce n'était plus mon pauvre père qui cherchait sa respiration, mais un être qui m'était étranger, un être terrible que l'on assassinait dans la chambre à coucher. J'étais allongée dans mon lit, trempée de sueur et tremblante. Je tirais la couverture sur ma tête, mais l'étranger ne cessait d'appeler au secours ; et moi, j'étais toute seule et abandonnée.

Personne ne venait voir comment j'allais car ma mère n'en avait vraiment pas le temps. Il est probable que pendant ces heures elle oubliait même mon existence. Je me rends bien compte de ce que fut la situation et je ne lui en veux pas. Il serait trop tard d'ailleurs. Mais à l'époque, cette même absence de ressentiment était fâcheuse car je suis sans doute passée ainsi à côté d'un phénomène important. Un enfant doit pouvoir en effet quelquefois détester ses parents. Je n'ai jamais pu non plus me quereller avec Hubert. J'essaie encore, parfois, mais il ne sort rien de ces algarades qui sonnent ridiculement faux. Hubert le sait très bien et se contente d'en sourire. Il semble s'en trouver bien. Il s'est trop longtemps disputé avec sa mère, il aime les femmes douces. C'est peut-être pour cette raison qu'il m'a épousée, jeune homme fatigué des éternelles disputes, et cherchant peut-être auprès de moi le repos. Est-ce que l'on peut savoir, en la regardant, qu'une jeune fille n'a pas le tempérament querelleur ?

Je me fais du souci pour Ferdinand qui est beaucoup trop paisible. Cela dit, il ne cède pas, il esquive seulement et fait ce qu'il veut, avec amabilité et inflexibilité. Mais ce serait bon pour Hubert d'avoir un fils qui le contredise de temps en temps. En secret, il enrage mais il ne peut rien changer à l'attitude de Ferdinand. Je cherche parfois à agacer Ilse et elle réagit tout à fait normalement, elle me crie à la figure et peut même se montrer quelque peu insolente. Je m'en réjouis et je dois me retenir pour ne pas la féliciter. Crie donc, ma fille, pensé-je, crie donc et défends-toi quand on t'attaque ! Nous finirons par te tuer avec notre amabilité indifférente, il faut empêcher cela. Hubert n'aime pas ces situations. C'est un esthète, et des femmes qui se disputent sont laides. De toute façon, ces querelles sont très rares. La plupart du temps, je ne sais pas saisir la balle au bond et nous n'allons jamais très loin. Je suis trop peu exercée dans ce domaine et Ilse le sent bien. C'est une demi-mesure, je le sais. Je n'ai manifestement aucun talent pour faire l'éducation des enfants. Mais pour quoi ai-je vraiment du talent ? Je n'en sais rien, car dans la mansarde non plus, quand je peins ou quand je dessine, je n'atteins jamais mon but.

Mais on peut dire que je me donne du mal et que je n'abandonne pas facilement. Il m'arrive même, à l'occasion, de nettoyer la bibliothèque. Je ne me plains jamais et je n'énerve pas trop mes proches, du moins je l'espère. Mais là encore, je n'en suis pas absolument sûre. Ferdinand aurait-il quitté la maison sinon ? Un fils faisant preuve de moins de délicatesse aurait peut-être dit : « J'en ai assez de vous, je suis ma propre route, la vie que vous menez et qui n'en est pas une me fatigue, elle me fait horreur, au revoir ! » Qu'il ne l'ait pas dit ne prouve pas qu'il ne l'ait pas pensé. Nous ignorons ce que pense Ferdinand et c'est certainement la solution la plus humaine pour nous trois.

A sept heures, j'en avais terminé avec les livres. Je m'allongeai dans la baignoire dans laquelle ruisselèrent alors des flots d'eau sale. Mais un homme ne pense jamais à ces choses-là, il ne lui viendrait pas à l'idée que ses livres puissent être pleins de poussière et il ne se doute pas que de temps en temps une femme doit les délivrer de cette poussière. Que fait un homme qui n'a ni femme ni domestique et qui possède une grande bibliothèque ? Je n'en ai pas la moindre idée. D'ailleurs, les hommes se préoccupent-ils de savoir où passe la saleté qui s'accumule chez eux ? Je crois qu'ils ne se posent jamais la question, ou alors de façon très abstraite, en se disant par exemple : « Il faudrait que Mme Maier vienne remettre un peu d'ordre. » Et pendant que cet homme est assis dans un bureau qui est propre grâce au nettoyage préalablement effectué par une autre Mme Maier, sa Mme Maier à lui se démène chez lui, dans un combat contre poussière et crasse. Et quand l'homme rentre à la maison, tout est redevenu propre, et l'homme ne s'en étonne pas le moins du monde car il ne sait pas tout ce qui se déroule derrière son dos. Il se couche dans un lit aux draps propres. Le lendemain matin, il enfile une chemise blanche lavée et repassée pour lui par une troisième Mme Maier, et il quitte sa maison avec la ferme illusion que le monde est propre et ordonné. Les seuls déchets qu'il doive éliminer lui-même, ce sont les poils de sa barbe, et il en gémit devant sa glace et part en laissant la salle de bains dans un état qui arrachera un gémissement à sa Mme Maier. Mais quand il rentrera, il ne s'étonnera nullement que tout soit en ordre. Les malheureux, ceux qui n'ont pas de Mme Maier, élèvent le désordre au rang de vertu et se laissent même pousser la barbe pour ne surtout pas avoir d'effort à faire.

Pendant ces considérations, quelque peu unilatérales peut-être, ma fatigue se dissipa. Je pourrais prétendre avoir pris ensuite une douche froide mais je ne suis pas héroïque et l'eau froide est quelque chose d'affreux pour moi. Je ne crois pas non plus que d'autres personnes puissent vraiment se doucher à l'eau froide ou alors elles ne sont pas tout à fait normales et je refuse toute parenté avec ces gens-là. Ce ne sont peut-être pas de véritables êtres humains mais des rejetons d'une race amphibie disparue prématurément à cause de ses ablutions à l'eau froide.

Je m'essuyai, me séchai les cheveux et enfilai une robe de chambre. Un peu de thé m'aurait peut-être fait du bien. Mais après tant d'années passées à chasser ce que je connaissais de plus désagréable, c'est-à-dire le souvenir de cette époque révolue, je ne pouvais plus maintenant me permettre de perdre la moindre minute.

Je montai dans la mansarde. Sans jeter un regard sur les crayons et les pinceaux tentateurs, je pris l'enveloppe dans le tiroir, en sortis les feuillets jaunis et commençai de les lire.

Pruschen, le 6 septembre

Je n'aime pas le garde-chasse. Quand il me regarde, j'ai toujours l'impression qu'il réfléchit et se demande s'il ne devrait pas m'abattre pour faire plaisir à la famille d'Hubert. Il a l'habitude d'achever les bêtes malades. Je cache ces feuilles sous le matelas car je ne pense pas qu'un homme aurait l'idée de venir les chercher là. D'ailleurs, peu m'importe qu'il les lise. Il ne pourrait sans doute même pas déchiffrer mon écriture.

Pourquoi voudrait-il les lire ? Je ne mérite aucune attention ; un infirme présenterait beaucoup plus d'intérêt que moi. On peut vivre avec un infirme parce qu'on peut parler avec lui. Si j'étais repoussante de laideur, si j'avais une tache de vin ou si j'étais bossue, les gens pourraient me plaindre ou se moquer de moi. Telle que je suis, ils ne le peuvent pas car je n'entends ni la pitié ni les moqueries. Je dois produire sur eux un effet inquiétant et insupportable.

Mais je n'aimerais pas le garde-chasse davantage si j'étais encore un véritable être humain. Je ne peux rien lire d'autre qu'un certain calcul dans ses yeux sans couleur. Il est avide et traite durement ses bêtes. Je le sais car je peux le voir, je suis sourde mais pas aveugle. Sans être irascible, il est brutal avec elles parce qu'il les méprise et parce qu'elles sont dépendantes de lui. Je me trouve à un niveau encore plus bas qu'elles, mais on le paye pour m'héberger et, en quelque sorte, veiller sur moi. Peut-être voit-il en moi le côté utilitaire ; je suis comme sa vache. La différence entre elle et moi est que la vache tourne la tête quand il lui gueule dessus. Ça le fâche de ne pouvoir me traiter comme elle. Certaines fois aussi, on dirait qu'il a peur de moi, effet de quelque superstition ? Est-ce que je sais ce qui se passe dans ce cerveau ? S'il n'était pas aussi cupide, il ne m'aurait jamais prise chez lui. Je ne crois pas qu'il éprouve encore quelque reconnaissance pour mon beau-père à qui il doit beaucoup. Le vieil homme est mort et ne peut plus lui être d'aucune utilité. Peut-être veut-il se faire remarquer dans le village par son attachement à ses anciens maîtres. Mais ce n'est pas du tout sûr non plus. Les gens le connaissent depuis qu'il est né et percent à jour chacune de ses actions, exactement comme lui perce à jour les leurs. De plus, les gardes-chasse sont souvent peu aimés parce qu'on les considère, aujourd'hui encore, comme des espèces de laquais qui ne font pas vraiment partie du village et à qui l'on ne peut pas faire confiance.

12 septembre

Ma chambre est petite, elle a des fenêtres minuscules et il y fait assez sombre car la façade arrière de la maison donne juste sur le versant de la montagne. Il serait aisé d'entrer chez moi en grimpant sur un arbre mais il y a des barreaux aux fenêtres, ce qui donne à la pièce un aspect de geôle. Le logis du garde-chasse est un peu plus clair parce que ses fenêtres donnent sur la vallée. Il profite du soleil matinal. Je pourrais profiter du soleil de l'après-midi s'il n'y avait pas cette montagne entre la lumière et moi. Il y a beaucoup trop de montagnes ici. Je ne les ai jamais aimées.

Mon beau-père habitait cette chambre quand il venait ici pour chasser. Je ne crois pas que la chasse l'ait vraiment passionné, il voulait seulement échapper à sa femme. Les meubles étaient les siens, le garde-chasse en a hérité. J'ai un lit rustique dont la tête est peinte. L'œil de Dieu me surveille, que je dorme ou que je veille. Il y a encore une armoire peinte, un petit bureau, un vieux fauteuil de cuir marron dans lequel on peut se recroqueviller et, dans un coin, un poêle de faïence vert. A côté, on trouve une petite cuisine avec un fourneau de brique, un buffet branlant et une table grossière en pin. De la cuisine on accède aux toilettes. Mon beau-père les avait fait construire là parce qu'il lui était trop pénible de descendre l'escalier. Je n'utilise pas le fourneau, je fais la cuisine sur un réchaud électrique. Le garde n'apprécie pas, ses yeux louchent de colère à cause du gaspillage. Mais il reçoit assez d'argent pour devoir s'accommoder du réchaud.

Le garde n'est plus un jeune homme, pourtant il ne doit pas être très vieux puisqu'il est encore en activité. Pendant la journée, il sort beaucoup. Le matin et le soir, il doit être là pour traire sa vache. Peut-être n'a-t-il jamais été marié ou bien il a perdu sa femme. Je pense qu'il est veuf.

La porte de ma chambre ouvre sur un balcon de bois auquel on peut également accéder par un escalier extérieur. Je suis très contente de cet agencement, si tant est que je puisse me réjouir de quelque chose. Parfois, le matin, je vais m'asseoir sur le balcon pour profiter d'un rayon de soleil. Mon fauteuil est très dur. Il a un cœur sculpté dans le dossier. Quand je me lève, je me cogne la tête contre les bois d'un cerf. La véranda est tapissée d'ossements blanchis.

Le soleil apparaît assez tard, vers les neuf

heures, pas avant. Il lui faut franchir la montagne. Devant la maison coule une petite rivière à truites, la Prusch. En ce moment, ses eaux sont très basses parce qu'il n'a pas plu depuis longtemps. De l'autre côté de la Prusch, c'est déjà la montagne qui s'élève. Je suis comme en cage ici. Derrière les montagnes se nichent sans doute de petites vallées au-delà desquelles s'élèvent d'autres montagnes.

Il était une fois un grand-père qui avait une très grande maison. Tout autour s'étendaient des prairies. A cette époque de l'année, des vaches y paissaient, de vraies vaches, belles, pas minables comme celle du garde-chasse. On voyait le soleil toute la journée, on se sentait libre et en sécurité. Si mon grand-père vivait encore, il serait venu me chercher, il m'aurait prise chez lui et je n'aurais pas été seule. Cela lui aurait été bien égal que nous ne puissions parler ensemble ; nous ne parlions jamais beaucoup. Mais il est mort et ne peut plus me secourir. Personne ne peut rien pour moi. Je ne pense pas souvent à Hubert ni au petit Ferdinand. Ce ne serait pas bon que je pense à eux.

Je suis recroquevillée dans le fauteuil de cuir et j'écris, la feuille posée sur les genoux. Depuis que je suis ici, je me sens fatiguée. Mais je ne voudrais pas juger prématurément. Peut-être le repos et l'air sain me feront-ils du bien. Je trouverais le repos en tout lieu au monde. L'air doit être cause de ma grande fatigue. Je dois d'abord m'y habituer.

1er novembre

Le garde-chasse est allé au cimetière, emportant un gros bouquet d'asters et de branches de sapins. Son chien l'a suivi. Je ne sais pas encore si j'aime ce chien. Il est vieux et laid et je le plains d'avoir le garde-chasse pour maître.

Hubert m'écrit qu'il va bientôt venir me voir. Il m'écrit tous les dimanches. Il est en toute chose très ordonné et très ponctuel. C'est gentil de sa part si l'on pense à tout le travail qu'il a, même s'il n'écrit pas grand-chose dans ses lettres. Il a rendu les clés de notre sous-location et s'est installé chez sa mère. Il a bien fait car je ne veux pas que le petit Ferdinand soit élevé par sa seule grand-mère. Bien sûr, il y aurait aussi Séraphine, la cuisinière, mais elle ne compte pas, elle n'est que l'esclave de la vieille femme. Hubert a l'intention, dès qu'il se sera fait une situation, de trouver un logement et de venir me chercher. Il veut toutefois que je « fasse mes preuves » et que je puisse réentendre. Les médecins lui ont dit qu'il n'y avait pas de cause organique à ma surdité. J'aurais seulement oublié comment l'on entend. Cela me reviendra peut-être. Voilà pourquoi je reste ici, et c'est la meilleure solution pour toutes les personnes concernées. Hubert m'écrit que Ferdinand va bien, ce qui veut dire que l'enfant m'a déjà oubliée, comment pourrait-il aller bien sinon ? Un enfant de trois ans oublie très vite. Il vit depuis six mois déjà chez ma belle-mère. Une mère sourde ne serait vraiment pas une bonne mère pour lui.

Je vais écrire à Hubert qu'il ferait mieux de ne pas venir. Sa visite n'aurait pour seul effet que de nous énerver tous deux inutilement. Qu'il pense plutôt à son travail et à sa situation !

Je connais très bien Hubert. Il ne peut pas penser en même temps à sa situation et à sa femme sourde. Il ne s'y retrouverait plus du tout. Après l'effondrement de notre petit univers, il s'est enfin ressaisi et a tenté de remettre de l'ordre. Il est maître en la matière. Je dois me refaire une santé et soigner mes nerfs afin de me rappeler comment l'on entend. Ferdinand est élevé par sa grand-mère et Hubert se fait une situation. Et si nous accomplissons tous bien sagement notre devoir, les choses rentreront dans l'ordre, nous pourrons être de nouveau réunis et tout redeviendra comme avant.

Peut-être Hubert ignore-t-il vraiment que rien ne sera plus jamais comme avant. Je suis plus jeune que lui mais je le sais. La raison en est peut-être qu'une fois déjà j'ai tout perdu. Un grand-père mort ne ressuscite pas et des parents morts non plus. Je sais cela depuis très longtemps déjà. Même une poupée que l'on recoud, on ne lui redonnera jamais tout à fait le même air. Mais il vaut mieux qu'Hubert ignore encore ces choses. Dans peu de temps, certainement, il comprendra, lui aussi, la vérité.

13 novembre

Il n'a toujours pas plu. Depuis peu, j'attache une grande importance au temps qu'il fait ; auparavant je ne m'en occupais jamais. Mais ici, le temps est la seule chose qui existe, c'est le seul dérivatif. Depuis la nuit dernière, le foehn sévit et un vent violent souffle. Je ne l'entends pas mais je vois les arbres osciller et les massifs s'agiter en silence. La tempête me rend toujours très inquiète, surtout quand souffle un vent du nord. Le foehn, lui, ne me préoccupe guère. Je vois les branches d'arbres claquer contre le toit, parfois l'une d'elles frôle ma fenêtre. Comme les fenêtres ne ferment pas bien, je sens aussi le courant d'air qui me caresse la figure et relève mes cheveux sur mon front. Je m'enfonce dans le fauteuil de cuir et je ne parviens pas à écrire convenablement dans cette position.

Je vais plutôt lire. Le garde a une étrange habitude. Il m'écrit des billets laconiques : « Qu'est-ce que je dois rapporter du village ? » ou bien : « Il faut encore que j'aille chercher du bois ». Il me met sous le nez ces feuillets arrachés d'un almanach, mais il ne les lâche pas puis il les déchire en petits morceaux qu'il jette dans le poêle. Il attend toujours qu'ils aient disparu dans le feu. Il passe son temps à détruire des pièces à conviction. Il serait certainement furieux si je lui arrachais un de ces billets mais cette fureur ne se lirait que dans ses yeux car son visage est absolument inexpressif, figure fanée, blafarde, grise sous la barbe mal rasée. On ne dirait pas qu'il passe ses journées en plein air. Son visage évoque pour moi l'ébauche d'une sculpture sur bois que personne n'aurait pris la peine d'achever. Mais pourquoi lui prendrais-je cette feuille, pourquoi irais-je le contrarier ? J'ai absolument besoin de lui, il fait mes courses et monte mon bois. Pourtant, je pourrais très bien m'en occuper moi-même, d'ailleurs je le ferai un jour. Je ne prends pas le chemin de la guérison en refusant d'aller au village, en craignant de tendre à l'épicière une feuille de papier avec ma liste de courses. Le simple fait d'y penser me rend les mains moites et froides. Que pourrait-il se passer ? Absolument rien. Les gens savent probablement tout sur moi. Ils pourraient, tout au plus, me regarder mais j'y suis habituée. Non, je ne m'y suis jamais habituée, sinon je ne serais pas ici. Quand je pense aux six derniers mois, je remercie Hubert de m'avoir amenée dans cet endroit. Le garde ne se soucie pas de moi. Pour de l'argent, il cacherait un assassin, et qui sait ? peut-être l'a-t-il déjà fait. Avec un assassin, on peut au moins parler, et il existe sûrement des assassins très sociables et distrayants.

Je m'en suis rendu compte aujourd'hui, il est une question que je ne me pose jamais : pourquoi fallait-il que cela m'arrivât justement à moi ? On serait pourtant tenté de s'interroger. Je me soupçonne d'avoir toujours escompté en secret que notre bonheur serait de courte durée. Je n'en savais rien, naturellement, mais tel dut être mon sentiment. J'étais pourtant une enfant comme les autres et je connus même des moments de parfait bonheur. Pourquoi moi ou cette étrangère qui est en moi ne voulons-nous plus entendre ? Et pourquoi ce refus alors que j'avais enfin ce que j'avais toujours voulu avoir, une famille pour moi seule ? Tout allait si bien.

Je reste assise à attendre que cette étrangère en moi condescende à réentendre. Le docteur a dit que l'ouïe pouvait revenir du jour au lendemain ou peut-être ne reviendrait jamais. Sur ce point, les médecins ne semblent pas savoir grand-chose. Je ne voulais plus les consulter. Toute cette histoire m'était devenue insupportable.

L'obscurité est tombée et les branches du hêtre se balancent, dessinant leurs formes noires devant la fenêtre. Un coup de vent traverse la pièce. Je devrais lire mais je reste assise sans bouger et j'attends.

Je remis les feuilles dans l'enveloppe puis descendis à la cave. Je jetai l'enveloppe dans la chaudière et attendis que le feu l'eût consumée. Je me conduisais comme le garde, je détruisais des pièces à conviction.

Lorsqu'enfin il ne resta plus de l'enveloppe qu'une fine couche grise sur les charbons rougeoyants, je m'assis sur une caisse de bière vide et essayai de réfléchir. A l'époque, j'avais glissé ces pages de journal dans la valise, sous les vêtements. Lorsque, plus tard, je les y avais recherchées, elles avaient disparu. Je m'étais dit que je n'avais pas dû les ranger dans la valise et que je les avais probablement jetées au feu, par mégarde, avec de vieux journaux, la veille de mon départ de Pruschen. Le garde ne pouvait me les avoir dérobées car elles étaient pratiquement illisibles pour lui, de plus il ne savait pas que j'avais l'intention de partir. Je me souviens exactement : il n'était pas à la maison, il devait être dans la forêt ou au village. De mon côté, j'étais retournée encore une fois dans la forêt et j'étais rentrée avant lui. Ma valise était déjà faite et je n'avais pas vérifié si tout était bien à l'intérieur. Ma chambre n'était jamais fermée à clé, n'importe qui pouvait profiter de l'obscurité du soir pour entrer et subtiliser les papiers. Mais une seule personne pouvait être mise en cause. J'avais essayé de l'oublier et j'y étais parvenue. J'avais cessé très rapidement de penser à elle car je ne peux me permettre de penser à certaines choses ou à certaines personnes si je veux vivre. Ce personnage faisait partie des sujets tabous. Pourquoi réapparaissait-il maintenant, après tant d'années ? C'était un vieil homme qui avait peur de moi parce que j'en savais trop.

C'était si drôle que je ne pus m'empêcher de rire. Tout mon corps était secoué par le rire. Pendant dix-sept ans, il avait eu peur de moi, en quelque endroit qu'il ait traîné ses guêtres, et moi je n'avais pas pensé une seconde à lui. Le fait qu'il ait eu peur n'était pas drôle en soi ; ce qui était risible, c'était qu'il ait subi cette peur sans raison et qu'il la ressentît aujourd'hui encore. Tout n'était qu'une vaste erreur et je ne pouvais pas le lui expliquer car il ne m'aurait pas crue. Tout ce qui pourrait encore se passer arriverait bien trop tard et n'aurait plus aucun sens.

Je remontai au salon. Je fus étonnée de trouver Hubert assis devant la télévision, les yeux fixés sur l'écran. Apparemment, son rendez-vous était tombé à l'eau. Le cendrier de cristal posé sur la table semblait très lourd. J'aurais pu assommer Hubert très facilement avec cet objet mais pourquoi aurais-je agi ainsi ? J'aurais pu tout aussi bien m'assommer moi-même, cela ne ferait plus aucune différence aujourd'hui.

Hubert tourna la tête et me sourit. « Peux-tu m'apporter un sandwich ? demanda-t-il. Et une bière ? » J'allai dans la cuisine lui préparer quelques tartines et les lui apportai, avec sa bière, au salon. Hubert avait l'air vraiment inoffensif, l'air d'un homme d'âge moyen, qui se rend tous les jours à son bureau pour faire vivre sa famille et maintenir le train de maison. Je vis que sa nuque se dégarnissait un peu et j'en fus très émue. Sur des épaules qui ne sont pas très larges repose un fardeau trop lourd. Mais il ne s'en est jamais plaint. Lui apporter une tartine et une bière était bien le moins que je puisse faire pour lui et c'était aussi à peu près tout.

La bière le fit somnoler et il se mit à bâiller. Pourtant je ne lui dis pas ce soir-là, comme j'en ai l'habitude : « Va donc te coucher ! » Tous les soirs, il est mort de fatigue mais il ne veut à aucun prix aller se reposer.

Nous restâmes donc encore une heure à écouter une discussion entre six personnes versées dans l'art de parler, aucune ne voulant entendre l'autre ni ne prêtant attention à ses arguments. J'étais incapable de comprendre de quoi il pouvait bien s'agir, mais cette incapacité est chez moi presque permanente. J'ai l'impression depuis quelque temps qu'on a inventé une langue que je ne comprends pas. Mais ce soir-là, je n'étais pas vraiment sur terre et mon incompréhension n'avait rien de très étonnant. A onze heures, je finis par aller me coucher seule et m'endormis sur-le-champ. Plus tard, je sentis le lit bouger sous le poids d'Hubert, et la main d'Hubert effleurer mon épaule. Mais peut-être était-ce déjà en rêve, il m'est souvent impossible de faire nettement la distinction.

MARDI

A six heures et demie, tintamarre du réveil. Après deux heures sans sommeil, de quatre heures à six heures, je m'étais rendormie profondément. Mais cinq minutes avant que la sonnerie retentisse, j'étais réveillée. Comme d'habitude. Nous pourrions vraiment nous passer de réveil. Mais Hubert n'accorde aucune confiance à l'horloge que j'ai dans la tête.

Je déteste ce réveil. Il est placé sur la table de nuit à côté d'Hubert et je ne peux donc pas l'arrêter. Je suis sûre que ce maudit engin nous tue lentement, un petit peu chaque jour. La simple attente de la sonnerie est une torture. J'ai peur du bruit que fait cet objet. Hubert, qui se méfie de moi, m'a interdit d'y toucher. Je suis un être sournois qui aurait déjà, paraît-il, fait passer de vie à trépas deux réveils. Calomnie ! C'étaient eux qui ne voulaient pas que je les touche car nous nous inspirions une horreur mutuelle. Je réfléchis parfois à de mauvais traitements que je pourrais faire subir à ce nouveau venu. Ces pensées me soulagent un peu. Hubert s'imagine que les réveils sont des instruments parfaitement inoffensifs. Dans son aveuglement, il les considère même comme utiles. Mais il n'a pas la moindre idée de ce qui est bon pour lui et de ce qui ne l'est pas.

Détestables machines à bruit, inventions diaboliques ! Avant que le jour n'ait pu se glisser doucement dans la pièce, il est pulvérisé par une vile crécelle. Il n'est certes pas facile de me satisfaire, j'en ai bien conscience. Au fond, ce sont les objets de métal, quels qu'ils soient, que je n'aime pas. Il faudrait inventer des réveils de bois qui grinceraient légèrement comme de vieux escaliers ou bien des réveils de verre, qui chanteraient, ou encore des réveils de pierre qui crisseraient très doucement en égrenant un peu de sable. Tout, mais pas la dureté reluisante de ces mécanismes métalliques ! Certes, le métal en soi n'est pas laid. Il possède une beauté mauvaise, une beauté sans relief que je n'aime pas. Je ne peux ni aimer ni détester les objets de plastique. Ils sont laids, que dire d'autre ? Ils ne sont même pas morts, ils ne sont rien.

Le réveil sonna et son bruit fut aujourd'hui particulièrement éprouvant pour les oreilles. Il est le fanal qui marque l'entrée dans le quatrième mardi du mois, jour où je dois rendre visite à la baronne.

Hubert s'assit dans le lit et me dit bonjour. Comme tous les jours. La bonne éducation est substance intime de son être, sa mère y a pourvu. Je marquerai d'une pierre blanche le jour où je l'entendrai dire : « Merde, il faut retourner au turbin. » La croûte rigide aurait alors éclaté et le véritable Hubert, celui que j'ai connu autrefois, apparaîtrait. Mais cela n'arrivera jamais. Assis bien droit dans le lit, il passa la main dans ses cheveux en désordre. J'eus l'impression aujourd'hui qu'ils étaient plus grisonnants que d'habitude. Cet homme dort comme une masse et quand il ne dort plus, il a l'œil frais d'un gardon. Il ne connaît pas les états intermédiaires ; pour cette raison, il n'aime pas non plus la pénombre du crépuscule.

Il alluma la lampe, se leva, alla dans la salle de bains.

J'étais très fatiguée et assaillie par une myriade de pensées qui me ramenaient sans cesse dans la mansarde. Ma tête était encore ébranlée par le vacarme du réveil. Mes défenses sont trop faibles. Voilà ce qui arrive lorsque l'on dérive, la nuit, pendant des heures, sans pouvoir dormir. Pour en finir, je sautai du lit et enfilai ma robe de chambre. Mon « saut du lit » fut plutôt lamentable, tous mes os me faisaient mal. Je me remémorai la bibliothèque et mon orgie de rangement.

La cérémonie du petit déjeuner est chez nous bien ennuyeuse. Hubert ne boit qu'un café nature qu'il accompagne d'une mince tranche de pain noir, offrant ainsi un douloureux spectacle à une personne comme moi qui aime bien prendre un petit déjeuner copieux. Il ne sucre même pas son café. Je pense qu'il serait temps pour lui de se défaire de cette habitude qu'il a contractée à l'armée. Il me gâche le plaisir du miel, de la confiture et des petits pains frais. Le matin, j'ai besoin de quelques douceurs, surtout un quatrième mardi du mois, jour fatidique de ma visite chez la baronne.

Hubert lit le journal en prenant son petit déjeuner. Il ne faut sans doute pas y voir quelque mauvaise habitude d'origine militaire, c'est plutôt une incorrection purement masculine. Pendant des années, il s'est abstenu de ce vice auquel il ne pouvait naturellement s'adonner chez sa mère. Mais il peut bien avoir quelques défauts, je pense que cela ne peut lui faire que du bien. Qui plus est, je ne suis pas obligée ainsi d'être le témoin de son frugal petit déjeuner. Il m'est très reconnaissant de mon indulgence. Il ne le dit pas, mais je m'en rends compte à ses regards affectueux et coupables. On ne peut lui arracher cette conscience de sa culpabilité ; d'une part il y est trop habitué ; d'autre part il a vraiment, comme tout être humain, des raisons de se sentir coupable. Seulement, sa conscience est plus âpre et plus impitoyable que celle de la plupart des autres humains, et contre une conscience on ne peut vraiment rien faire.

Au bout de dix minutes, il replia son journal. Il est très précis pour ces choses-là. Il se pencha et m'embrassa sur la joue. Sa bouche était fraîche et sèche. « Je serai de retour vers une heure, dit-il. Passe une bonne matinée !

— Au revoir, répondis-je. Conduis prudemment ! »

Il n'ajouta rien. Il sait depuis longtemps qu'il ne m'empêchera pas de prononcer cette formule magique puérile. Je sais que je suis victime d'une obsession, mais lutter contre serait un absurde gaspillage d'énergie. Il faut savoir ce qui est possible et ce qui ne l'est pas. Ne pas dire : « Conduis prudemment ! » est impossible. Hubert ne prête plus attention à ces paroles qui, de toute façon, ne peuvent pas nuire.

J'attrapai le journal et le feuilletai. Il ne contenait rien d'important. On s'est habitué, en effet, à ce qu'il y ait en permanence la guerre quelque part, à ce qu'ailleurs des enfants meurent de faim et que dans notre paisible pays, tous les jours, quelques personnes se vident de leur sang dans la carcasse de leur voiture, que des hommes tuent leur femme et que des femmes tuent leur mari. Il semblerait qu'il y eût aussi quantité d'ivrognes et d'aliénés. Mentionnons encore les catastrophes naturelles habituelles et les êtres qui, à chaque seconde, meurent ici et là de froid ou de soif.

Comme ils semblent plaisants, en comparaison, les articles sur les voleurs et les escrocs ! Quel baume sur le cœur du lecteur ! Chaque fois que je lis le journal, j'éprouve de la bienveillance pour ces gens qui font leur métier sans effusion de sang et qui ne sont pourtant pas punis avec beaucoup plus d'indulgence que les assassins de tout poil.

L'argent semble avoir une importance extraordinaire, le sujet est sacré, c'est vraiment très curieux, voire incompréhensible. Mais y a-t-il pour moi quelque chose qui ne soit ni curieux ni incompréhensible ? Je reposai le journal en le repliant de travers et souhaitant à tous les voleurs, surtout aux petits, bonne chance en ce jour.

Je commençai de débarrasser la table. Le beurre était d'une couleur bien pâle et la crème pour le café était stérilisée. Je les rangeai dans le réfrigérateur et c'est alors que j'eus la vision d'un petit pain au beurre doré. Puis je vis une fontaine devant une maison à laquelle je n'aurais pas dû penser, et de cette fontaine coulait une eau claire, fraîche, sans la moindre trace de chlore. Je secouai la tête pour sortir de cet étourdissement et je me sentis d'un seul coup tenaillée par la faim et la soif. Je me rappelai que je venais de manger et ce sentiment étrange disparut, laissant place à l'affliction. Il était beaucoup trop tôt pour s'y abandonner ; je refoulai la tristesse, lui promettant qu'elle pourrait revenir le soir dans la mansarde ; elle s'éclipsa, obéissante.

A neuf heures, j'avais fini le ménage ; j'allai faire mes courses. Je n'ai rien contre les magasins à libre-service parce que je n'aime guère parler avec les vendeurs, je suis trop peu bavarde. Chez le boucher, je dus attendre un peu et j'entendis les conversations les plus étranges. Apparemment, de nombreuses personnes âgées vivent dans notre quartier. Elles sont toutes très souffrantes ou bien elles ont des malades à la maison. Chez le boucher, on se croirait dans la salle d'attente d'un médecin. Pourtant toutes les clientes prenaient leur temps, la plupart ne savaient même pas ce qu'elles voulaient acheter. Je plaignis en moi-même le jeune commis, un grand gaillard qui faisait preuve de la plus grande patience. Il levait parfois les yeux au ciel et l'on ne voyait plus alors que le blanc de ses yeux, mais il ne maugréait point, se contentant de pousser un léger soupir. Certaines femmes réfléchissaient encore à leur achat alors que la viande était déjà emballée et elles demandaient d'un seul coup un tout autre morceau. Notre progression était par conséquent bien lente.

La troupe des mal-en-point finit par s'éloigner en bavardant joyeusement à la recherche d'un autre vendeur qu'elle pourrait pousser à bout. C'est peut-être pour ces personnes-là une façon d'apporter un peu de distraction dans leur vie. Je l'espère du moins, car il y aurait de quoi exploser tellement c'est agaçant.

Une neige boueuse recouvre la rue d'une couche grise, il y en a peu mais suffisamment pour glisser ou se faire éclabousser par les voitures si l'on n'y prend garde. La rue est très large ici et il n'y a pas de passage pour les piétons, aussi je la traverse toujours avec appréhension. Des personnes âgées restent parfois une éternité au bord du trottoir sans oser se jeter dans l'aventure. Cela me rappelle toujours ces grandes chasses où le gibier est impitoyablement rabattu devant le fusil du chasseur. On a du mal à concevoir tout ce dont l'être humain prend son parti, et pourtant je fais comme les autres. Ceux qui ne peuvent s'y résoudre se font éliminer ou bien se retrouvent aux urgences de l'hôpital ou en maison de santé. Là, on répare les dommages les plus graves puis on éjecte le patient et on le replace dans la grande battue.

Même mon grand-père, puissant chef d'une grande tribu, n'eût été ici qu'un vieux paysan ridicule qui n'aurait pas eu la moindre chance de s'en tirer. Je suis bien contente qu'il n'ait pas connu cette vie.

Sur le chemin du retour — en fait il me faut une dizaine de minutes pour gagner la grand-rue, c'est souvent le cas en banlieue — en chemin donc, j'eus la certitude subite qu'il me fallait rayer de ma vie la baronne. Elle aussi faisait partie d'un temps révolu et comme je m'étais attelée à l'extirpation du passé, la baronne devait suivre le mouvement. Je ne pouvais pas la brûler dans la chaudière. Il me suffirait de ne plus aller la voir. Cette pensée me remit du cœur au ventre.

Pouvait-on me forcer à la supporter plus longtemps, simplement parce que j'avais habité autrefois chez elle et qu'elle s'était accrochée à moi en claquant des dents lorsque nous nous étions réfugiées dans l'abri anti-aérien ? Je ne trouvai pas qu'il y eût là de raison suffisante pour lier deux êtres pour la vie ; elle ne fut pas la seule à claquer des dents, tout le monde en faisait autant. Moi aussi, naturellement, surtout lors des attaques de nuit. Pour je ne sais quelle raison, je ne supportais pas les sirènes. J'appréhendais ce hurlement au-dessus de la ville ; les bombes ne me faisaient pas peur. Ce comportement était vraiment idiot, mais c'était ainsi. Les sirènes m'avaient poursuivie plus tard et avaient fait prendre à ma vie un tournant déplaisant. Mais c'était mon affaire, ce n'était pas une raison pour tolérer davantage la baronne.

Il eût été facile, à l'époque, de couper les ponts. Il est plus aisé de laisser tomber une femme de cinquante ans qu'une de soixante-dix. Mais la baronne est sans âge. A cinquante ans, elle était aussi effrayante qu'aujourd'hui. Ses soixante-dix ans ne l'ont en rien affaiblie ou handicapée. La haine la maintient alerte et en bonne santé. Cette femme est un assassin-né. Il serait bon qu'elle pût enfin commettre son crime pour vivre ensuite sa vie paisible de vieille femme, fût-ce seule dans une cellule. Mais elle a raté l'occasion. Celui qu'elle voulait trucider s'est mis à l'abri. Même la baronne ne peut l'atteindre là où il demeure désormais, dans sa tombe au Cimetière central. Et une fois son crime achevé, elle ne serait plus qu'une petite vieille ordinaire, non, elle serait beaucoup moins, elle ne serait plus rien, et elle préfère de beaucoup être un fantoche pétri de haine que rien du tout. Et je fréquente ce genre de personne ; je trouve que cela ne parle guère en ma faveur.

J'ignore comment je suis rentrée à la maison. En tout cas, je réalisai soudain que je me trouvais devant le lavabo et que j'étais en train de laver les chaussettes d'Hubert. C'est curieux, toutes ces idées qui vous passent par la tête sans que se produise le moindre changement dans le monde. La glace au-dessus du lavabo était légèrement embuée, quelques gouttes glissaient lentement le long de la surface argentée. On aurait dit que je pleurais alors que les larmes coulaient seulement sur le miroir, moi je ne pleure jamais.

J'avais pleuré pour la dernière fois après mon retour de Pruschen, pendant la première nuit que je passai avec Hubert. J'avais cru que tout irait bien de nouveau parce que j'avais recouvré le pouvoir de pleurer. Ç'aurait pu être le cas si Hubert avait eu la même réaction. Mais c'est un homme et on lui avait appris quand il était petit garçon à se maîtriser. Quand deux êtres sont ensemble et qu'un seul pleure, rien de bon ne peut en sortir, on ne peut en attendre aucune délivrance réelle. Aussi je reperdis très vite la faculté de pleurer. On n'imagine pas avec quelle facilité cela s'oublie. On n'y prête pas davantage attention, on se dit qu'une occasion se représentera bien un jour, mais lorsqu'elle se présente, on ne peut plus.

Seul le miroir pleurait pour moi maintenant, spectacle un peu étrange qui me fit baisser les yeux sur l'eau du lavage. Je ne trouve rien de dégradant aux travaux prétendument « salissants ». Il faut bien que quelqu'un lave les chaussettes quand elles sont sales, il n'y a pas là de honte, et cette tâche dût-elle être honteuse, je la préférerais à la honte des chaussettes sales.

Ce qui est idiot, c'est que je peux penser en même temps. Quand je peins ou quand je dessine, je ne pense pas ou du moins je ne pense qu'à ce que je fais. Comment réussirai-je sinon un jour à dessiner un oiseau qui ne sera pas le seul être vivant au monde ? Cette pensée n'a bien sûr d'importance que pour moi, mais je n'ai pas à en avoir honte, cette pensée est belle, droite, elle exclut tout le reste. Tandis que laver des chaussettes tout en remuant cent histoires est un comportement schizophrène ; je suis alors agitée et nerveuse.

Je suppose que cela me ferait du bien, une fois seulement, de ne pas être obligée de penser ; de n'être rien d'autre qu'un corps dans l'espace, se déplaçant avec grande légèreté et sûreté ; de savoir que le temps est une illusion et que rien ne me presse. J'aimerais qu'il me fût permis une fois de voir vraiment ; de voir les choses telles qu'elles ne se montrent jamais à nous. C'est pour cette raison que j'aime tant aller me coucher car pendant les secondes du passage de veille à sommeil, il n'y a que des images, il n'y a ni temps ni pensée, seulement des images puis l'effacement et l'inconscience totale. La plupart du temps, je m'endors couchée sur le ventre, ce qui révèle, paraît-il, un caractère mauvais et égocentrique. Il l'est peut-être mais c'est un grand bonheur de pouvoir être allongée sur le ventre et tourner le dos au monde, au moins pour quelques heures.

Je savais déjà que je ne parviendrais pas à m'endormir aussi facilement aujourd'hui, non à cause de mes réflexions « mansardières », lesquelles ne me suivent pas au lit, mais à cause de la baronne. Cette femme ne favorise pas mon sommeil et pourtant elle m'épuise. D'un autre côté elle me distrairait aujourd'hui à point nommé de ces pensées et des affres sépulcrales qui ne voulaient pas rester enfermées dans la mansarde et qui affluaient sans cesse dans ma conscience. Au moins la baronne était-elle un objet d'effroi auquel je m'étais habituée. Je préfère les bonnes vieilles frayeurs à la nouveauté, à l'inconnu.

Hubert ignore presque tout de la baronne. Il la considère comme une vieille connaissance inoffensive à qui je rends visite par charité. Quand bien même il saurait que tel n'est pas le cas, il s'abstiendrait de tout commentaire. C'est un homme raisonnable, j'entends par là qu'il aimerait terriblement l'être. La raison lui apparaît comme le plus digne objet des efforts de l'humanité, il ne peut en imaginer de meilleur, peut-être parce qu'au fond il est tout à fait déraisonnable mais n'ose pas l'admettre. Je ne peux croire qu'un homme vraiment raisonnable m'aurait voulue pour femme. Il osa même pendant quatre ans se montrer déraisonnable et ce fut alors l'être le plus adorable que je pusse imaginer. Je me demande s'il s'en souvient. Sans doute pas, ou vaguement, car tout ce que nous fîmes alors doit lui sembler aujourd'hui pure folie. Non, il a décidé d'oublier, de même que j'ai décidé, de mon côté, d'oublier certaines pages, de nombreuses pages même, de ma vie. C'est possible quand on s'efforce assez longtemps d'y parvenir.

Pendant que je faisais tremper les chaussettes, je sentis que j'étais très fâchée contre Hubert. Il m'arrive encore de l'être, sans le vouloir, et c'est très injuste de ma part. Hubert avait effectivement dû se faire une situation. Où serions-nous aujourd'hui sans son courage au travail ? Il avait fait ce qui était nécessaire et inévitable. Mais cela aurait pu aussi bien me tuer. La perte n'eût pas été grande. Hubert se serait remarié, il aurait pris pour épouse une vraie femme adulte et pas une enfant apeurée. Ferdinand aurait eu une mère raisonnable et Ilse n'aurait jamais vu le jour. Ilse ne serait pas là ; j'ai du mal à le concevoir. Elle est tellement réelle et vivante et éclatante de santé, avec ses yeux qui sont les yeux de ma mère.

Je pourrais regarder les yeux des autres pendant des heures. Ce n'est pas permis, les gens s'irritent quand on les regarde ainsi. Mon grand-père avait les yeux vraiment bleus. Ce n'était pas ce bleu ciel délavé de certains personnages douteux mais un bleu tranquille, sombre, qui plus tard s'éclaircit jusqu'à devenir transparent et se couvrit, dans les dernières semaines de sa vie, d'une membrane blanchâtre comme en ont les yeux des animaux malades qui vont bientôt mourir. Mes yeux sont bleu-vert, ils ont toujours quelque chose de ce vrai bleu mais aussi une trace du vert affamé des yeux qui veulent dévorer tout ce qu'ils voient.

Quand je dis qu'Ilse a les yeux de ma mère, ce n'est pas tout à fait exact, il s'y mêle un peu du gris des yeux d'Hubert, une couleur qui inspire confiance. Ilse n'épousera jamais un homme malade et beau pour être sa servante. Ilse jamais ! et je n'ai donc pas de souci à me faire pour elle.

Ferdinand a des yeux particuliers, d'une couleur sombre que l'on ne connaît pas chez nous, des yeux d'un tout autre univers. On ne peut pas lire dans ces yeux-là, c'est ce qui me rend mal assurée quand je suis devant lui.

Mais ces considérations sont stupides. Les yeux sont faits pour voir. Personne, vraisemblablement, ne se casse la tête comme moi sur leurs couleurs.

Ce trait de ma nature est parfois très pénible car je ne peux tout de même pas aborder des gens que je ne connais pas pour leur demander de me laisser contempler leurs yeux. Pourquoi n'a-t-on jamais le droit de faire ce dont on aurait envie ?

Je ne serais ni surprise ni fâchée si quelqu'un voulait regarder mes yeux. Mais il est inhabituel d'agir ainsi et il faut se conformer aux usages. Certaines règles existent selon lesquelles il faut vivre, même si la vie y perd toute couleur et tout attrait.

Je me redressai et relevai mes cheveux sur mon front. Le miroir était inondé de larmes. Pour qu'il cessât enfin de pleurer, j'ouvris en grand la fenêtre. Non, la couleur d'une chose ne peut pas être indifférente. Elle a une signification. Je pensais aux plumes bleues du geai et au plumage gris-jaune des étourneaux, chatoyant sous la lumière du soleil. Ces couleurs doivent avoir une signification très particulière. Seulement, je ne parviens pas à en découvrir le mystère.

Un étourneau avait été ma première approche de la réussite. On prétend que les étourneaux peuvent parler entre eux, comme les humains. Mon étourneau avait l'air d'écouter les propos d'un autre étourneau posé dans le jardin voisin. Il n'aurait pas fallu que cet oiseau disparût. C'était un commencement, un événement qui ne se renouvela pas. Des choses bien plus précieuses disparurent à l'époque, mais pour moi l'important, c'était l'étourneau, j'étais heureuse de mon œuvre.

J'accrochai les chaussettes sur la corde à linge de la véranda puis retournai à la cuisine. Je réussis enfin à refouler ces pensées qui tournaient autour de la mansarde et qui n'étaient pas de mise, et me concentrai sur le repas de midi. Il était d'ailleurs grand temps, je m'étais permis beaucoup d'indiscipline aujourd'hui.

Au moment où je décongelais les épinards, une pensée me vint qui me figea, l'espace d'une seconde. Je me précipitai dans le jardin et ouvris la boîte aux lettres du portail. Il y avait dans la boîte une grosse enveloppe jaune. Je le savais bien, c'était sciemment que je n'étais pas allée plus tôt y jeter un coup d'œil. Je ne m'en effrayai pas cette fois-ci. Ce n'était plus une surprise mais une apparition presque familière. Je montai dans la mansarde et déposai la « chose » dans le tiroir. Peut-être deviendrait-il parfaitement normal à l'avenir de recevoir chaque jour une de ces enveloppes jaunes. Je ne perdis pas une minute et retournai à mes épinards. J'étais presque soulagée. Les événements prenaient un tour normal. Les épinards étaient prêts pour la cuisson, je commençai de faire fondre le beurre.

A une heure, Hubert rentra. Le contenu de l'enveloppe jaune ne le regarde pas, ni lui ni un autre Hubert qui n'existe plus, pas plus que la jeune femme étrangère qui écrivit ces lignes dans un cahier. Je ne pouvais me laisser troubler par cette histoire qui ne nous concernait plus.

Hubert paraissait fatigué. Il travaille peut-être trop. Cette maison est un gouffre. Elle est vieille, il y a toujours quelque part quelque chose à réparer. Au fond, cette maison nous étrangle. Nous ne dépensons pas beaucoup d'argent pour nous-mêmes. Ilse n'a pas de besoins plus considérables que les autres filles de son âge ; quant à Ferdinand, nous ne le gâtons un peu qu'à l'occasion des fêtes. Hubert aurait volontiers travaillé davantage si notre fils était resté chez nous. Il se voit privé d'une fonction et il en souffre. Mais moi, je m'en félicite. Ferdinand doit être libre, autant qu'un être humain puisse l'être, assez pour qu'il ne sente pas ses chaînes en permanence. C'est déjà beaucoup.

Où passe l'argent ? Il s'évapore, on ne sait comment. Hubert tient les comptes et je ne lui pose jamais de questions. C'est son argent et sa maison ; il doit savoir ce qu'il fait. S'il le voulait, il pourrait en parler avec moi mais il ne le souhaite manifestement pas. Nous faisons un voyage tous les ans. Hubert a un penchant pour les livres d'art. L'argent qu'il gagne devrait suffire. Nous ne vivons pas sur un grand pied. Il y a bien sûr la voiture mais elle nous est nécessaire. Il faut ajouter qu'Hubert n'est pas adroit. Il a de belles mains brunes aux doigts minces mais ces mains-là sont incapables de planter un clou. Nous sommes la proie des ouvriers. Il y a là quelque rouage qui grippe mais j'ai le sentiment qu'il vaut mieux pour moi fermer les yeux et ne pas m'en mêler. Il faut éviter tout ce qui pourrait provoquer chez Hubert un sentiment d'infériorité. Il se veut chef de famille, nous devons lui laisser ce plaisir. Je crois qu'il veut garder la maison pour Ilse. Il trouve injuste que la conseillère ait légué tout son argent à Ferdinand sans donner un sou à sa petite-fille. Je ne suis pas d'accord avec lui. Les choses étaient très bien ainsi. Il y eut une personne qui fit la joie de la vieille femme, ce fut Ferdinand. Il lui a donné deux années de bonheur. C'est inestimable.

Hubert s'assit à table et nous mangeâmes silencieusement, l'esprit quelque peu distrait. L'atmosphère était toutefois très cordiale, seulement nous n'étions pas vraiment présents, Hubert surtout était ailleurs. Son corps seul était là, à cette table, afin d'absorber la nourriture vitale. Hubert pourrait aussi bien aller au restaurant mais il rentre à la maison aussi souvent qu'il le peut car il préfère rester assis à côté de moi, même sans rien dire. On pourrait y voir une déclaration d'amour.

Après le déjeuner, il alla s'allonger une vingtaine de minutes. Pendant ces vingt minutes précises, il dort profondément. Quand il réapparut, il était parfaitement éveillé et avait l'air beaucoup moins fatigué. Nous prîmes le café et fumâmes une cigarette. Il me raconta alors qu'il avait rencontré un tel et un tel, des gens que je ne connaissais pas mais je fis celle qui s'y intéressait. Peut-être m'y intéressais-je vraiment car enfin, tout ce que l'on entend est intéressant à un niveau quelconque.

L'instant d'après, il se préparait à repartir. Je pense qu'il aime son travail parce que cette activité l'empêche de réfléchir à des choses auxquelles il ne veut pas réfléchir. Hubert, qui était autrefois de santé assez délicate et qui avait des accès de toux et des rhumes fréquents, a perdu cette fragilité avec le temps. J'ai l'impression que cela tient à sa constitution un peu desséchée. Un rhume, qui implique humidité et écoulements, n'a plus de prise suffisante sur lui. Il lui arrive d'être tourmenté par un rhumatisme passager et peut-être son cœur le rappelle-t-il à l'ordre de temps en temps. Il ne le dit pas mais on a le sentiment parfois, en le voyant, qu'il épie avec anxiété quelque anomalie à l'intérieur de lui-même. Si je le questionne, il se fâche. Je ne lui demande donc plus rien. Il lui faut sans cesse se prouver à lui-même et au reste du monde qu'il est en aussi bonne santé, aussi capable et aussi robuste que tout homme digne de ce nom, du moins selon ses critères. L'eût-il été, je ne l'aurais jamais épousé. Mais il ne faut pas qu'il le sache. Il se veut un héros et ne sait pas que tous ses efforts pour paraître tel sont inutiles.

Je fis la connaissance d'Hubert lors d'une petite fête. Un certain Kranawettreiser venait de réussir sa soutenance de thèse. Le nom de ce garçon évoquait pour moi Dieu sait quoi et c'est la seule raison qui me fit aller à la réception qu'il donnait. Mais Kranawettreiser était un jeune homme comme les autres et il était déjà ivre lorsque nous arrivâmes. Sa fiancée était mon amie, c'est elle qui m'avait amenée. Comme ce garçon avait poursuivi des études particulièrement longues, les réjouissances, lorsqu'il fut admis, furent grandes. Il y avait là sept ou huit personnes, des étudiants et des jeunes filles. Kranawettreiser était leur aîné.

Il avait pu poursuivre d'aussi longues études en raison d'un problème de santé qui l'avait rendu inapte au service militaire. Tous l'enviaient.

Un garçon était assis au fond de la pièce. Il s'occupait du tourne-disque. C'était Hubert. Il était relativement à jeun et semblait s'ennuyer au milieu de ces personnages ivres. Nous avions donc eu tout de suite un point commun. Derrière le nuage de fumée, son visage semblait un peu perdu et hautain. Je dus lui faire une impression bien misérable car d'un seul coup il traversa le nuage pour me demander si je ne voulais pas que nous sortions prendre un peu l'air. Il se présenta alors très correctement, ce qui me sembla vraiment insolite dans ce cadre. Je fus tout de suite d'accord pour prendre l'air bien que nous fussions en plein mois de janvier. Je trouvai même attirants la neige et le froid en comparaison de l'atmosphère que l'on respirait dans cette pièce beaucoup trop petite. Personne ne remarqua notre sortie et si quelqu'un avait dû la remarquer, cela m'eût été bien égal. Je n'attachais pas d'importance à l'époque à préserver une bonne réputation et je faisais tout ce qui me plaisait, même si, en fin de compte, ce que je faisais ne me plaisait pas vraiment. Il y avait là quelque chose qui clochait. Je ne voulais ni me distinguer des autres jeunes de mon âge ni, à aucun prix, avoir l'air démodée ou pimbêche. Mais bien ancrée en moi, il y avait encore la terreur qu'éprouve la brave fille de la campagne devant les dépravations de la grande ville. Seulement je ne voulais pas l'admettre. C'est peut-être pour cette raison que j'ai presque tout oublié de ce qui se rapportait à cette période, comme si je n'avais pas été vraiment concernée.

Je sortis donc avec Hubert pour prendre l'air en me disant que nous atterririons sans doute dans sa piaule d'étudiant. J'espérais parvenir à me défiler d'une façon ou d'une autre, car j'étais fatiguée et je n'avais pas envie de le suivre chez lui. J'étais déprimée à cause de l'hiver et aussi à cause de ces gens pris de boisson que je ne pouvais pas supporter.

Mais il s'avéra que la seule intention d'Hubert était bien de se promener et de prendre l'air.

Nous traversâmes l'avenue du Graben en nous tenant la main et Hubert me raconta qu'il n'avait que quinze jours de permission et qu'il lui faudrait ensuite rejoindre son régiment. Il était en uniforme et nous pestions à chaque fois qu'un officier passait devant nous car Hubert devait alors saluer et donc lâcher ma main.

Nous parlâmes et n'échangeâmes pas seulement le blabla conventionnel. Nous eûmes une véritable conversation, sans arrière-pensées ni réserves, comme en ont peut-être deux enfants qui font connaissance au square.

Sentiment merveilleux ! Je n'étais soudain plus seule, pour la première fois depuis mon arrivée dans cette ville. Je me rendais compte maintenant à quel point je l'avais été pendant toutes ces années. La neige tombait, dans le silence, sur le col de la capote militaire d'Hubert et sur mon petit col de fourrure. Il y avait dans l'air une odeur qui rappelait le pays. Hubert m'accompagna jusque dans la rue du Champ aux Alouettes, où j'habitais en ce temps-là, une rue qui n'a de beau que son nom. Nous dûmes marcher longtemps mais j'étais habituée à parcourir de longs trajets à pied et nous gardions nos deux mains unies, sous la neige qui tombait toujours plus dense.

Devant la porte de la maison, il m'embrassa, plutôt amicalement, et j'appuyai ma joue contre la sienne. Son visage était aussi froid que le mien. J'avais toujours eu un faible pour les beaux visages et je trouvai beau le visage d'Hubert sous la faible lueur de la lanterne. J'espérai pouvoir le dessiner. Mais là n'était pas l'essentiel ; l'important était seulement que nous ayons pu parler l'un avec l'autre. Hubert en savait maintenant plus sur moi que n'importe qui. En effet, tous ceux qui m'avaient vraiment connue étaient morts depuis longtemps.

C'est pourquoi je m'imaginais maintenant faire partie de sa vie. Je ne sais pas ce que lui en pensait, toujours est-il que nous nous revîmes tous les jours jusqu'à son départ.

Juste après la guerre, nous nous mariâmes. Bien que nous nous fussions peu vus entre-temps, nous avions le sentiment de nous connaître depuis toujours. Tout se déroula très simplement, nous étions heureux et nous ne comprenions pas comment nous avions pu vivre l'un sans l'autre. Si Hubert avait été un enfant orphelin, comme moi, il n'y aurait eu aucune raison pour que les choses changent. Ou plutôt si, je ne sais pas, en tout cas elles n'auraient certainement pas changé aussi rapidement et de façon aussi irrévocable.

Cette promenade sur le Graben, avec la neige qui tombait en rafales et le froid, m'apparaît aujourd'hui comme une très ancienne légende, comme une belle histoire qui ne nous est peut-être jamais arrivée. Nous étions faits pour nous rencontrer en hiver, pour que la glace dans laquelle nous étions pris fondît lentement, et un jour nous reprendrions notre rigidité initiale. Tout cela nous convenait bien.

Quand bien même ce ne serait qu'une légende, elle possédait, comme toutes les légendes, une très grande force et elle nous aida plus tard à reconstruire une petite maison sur les ruines de notre monde englouti, en mastiquant partout, en colmatant les fissures afin qu'on n'entendît pas le vent qui hurlait dehors. On l'entend un peu quand même, faiblement. On n'y prête pas davantage attention ; la mort n'est pas plus proche ; et cette vie est beaucoup plus agréable.

Hubert était donc déjà reparti et les mots que je venais de murmurer : « Sois prudent en conduisant ! » s'étaient dissipés sans rencontrer d'obstacle. Je me mis à la fenêtre et regardai Hubert monter dans la voiture. Soudain, il tourna les yeux vers moi et leva la main. C'est là sa façon mélancolique d'envoyer un petit salut. Son visage avait retrouvé sa jeunesse et méritait toujours qu'on le dessinât. Je suis un peu myope, aussi je répondis avec ravissement au salut du jeune Hubert de la légende. J'eus alors le sentiment très étrange qu'une main étrangère me saisissait le cerveau et me rabattait la tête en arrière. C'était indolore mais je pris peur parce que la sensation était purement physique et ne se produisait pas pour la première fois. Je suppose que le phénomène est lié à la circulation sanguine et que les causes en sont donc tout à fait naturelles.

J'aimerais bien que l'on m'explique pourquoi cela nous tranquillise de savoir que tous les événements mauvais, bêtes ou douloureux, ont des causes naturelles. Qu'y a-t-il là de si réjouissant ? Un aimable fantôme nous angoisse davantage qu'un être repoussant, c'est vraiment incompréhensible. Ce désir de trouver des causes naturelles à nos maux doit avoir notre intime bêtise pour origine. Si nous pouvions nous en débarrasser, tout deviendrait possible instantanément. Il est difficile d'imaginer à quel point nous avons rendu notre univers étriqué et misérable.

Le sourire d'Hubert, le sourire de son spectre juvénile, m'avait remis un peu de joie au cœur, même s'il n'y avait eu là qu'une aberration de mes yeux de myope. Peut-être pourrais-je maintenant mieux supporter la baronne.

Je me changeai pour sortir. Mes bas avaient encore filé à cause de mes mains qui sont un peu rêches. Les travaux ménagers en sont la cause, mais je préfère avoir les mains rêches que porter des gants de caoutchouc lisses. J'enfilai donc une paire de bas neufs, un vieil ensemble gris et par-dessus mon plus vieux manteau, celui que je porte pour les enterrements. C'est mon unique manteau noir et je déteste le noir. Je m'habillai ainsi afin de n'avoir l'air ni trop jeune ni trop pimpante. Je me passai un soupçon de rouge à lèvres. En effet, plus j'ai l'air à mon avantage, plus la baronne est furieuse. Elle ne peut pas supporter les gens qui ont bel aspect.

Je marchai jusqu'à l'arrêt du tramway, ce qui prend exactement huit minutes, c'est un bon petit exercice, du moins j'essaie de me convaincre tous les jours que cet exercice me fait du bien. Le temps s'était amélioré, la gadoue avait fondu, l'air était très humide et portait un espoir de chaleur. Le ciel était traversé de nuages gris, il allait certainement bientôt pleuvoir.

Je devais prendre deux correspondances. Je m'efforçai d'être attentive et de ne pas me perdre dans mes pensées. Le tramway était plein à craquer. Je ne ressentais ni sympathie ni antipathie particulières pour mes voisins. La voiture sentait la laine mouillée et aussi malheureusement le tabac, l'ail et la naphtaline. Mais je ne devais pas me laisser distraire. Deux fois déjà, il m'était arrivé de rater la station et j'avais dû revenir à pied ; je voulais éviter cet ennui aujourd'hui. Je descendis sans me tromper à l'arrêt de la rue du Champ aux Alouettes, cette rue qui n'a de beau que son nom. Je passai devant la boutique d'un fleuriste où je vis des roses, des violettes et des œillets mais je repoussai immédiatement l'idée d'en acheter. J'aime les fleurs et je ne peux supporter qu'on les enfourne dans un vase sans jamais changer leur eau. C'est ainsi que la baronne les traite. Je les laissai pour une autre personne qui passerait devant le magasin et qui les traiterait mieux. Des années auparavant, j'avais commis l'erreur d'acheter une perruche à la baronne. L'oiseau était mort une semaine plus tard en présentant d'énigmatiques symptômes. Quand on a affaire à des tempéraments meurtriers, on ne leur offre ni fleurs ni animaux. J'achetai donc une boîte de bonbons et continuai mon chemin la conscience tranquille. On peut croquer les bonbons, c'était exactement ce qu'il fallait pour la baronne.

La maison, une grande bâtisse construite dans les années 1900, était équipée d'un ascenseur. Mais je n'aime pas m'en servir et je prends toujours l'escalier pour aller au troisième étage. J'étais naturellement un peu essoufflée en arrivant et j'attendis quelques minutes avant d'appuyer sur le bouton de la sonnette. Je ne voulais pas me sentir affaiblie au moment où je tomberais entre les mains de la baronne ; d'ailleurs je ne voulais pas du tout tomber à sa merci. Si je m'étais écoutée, j'aurais fait demi-tour et me serais enfuie en courant. Mais à ce moment-là, une sorte d'ouragan s'éleva derrière la porte, un souffle, un grondement, un piétinement. La baronne devait m'attendre depuis un certain temps. Elle arracha littéralement la porte, me projeta à l'intérieur de l'appartement et m'accrochant par les épaules, me précipita contre sa poitrine. Cette poitrine est étrange et inquiétante. Elle n'est pas douce comme devrait l'être une poitrine de femme mais dure comme de la pierre. Elle crissa comme si elle avait été bourrée de sciure de bois. Pourtant cette poitrine est naturelle. La baronne porte des robes très décolletées et j'ai été bien forcée d'en voir suffisamment pour savoir que sa poitrine n'est pas artificielle. Cependant le contact n'en est pas humain. J'ai réfléchi souvent et sans résultat à cette énigme.

Après que la baronne m'eut maintenue un moment sous son étreinte de fer et embrassée plusieurs fois sur la bouche, je parvins à tourner suffisamment la tête pour que le baiser suivant n'atteignît que ma joue. Elle est la seule personne à m'embrasser sur la bouche. Une fois même, elle me cassa un petit morceau de l'incisive supérieure gauche. Je trouvai que la plaisanterie allait un peu trop loin. Depuis je ferme bien la bouche et j'essaie de respirer par le nez, ce qui n'est pas facile car il est toujours écrasé par quelque partie de l'anatomie de la baronne.

Je m'interroge depuis des années sur la signification de cet accueil. La seule explication que je puisse trouver est que la baronne décharge sans doute en cet instant toute l'avidité qu'elle a en elle. Je ne suis plus alors moi-même, je suis le monde entier qui se refuse à elle avec une intraitable détermination. Je sentis un parfum de lavande et de poudre et l'odeur métallique du corps de la baronne. Elle m'arracha mon manteau et me conduisit dans le salon avec de grands mouvements de la main, comme l'on fait pour rabattre des poules dans un poulailler. Rien, depuis que je connais l'appartement, n'a changé dans le salon de style vieil allemand, une pièce affreuse qui s'accorde à la perfection avec la propriétaire. On ne peut s'y asseoir nulle part sans éprouver les pires douleurs. Mes jambes s'engourdissent dans les fauteuils, puis j'ai mal aux reins ; enfin je ressens un étirement dans les épaules et une partie de l'os iliaque commence de s'enfoncer impitoyablement dans ma chair. Je sais à ce moment-là qu'il faut que je rentre immédiatement car la douleur n'est pas supportable longtemps. La baronne est naturellement mieux rembourrée que moi, mais je ne comprends quand même pas comment elle peut résister.

Nous venions donc de nous asseoir, le supplice pouvait commencer. La baronne avait posé les mains sur la table et tenait les doigts écartés. Ses mains ne sont ni ridées ni tavelées, elles sont grosses et lisses, comme émoussées au bout des doigts et très larges. La baronne doit avoir soixante-quatorze ou soixante-quinze ans mais elle a l'air beaucoup plus jeune, en fait pas vraiment plus jeune mais on dirait qu'un naturaliste l'a embaumée avec art alors qu'elle avait cinquante ans. Depuis que je la connais, cela doit faire vingt-sept ans, elle n'a pratiquement pas changé, elle n'est ni décrépite ni fragile, elle est tout simplement effrayante.

De plus, ce n'est pas une vraie baronne, c'est une fille de grands bourgeois très riches qui a épousé un baron. Dans toutes les pièces de son appartement sont accrochés de grands portraits à l'huile la représentant à différents stades de son existence : lorsqu'elle était jeune fille ; plus tard jeune femme et enfin veuve. Elle prétend avoir été autrefois une beauté, mais sur les tableaux elle donne toujours cette même impression d'ogresse. On aurait envie de l'éloigner avec une de ces grandes pinces à charbon, peut-être pourrait-on ensuite la supporter plus facilement.

« Et comment vas-tu, tante Lilly ? » demandai-je. C'est une formule consacrée. Une fois ces mots prononcés, je n'ai plus besoin de parler pendant un long moment, il me suffit de fixer attentivement le grand visage poudré. Une minute plus tard, nous étions déjà parvenues là où aboutit toute conversation avec elle : le défunt baron était sur la sellette. Je m'efforçai de ne rien entendre tout en donnant l'impression que j'écoutais chaque parole. Le baron est décédé il y a quarante ans mais elle ne lui permet pas d'être mort car la haine qu'elle lui porte maintient chez cette femme sa beauté, sa santé et sa vitalité. Après avoir entendu sur lui pendant tant d'années les choses les plus abominables, je me suis fait une image distincte du baron : un homme malade, malheureux, qui s'est vendu en échange de beaucoup d'argent. Je le vois, avec son teint cireux, ses mains tremblantes, assis dans sa chambre, ses yeux noirs rivés sur le tiroir du bureau qui recèle son dernier espoir, son revolver de l'armée. Et ses oreilles résonnent, jour et nuit, des cris d'une femme qu'il n'a touchée qu'une fois, alors qu'il était ivre, la nuit de ses noces. Il aurait, paraît-il, plus tard, entretenu maintes créatures, mais je n'en crois rien, sa carrière de viveur a dû prendre fin cette nuit-là. Et pour mettre un terme à cette vie, une main plonge dans le tiroir... J'ai un certain faible pour le baron. J'apprécie surtout le fait qu'il n'ait pas eu d'enfant avec sa femme, même si je dois admettre qu'il y eut là une petite supercherie. Empocher tout cet argent pour ne même pas avoir d'enfant n'est pas une attitude très honnête même si elle est raisonnable. Tout bien considéré, sa vie ne fut pas une partie de plaisir. Le prix à payer fut trop élevé pour le bon temps qu'il avait pris étant jeune homme. Le baron était insouciant, maladroit, peut-être était-il lâche. Le temps et la haine lui ont conféré l'aspect difforme d'un démon qu'il ne peut avoir été. Toute cette histoire n'est qu'un roman de quatre sous, aussi irréel et inhumain que la poitrine bourrée de sciure de la baronne.

Je me demande parfois comment j'ai pu supporter de vivre ici. Mais la petite chambre en sous-location, qui était initialement une chambre de bonne, me semblait une bénédiction du ciel. Je pouvais même utiliser la salle de bains et la cuisine ; au bout d'une semaine, j'eus le droit d'appeler la baronne tante Lilly. Ce fut alors le début de ses affreux récits, de ses cris, de ses accès de fureur et je commençai à avoir peur d'elle. Et pourtant, pendant un hiver glacé de la guerre, alors que j'avais attrapé la grippe, elle m'avait soignée, m'avait donné de l'aspirine, m'avait enveloppée dans un linge humide. Elle l'avait fait avec une grande brutalité, mais elle ne sait pas agir autrement. Je guéris rapidement, peut-être parce que j'eus peur de me voir emmaillotée une deuxième fois dans ce drap humide. En ce temps-là, il ne faut pas l'oublier, elle pouvait s'abstenir d'ouvrir la bouche pendant des heures et elle me laissait dormir. Pour cette raison, je l'ai considérée longtemps comme un être humain. Plus tard, elle s'était cramponnée à moi, dans l'abri anti-aérien, claquant des dents, sans crier, geignant seulement, dans cette cave qui sentait la sueur de l'angoisse et les vieilles pommes de terre. Ces gémissements m'impressionnèrent beaucoup plus que l'attaque aérienne. Ce n'était assurément pas honteux de geindre et de resserrer ses bras autour de moi, mais elle m'aurait presque cassé les côtes. Cette époque fut vraiment pénible.

Une fois même, elle m'écrivit à Pruschen. Elle avait dû, je ne sais comment, extorquer l'adresse à Hubert. Dans sa lettre, elle me disait : « Sois courageuse, ma pauvre enfant ! Les hommes sont responsables de tout, j'espère que tu t'en rends compte enfin. » Suivait une longue épître sur les atrocités commises par le baron. Je ne répondis pas et elle ne m'écrivit plus. Un être qui ne répond pas cesse d'exister, du moins pour la baronne. Plus tard, lorsque je fus revenue, je la rencontrai dans la rue et elle m'entraîna chez elle. Ce fut pour elle un jour de fête et depuis je lui rends visite le dernier mardi de chaque mois. Je ne dois vraiment pas être tout à fait normale.

Jamais la baronne ne fait allusion à mon mari. C'est très intelligent de sa part car elle serait incapable de prononcer la moindre amabilité sur un homme qu'elle considère comme une réplique en miniature de son baron. Et comme elle ne veut surtout pas me perdre, elle préfère tenir sa langue. Je suis une chose assise à sa table, qui se laisse charger de toute son ordure, rien de plus. Tout ce qui existe au monde n'existe que par rapport à elle, son univers est donc dérisoire.

Elle frappa la table du poing. Les tasses à thé

résonnèrent. Je n'avais pas entendu ce qu'elle venait de dire ? Naturellement pas ! « Ce type était une saloperie, une véritable saloperie ! » cria-t-elle en me fixant. Très curieusement, ses yeux, ses petits yeux jaunes, ronds comme des billes, n'expriment rien de la fureur qui secoue son être. Je n'ai jamais vu d'yeux aussi inexpressifs. « Ne t'énerve pas, tante Lilly, répondis-je. Il est mort depuis longtemps, il n'en vaut plus le coup. » La flatterie était répugnante mais qui ne deviendrait pas répugnant auprès de la baronne ? Je n'ai pas un tempérament d'héroïne.

« Je le lui revaudrai », cria-t-elle sans détacher de moi ses yeux jaunes qui ne pouvaient rien voir. Elle se mit à pleurer. Pas de chagrin mais de haine. Pourtant, où finit la haine, où commence le chagrin ? Elle m'avait soignée lorsque j'avais été malade, elle m'avait donné de l'aspirine, c'était peut-être, malgré tout, un être humain.

« Il était si beau, dit-elle. Un homme d'une classe... ! »

Elle murmurait presque et j'en eus la chair de poule. Je préfère l'entendre crier. J'avais peur. Elle devait quand même bien savoir depuis longtemps ce que je pensais d'elle. Peut-être serait-elle prise un jour de l'envie de me tuer et me frapperait-elle avec le lampadaire de fer forgé. Mais elle ne peut se le permettre car alors je serais morte et elle ne pourrait plus crier qu'en présence d'elle-même.

Elle se perdait maintenant dans des souvenirs d'invraisemblables succès érotiques, actes de vengeance contre l'indifférence du baron. Qu'il n'allât pas s'imaginer qu'elle lui fût restée fidèle ! Je ne croyais pas un mot de ce qu'elle disait. Les hommes n'ont pas un tel courage. Quand je lui demande où sont partis tous ces hommes, son imagination flanche. Certains peuvent être morts ou avoir quitté le pays, mais tout de même pas un régiment entier. Lorsque j'habitais ici, je n'ai jamais vu d'homme entrer chez elle, à part un ouvrier quand il y avait une réparation à faire. Je souhaitais vivement qu'elle trouvât chaussure à son pied, peut-être en la personne d'un officier allemand qui n'aurait pas connu sa réputation, mais j'espérais en vain.

Je restai tranquillement à ma place et m'étonnai de résister ainsi sans bondir hors de mon siège et partir. J'aurais pu aussi éclater de rire et chasser ce cauchemar. Je jetai prudemment un coup d'œil sur la pendule. Il me fallait tenir bon encore une heure. Lentement, les histoires de la vieille se transformaient pour moi en un grondement marin entrecoupé par les éclats du ressac.

Je tentai mentalement de me réfugier dans la mansarde et de dessiner un oiseau. Mes doigts tremblaient un peu, comme s'ils maniaient un crayon à dessin ; je me sentais en sûreté dans ma casemate. J'étais presque heureuse lorsque d'un seul coup s'éleva le mugissement déferlant : « Qu'est-ce que tu dis de ça ? Il n'a pas même laissé une lettre d'adieu. » Je répondis machinalement : « Il était peut-être trop malheureux, tante Lilly, les gens malheureux n'écrivent pas de lettres.

— Ridicule, cria-t-elle. Il n'était pas malheureux, c'était pure méchanceté de sa part. N'essaie pas de le défendre, ce salaud ! »

Sa voix recelait une menace froide. Je demandai en secret au défunt baron de me pardonner les paroles que j'allais prononcer : « Tu as raison, c'était un salaud ! »

J'avais les jambes engourdies depuis un bon bout de temps, j'avais mal aux reins et l'os iliaque commençait de me transpercer la chair. J'étais tellement abattue que je ne pouvais plus rien dire. Je m'entendis alors, et je m'en effrayai moi-même, rire doucement. J'étais manifestement sur le point de devenir folle.

« Qu'y a-t-il de drôle ? demanda la baronne froidement.

— Je ris, tentai-je d'expliquer, parce que les gens sont tellement bêtes ! »

Curieusement, cette réflexion lui plut. Elle m'emboîta le pas en racontant trois vieilles histoires rabâchées, celle d'une idiote de cuisinière qui avait eu un enfant, celle d'un idiot de neveu qui avait contracté un mariage au-dessous de sa condition et celle d'une sotte concierge qui avait refusé de faire piquer son vieux chien. Je sentais mon front se mouiller. Pourtant il faisait froid dans la pièce. La baronne économise le charbon. Une température de quinze degrés lui suffit. Elle se sent tellement bien dans l'étuve de sa haine. Elle boit aussi de grandes quantités d'eau glacée. Elle en ingurgite des litres sans pour autant éteindre l'incendie.

Quand elle mourra, que deviendra sa haine ? Est-ce qu'elle mourra avec elle ? On a peine à le croire. Peut-être restera-t-elle dans la chambre puis elle s'insinuera tout doucement par les fentes des fenêtres et s'unira dehors au grand nuage de haine qui couve au-dessus de la ville.

« Entre les sourcils, dit la baronne, il avait une tache sur la peau, on aurait dit un signe cabalistique. Gardez-vous des porteurs de stigmates ! »

Son poing, qu'elle tenait fermé sur la table, s'ouvrit alors, se transformant en une main pataude et désemparée.

« Il ne m'appréciait pas. J'étais jeune, belle et riche, mais il préférait coucher avec des putains. Peux-tu comprendre ça ? » Je le comprenais très bien mais fis non de la tête. Je me sentais étourdie.

« Bien sûr que non, continua-t-elle, il n'est pas un être humain normal qui puisse comprendre ça. C'était un salaud et un fou, un salaud de fou. » La formule sembla lui plaire car elle la prononça deux fois encore. Elle rit en même temps et une veine de ses tempes enfla de façon inquiétante. Elle va bientôt mourir, pensé-je, et je serai délivrée d'elle. J'aurais dû prononcer quelques paroles apaisantes mais j'en étais absolument incapable. Je me sentais vraiment mal. Je respirais des relents de choses anciennes et mauvaises, de momies qu'on aurait enfermées quelque part. La baronne ne remarquait pas mon épuisement. Elle ne remarque jamais ce qui se passe en moi parce que je ne suis qu'un objet à ses yeux. Il faudrait se tirer une balle dans la tête pour lui montrer qu'on en a assez. Elle se lançait à présent dans l'énumération de toutes les morts possibles qu'elle destinait au baron : elle avait pensé l'empoisonner, l'assommer, le poignarder, l'électrocuter dans la salle de bains et caetera.

« Pardonne-moi, tante Lilly, il faut vraiment que je parte maintenant, mais je reviendrai le mois prochain. »

Elle s'affaissa comme une baudruche qu'on a percée d'un coup d'épingle. Je l'embrassai rapidement sur le front et je sentis une odeur de métal chauffé, légèrement couverte par celle de la poudre et de la lavande, me piquer les narines. La baronne a toujours sur la peau cette odeur de métal et de feu qui couve et je trouve que ce parfum lui convient très bien. Elle ne m'accompagna pas dans l'antichambre, elle ne le fait jamais, je pus donc m'esquiver rapidement.

Ses meubles et ses tapis devaient avoir peur, maintenant qu'ils se retrouvaient seuls avec elle dans la pièce. Je n'aimerais pas être la personne qui les rachètera, après sa mort, chez le brocanteur. On ne devrait jamais acheter d'objets anciens, ils sont porteurs de trop de choses.

Alors que j'étais assise dans le tramway, je réalisai pour la première fois que si la baronne mettait toujours le service à thé sur la table, elle ne servait jamais ni thé ni pâtisseries. Il n'y avait rien d'autre que cette eau glacée qu'elle ingurgitait sans cesse, sans jamais m'en proposer. Peut-être ne débarrasse-t-elle jamais la table, peut-être le service reste-t-il là jusqu'à ma prochaine visite. Et dans quatre semaines, je me retrouverai assise là. J'aimerais bien savoir pourquoi. Oui, j'aimerais bien qu'on me le dise.

Une fois rentrée à la maison, j'allai tout de suite dans la salle de bains. Je m'allongeai dans la baignoire et restai immobile un quart d'heure dans l'eau chaude à regarder les petites bulles qui se formaient et montaient lentement sur ma peau. Avant, cinq minutes me suffisaient, maintenant il me faut un quart d'heure. La baronne disparaissait dans les gargouillements de l'eau du bain. Alors une révélation me frappa tel un éclair : je suis un monstre qui veut vagabonder libre et solitaire à travers les bois et qui ne supporte pas le simple contact de la vrille d'un végétal sur son front. Cela ne serait pas très grave. Mais ce monstre désire de temps en temps être aimé et caressé et c'est un être plaintif qui retourne alors en rampant vers les hommes.

J'oubliai, l'instant d'après, ce qui m'était passé par la tête ou ce par quoi j'avais été traversée, seule subsistait une légère sensation de piqûre dans la tempe. J'enfilai les vieux habits que je mets pour traîner à la maison et voulus préparer la table quand Hubert téléphona pour dire qu'il rentrerait plus tard. Je raccrochai, déçue et heureuse à la fois. J'étais heureuse de pouvoir aller dans la mansarde mais déçue en même temps parce que la mansarde était devenue depuis peu un endroit inquiétant. Je montai lentement les marches.

2 décembre

Il neige. Je me sens vide et l'esprit en paix. Pour la première fois depuis que je suis ici, je comprends ce que je lis. Je me fais envoyer des livres par une bibliothèque. Je n'emprunte que des ouvrages historiques, je n'arrive en effet à lire ni les romans ni les poèmes. Depuis une semaine je lisais un livre sur la grandeur et la décadence de l'empire romain mais j'avais dû en reprendre chaque jour la lecture depuis le début car je ne comprenais rien de ce que je lisais, je ne parvenais pas à franchir la barrière des mots. Depuis hier seulement je peux véritablement recommencer à lire. L'expansion et le déclin de l'empire romain sont plus réels pour moi que ma propre vie.

La forêt devant ma fenêtre s'est figée sous sa charge de neige humide. Parfois un petit paquet de neige tombe sur le sol et laisse apparaître un morceau du branchage vert des jeunes sapins.

L'empire romain m'émeut profondément. J'éprouve de la compassion pour lui comme j'en éprouverais pour un grand animal superbe dormant dans la steppe. Ses flancs se soulèvent et s'abaissent dans son sommeil et il ne sait pas qu'un jour on l'éliminera. Cela me fait du bien de pouvoir ressentir de la compassion ne fût-ce que pour l'empire romain. Cette pitié est en effet parfaitement anodine et ne provoque pas chez moi de véritable douleur. Je me sens un peu mieux. Peut-être pourrai-je bientôt me rendre au village. Mais je n'y ai pas sitôt songé que l'inquiétude me gagne. Je préfère donc abandonner cette idée car si je suis ici, c'est pour retrouver enfin le calme et réfléchir. Je crains seulement que la réflexion ne soit pas dans ma nature. Auparavant je l'ignorais ; maintenant cette incapacité se révèle nettement.

Hubert a l'intention de venir le lendemain de Noël. Il passera naturellement les fêtes avec le petit Ferdinand. L'idée de sa visite ne me procure aucun plaisir. C'est mon mari mais je ne ressens plus cette appartenance. Je ne désire pas son contact. Un grand froid se niche profondément en moi. Je pense moins à Hubert qu'à l'empire romain qui est pourtant mort depuis longtemps. Mais l'on peut aimer les choses mortes sans être puni de cet amour. Hubert est beaucoup trop vivant. Je l'imagine posant sa main sur ma joue, cette sensation est étrange. Pourquoi agirait-il ainsi et pourquoi ma joue en éprouverait-elle quelque satisfaction ? Aucun être humain ne m'a touchée depuis si longtemps que je craindrais d'éclater au moindre contact en mille petits cristaux de glace. Cette idée m'est insupportable. Tout ce qui a pu se passer entre Hubert et moi m'apparaît aujourd'hui tout à fait incroyable.

Dans les premiers temps, je m'étais accrochée à lui. Je ne pouvais pas l'entendre mais je sentais au moins à côté de moi sa chaleur et son corps familier. Je pouvais voir son visage et sentir son odeur. Cette atmosphère dut lui sembler bien inquiétante. Il m'arrivait de lire dans ses yeux l'incertitude et l'angoisse. Peut-être même avait-il peur de moi. Aujourd'hui je le comprends très bien. Je comprends aussi sa mère qui ne voulait plus de cette situation. Son fils unique marié à une femme sourde ! Ma peur décupla. Je m'enfuyais quand des gens venaient en visite. Je m'enfermais. Je n'appartenais plus à leur monde, j'étais détachée de leur réalité. Mais qui étais-je en fait ?

Hubert pensa un jour qu'il aurait mieux valu que je ne survécusse pas à cette nuit où la sirène avait hurlé. Comment est-ce que je le sais ? De tout temps j'ai eu parfois la prémonition de ce que pensaient les gens. C'est une impression très désagréable. Une illumination fulgurante se produit et je me retrouve dans le cerveau de l'autre. Horrifiée, je m'éloigne alors à reculons. Ce phénomène est très rare mais cette fois-là justement, il se produisit. Hubert était assis à son bureau et étudiait. J'entrai dans la pièce en m'efforçant de ne pas faire de bruit. C'était alors chez moi un souci constant ; l'idée que je pouvais provoquer un vacarme excessif me tourmentait. L'éclat du soleil pénétrait dans la pièce. Je m'arrêtai, ne voulant pas faire sursauter Hubert. Je demeurai ainsi dans un large faisceau de poussières solaires et je savais que mes cheveux scintillaient dans la lumière. Il me parut impossible de faire un pas de plus. Non seulement je ne pouvais pas entendre mais j'osais à peine parler car je ne savais pas à quoi ma voix ressemblait. J'avais vraiment le sentiment de ne rien avoir à faire sur cette terre.

Pourtant, quelques mois seulement auparavant, ce monde avait été le mien aussi. Je m'y sentais bien et à l'abri, à tel point que parfois je ne voulais pas y croire.

Hubert sentit soudain une présence derrière lui et tourna la tête. Il me vit dans le rai de lumière, dans ce rayon scintillant de fines poussières d'or, et ses yeux s'obscurcirent et devinrent tout noirs sous la douleur. J'étais dans son cerveau et je sus alors qu'il souhaitait la mort pour moi. Ce qu'il y eut ensuite, je l'ai oublié. A partir de ce moment-là, je ne voulus plus rester ici. Hubert était opposé à mon départ, pourtant je vis bien que ma proposition le soulageait.

Alors, quel empressement de la part de la conseillère ! Pour la première fois, elle se montrait aimable à mon égard. Elle voulait même me payer un séjour dans une maison de repos et me tapotait le dos pour me consoler. Moi, je restais assise là, sans dire un mot, puis je déclarai enfin que je ne voulais pas aller en maison de repos, que j'irais n'importe où pourvu que je n'y rencontre personne. Je vis combien elle s'en réjouissait car cette solution était beaucoup moins onéreuse et la conseillère était très près de ses sous. Je voulais vraiment être seule et la pensée qu'Hubert pût devenir dépendant de sa mère à cause des frais occasionnés par un séjour en maison de santé m'était insupportable. Les choses sont donc bien mieux ainsi.

Voilà pourquoi il est préférable qu'Hubert ne vienne pas. Je ne veux ni le voir chagriné ni le savoir en train de souhaiter ma mort. Je ne veux pas non plus penser au petit Ferdinand. Espérons qu'il m'oubliera rapidement !

Je veux rester assise dans ce vieux fauteuil de cuir et lire l'histoire de l'empire romain et je veux regarder de temps en temps par la fenêtre et voir la neige sur les branches des sapins et je ne veux pas qu'on me touche parce que je ne veux pas voler en éclats. Le médecin a dit que l'origine de mon mal était en moi et que moi seule pouvais y changer quelque chose. Je n'arrive pas à comprendre. Pourquoi aurais-je voulu me nuire ? Mais si le médecin a raison, il me faut alors attendre que la créature étrange qui habite en moi daigne réentendre. Je ne peux de toute façon pas forcer les choses. Cet être ne se laisse pas contraindre. Il me faut de la patience.

10 décembre

La maison d'édition pour laquelle je travaille de temps en temps m'a écrit. On me propose d'illustrer un livre sur les insectes. L'éditeur veut faire un ouvrage pour les profanes dans lequel on ne détaillera pas chaque antenne. Mais je suis très précise en ce qui concerne les antennes ; il faut donc que je me mette en quête des modèles adéquats. Je vais répondre que je suis d'accord. Les insectes sont exactement ce qu'il me faut, eux aussi sont différents de tous les autres êtres vivants. D'autre part, je ne veux pas qu'Hubert soit obligé de payer pour moi ad vitam aeternam. La vie que je mène ici ne coûte certes vraiment pas cher mais

Hubert doit se faire une situation et cela demande beaucoup d'argent.

J'ai apporté mon matériel de peinture ; plus exactement Hubert y a pensé pour moi. Il a dit que cela me distrairait agréablement. Il ne l'a pas dit, naturellement, il l'a écrit sur une feuille. Il avait acheté un gros bloc à cet usage, et le soir nous brûlions tout ce qu'il m'avait écrit pendant la journée. Nous eûmes d'ailleurs chaque jour de moins en moins à brûler.

En fait, j'aurais largement préféré rester plongée dans l'empire romain. Je rêve beaucoup en ce moment de villes en ruines et de paysages d'où les êtres humains ont disparu et où ne se dressent que des statues lépreuses. Je vais alors d'une statue à l'autre, elles me regardent du fond de leurs orbites vides. Elles peuvent me voir et ne s'offusquent pas de ma présence près d'elles. Un silence total règne dans mon rêve, je suis alors gagnée par le sommeil et je descends au tréfonds de caveaux où l'atmosphère est chaude et sèche et dont les murs recèlent de vieilles inscriptions que je ne peux pas lire. Cette incapacité à les lire me rassure beaucoup dans mon rêve. Je sais qu'elles ne sont pas là pour être lues. Je me couche sur le sol recouvert d'un épais tapis d'herbe et je m'endors. Mais ce n'est pas le sommeil, c'est une perte de conscience et c'est pour toujours. A l'instant ultime où je m'éteins, je suis toujours très heureuse.

Le jour, ce rêve me semble inquiétant, voire dangereux, mais dans le rêve même, tout m'est très familier, je me sens chez moi et en sécurité, comme après un long et pénible voyage. Ce sentiment d'être chez moi est plus profond encore que celui que je ressentais lorsque j'étais enfant, dans la maison de mon grand-père.

J'ai tenté de dessiner le paysage et les statues mais je n'y parviens pas, ce qui me rassérène autant que l'impossible lecture des inscriptions sur les murs des voûtes souterraines.

Le garde-chasse m'apporte consciencieusement du bois qu'il entrepose devant le poêle. Je lis dans ses yeux, et je le sens, car il émane de lui des relents de jalousie, qu'il me considère comme une bonne femme inutile, ce en quoi il n'a pas entièrement tort.

J'irai certainement bientôt au village afin qu'il ne soit plus obligé de faire mes courses. Pourquoi diable est-ce que je ne m'en occupe pas moi-même ? J'en serais capable depuis longtemps. Ce n'est tout de même pas compliqué. On pousse la porte, on pose la liste sur le comptoir. Je sourirais en même temps. Mon sourire a toujours fait son effet et m'a toujours attiré les sympathies. Pourquoi ma seule surdité empêcherait-elle les gens d'aimer encore mon sourire ?

Je vais plutôt m'abstenir dans l'immédiat d'aller au village ; j'irai bientôt mais ni aujourd'hui ni demain.

Le garde a un chat qui couche dans l'étable. Je le vois parfois, gris et souple, traverser la route, rapide comme un éclair. Je suis sûre qu'il lui donne tout au plus un peu de lait. L'animal n'a pas le droit d'entrer dans la maison ; peut-être d'ailleurs n'essaie-t-il même pas. Ce serait bien d'avoir un chat, c'est un animal chaud, doux au toucher et vivant. Je crois que je l'aimerais bien. Mais le jour où je partirais, il se retrouverait seul avec le garde. Il vaut mieux qu'il n'apprenne pas ce qu'est la tendresse, ainsi il n'en sentira jamais l'absence.

Mais qui dit que je partirai d'ici un jour ?

30 janvier

Aujourd'hui, je suis allée en forêt. Silence glacé et beauté. Rien ne me distrait, ni un craquement d'arbre ni le crissement de mes chaussures qui s'enfoncent dans la neige. Je me rappelle très distinctement ce frottement sec. Le silence me donne un sentiment d'irréel, j'ai l'impression d'être un fantôme qui vient hanter la forêt enneigée. Pas un seul animal en vue. Où sont-ils tous ? Peut-être sous les capuchons de neige couvrant les buissons, dans les cavités que forment les rhizomes ou dans les arbres creux. Quantité de mésanges et de pinsons viennent picorer sous ma fenêtre mais dans la forêt je n'ai pas vu un seul oiseau. Peut-être s'effraient-ils en entendant mes pas, il ne faut pas que j'oublie que je fais du bruit comme tout autre être humain. Sont-ils blottis dans les fourches des arbres, dans le blanc crépuscule de neige, ramassant leur peu de vie en une minuscule boule chaude, s'efforçant de ne pas laisser s'éteindre la faible flamme ? Et là-haut, au-dessus des nuages de cette terre, l'impitoyable oiseau-dieu au plumage rouge décrit ses cercles lents. Il ferme parfois ses yeux noirs et des milliers de petites pattes se figent alors et se détachent des branches. On retrouve les petites dépouilles dans la neige, les plumes couvertes d'une gelée grise, les doigts largement écartés et le froid devient un tout petit peu plus intense dans la forêt. Pourtant il ne s'est rien passé, absolument rien.

J'ai les mains et les pieds froids et insensibles. J'ai très peu de chaleur en moi lorsque je pense aux oiseaux morts.

Il est certain que le garde a peur de moi. Quand il apporte le bois et qu'il me voit recroquevillée dans mon fauteuil, il détourne la tête afin de ne pas être obligé de me regarder dans les yeux. C'est risible. Mais le garde est un être inculte et superstitieux, pourquoi ne me craindrait-il pas ? Même Hubert a peur de moi.

J'avais raison. Hubert n'aurait pas dû venir. Pouvoir parler l'un avec l'autre était autrefois essentiel pour nous deux. Maintenant Hubert s'effraie de ne pas savoir ce que je pense ou ce que je ressens car ce sont des choses que l'on ne peut écrire sur un bout de papier. Hubert, l'enfant unique qui avait enfin trouvé une compagne de jeu, a le sentiment d'avoir été floué. La camarade de jeu est devenue une poupée sourde et muette, elle l'a laissé tomber. Son visage était tendu et gardait un sourire figé et tourmenté dont il n'osa pour ainsi dire jamais se départir. Ce sourire était comme un bouclier entre nous, une protection magique contre l'élément étranger qui apparaissait sous des traits familiers. Cette nuit-là, nous restâmes allongés étroitement serrés l'un contre l'autre en nous tenant par la main. Je sentis sa peur s'insinuer dans l'extrémité de mes doigts. C'était une nuit sans lune. J'espère qu'il a pu, au moins pendant son sommeil, faire disparaître ce sourire de ses lèvres. Je n'osai pas retirer ma main et je fus contente quand après m'avoir désespérément enlacée il s'endormit enfin.

Je restai éveillée jusqu'au matin et trouvai que nous n'avions vraiment pas assez de place à deux dans un lit. Pourtant nous n'avions certainement ni grandi ni grossi et le lit était plus large que d'autres lits dans lesquels nous avions dormi auparavant. A l'époque nous n'avions jamais été gênés par le manque de place.

Hubert dormait encore quand le jour se leva. Je pus voir son visage. Il ne semblait plus très jeune et avait perdu son côté un peu hautain ; on y lisait maintenant la fatigue. Deux rides s'étaient creusées du nez jusqu'à la bouche, pas encore très profondes mais déjà visibles.

Je me sentis vraiment coupable sans savoir pourquoi. Avant de partir, Hubert écrivit sur une feuille : « Je reviendrai. Il faut que tu tiennes le coup encore un peu. » Il avait un appartement en vue et des locaux pour installer son étude. Il écrivit aussi qu'un jour nous nous retrouverions ensemble tous les trois. Et il me demanda un peu de patience, ce qui me surprit beaucoup car je n'avais pas prononcé une seule parole qui fût impatiente. Puis ce fut l'heure d'aller à la gare. Plus tard, j'ai brûlé tout ce que nous avions écrit, tout comme le garde détruit soigneusement chacune de ses feuilles car il ne veut pas que ce qui vient de lui me tombe entre les mains. Je ne parviens pas à concevoir exactement ce qui peut bien se passer dans son cerveau d'homme préhistorique.

14 février

Le sol est toujours couvert de neige mais le temps s'est un peu réchauffé. J'ai terminé les insectes : les sauterelles, les bourdons, les cétoines dorées, les mouches aux reflets chatoyants, les terribles frelons, les libellules également et bien d'autres. Il n'est pas besoin de comprendre ces êtres, ils sont par là même faciles à dessiner.

Quand j'étais enfant, j'avais peur des courtilières, peut-être à cause de la haine qu'on leur voue à la campagne. On disait qu'elles étaient si nuisibles qu'un cavalier, s'il en voyait, devait descendre de son cheval pour les écraser. Moi-même j'ai écrasé avec répulsion quantité de ces bêtes qui me faisaient horreur. Elles représentaient pour moi l'archétype de la laideur et de la méchanceté. Il me fallait aujourd'hui pour la première fois en dessiner une. J'obtins une vision de cauchemar et je compris enfin que ces cinq centimètres de méchanceté sur le papier jaune n'étaient que la représentation de ma propre laideur et de ma propre méchanceté. Je la déchirai et en dessinai une autre. La pitié m'envahit alors. La courtilière n'est ni un méchant animal ni une image de cauchemar. Sa couleur brune n'est pas laide, c'est la couleur de la terre. C'est un pauvre animal maladroit, détesté et pourchassé parce qu'il mange des racines et que, sans le savoir, il se trouve sur le chemin de l'homme. Ma courtilière avait vraiment l'air étonné et perdu, l'air d'une créature qui ne peut comprendre pourquoi elle est haïe et pourchassée. Je l'enfermai dans mon cœur; ce fut le meilleur de mes dessins d'insectes. Aucun cavalier ne devra plus mettre pied à terre pour l'écraser. Je la préfère à la chatoyante cétoine ou au frelon doré que tout le monde admire.

Ce n'est pas gênant que les insectes aient l'air solitaire. Chacun d'entre eux est entouré d'une aura d'étrangeté. C'est ma propre étrangeté, naturellement. Ils sont très bien ainsi, ce qui n'est pas le cas pour mes oiseaux. Je sais bien qu'il devrait être possible de dessiner un oiseau qui n'aurait pas l'air solitaire. Je suis le seul obstacle à ma progression. Je suis tout simplement incapable de faire un tel dessin et pourtant je ne crains pas d'employer des procédés malhonnêtes. Ainsi, je peignis un jour un couple de mésanges posées sur une branche. Elles avaient leurs petites têtes tournées l'une vers l'autre, c'est peut-être ce qui abusait l'observateur, mais moi ça ne me trompait pas. Je ne sais pas ce qu'elles voyaient mais il est certain qu'elles ne se reconnaissaient pas mutuellement. Il faut que l'oiseau soit seul et que tout en lui crie : « Je ne suis pas le seul oiseau au monde. Je chante et des millions de voix s'élèvent et me répondent. Mon chant est le leur, ma chaleur réchauffe leur corps, nous sommes un. Je suis un oiseau très heureux parce que je ne suis pas seul. »

Après avoir lu ces pages, je les portai dans la cave et les jetai dans la chaudière. Je ne sais pas au juste pourquoi je les brûlai, peut-être uniquement parce que j'ai un certain sens de l'ordre. Dans ma mansarde, je ne veux voir que mes dessins; il n'y a pas de place pour ces paperasses dangereuses. Car elles le sont. Elles me rappellent des choses que je croyais oubliées depuis longtemps. Dans mes souvenirs, mon séjour à Pruschen n'était plus qu'un cauchemar très flou. Je ne veux plus en connaître les détails que je suis pourtant obligée de lire si je veux savoir ce que je brûle et détruis. Hier encore, j'avais eu le sentiment de lire l'histoire d'une jeune femme malheureuse qui m'était étrangère ; aujourd'hui elle m'était apparue déjà plus proche et tentait de me ramener « là-bas ». Mais je ne veux rien avoir à faire avec elle. Elle ne m'est même pas sympathique.

Je ne doute pas un instant de recevoir demain une enveloppe semblable, les envois ne peuvent s'interrompre ainsi, à moins que ? En tout cas, je lirai tous ces papiers avant de les jeter au feu. Je ne change jamais rien à mes résolutions, même aux plus sottes. Ce doit être une forme d'obsession, un trait dangereux de ma nature qui m'a déjà souvent fait beaucoup de tort. Je ne peux pas revenir sur ce que j'ai décidé. Peut-être suis-je un peu folle sans le savoir. Cela n'aurait finalement rien d'étonnant. La folie qui s'est emparée de toute ma génération est la conséquence d'événements que nous n'étions pas capables d'assumer. Il existe vraisemblablement des événements qu'aucune génération n'est à même d'assumer. Nos enfants doivent avoir l'impression que leurs parents sont bizarres et incompréhensibles. Mais peut-être eux aussi connaîtront-ils un jour une situation analogue et ce jour-là ils seront distancés comme nous le sommes aujourd'hui et tous ceux qui les regarderont de l'extérieur les trouveront incompréhensibles à leur tour.

Voilà pourquoi il est si important de faire preuve de patience l'un envers l'autre, de peser chaque parole et de vivre comme si rien ne s'était produit. Voilà pourquoi je ne m'étonne pas qu'Hubert puisse rester assis des heures à son bureau, sans rien faire et le regard perdu. Est-ce que je connais les dispositions qu'il a prises pour se protéger ? Que sais-je de ses souvenirs qu'il a bien enserrés et qui tentent à chaque instant de percer leur enveloppe et de réapparaître ? Il ne m'a jamais parlé de certaines périodes de sa vie, quand j'étais dans l'abri antiaérien et lui dans les tranchées. Il aura travaillé toute sa vie à oublier ces choses. Si cela le rend un peu étrange, qui d'autre que moi pourrait mieux le comprendre ?

Pendant quelques années, notre jeunesse et le bonheur d'avoir survécu nous ont fait oublier la réalité. Mais nous ne sommes pas restés jeunes. Puis vint la première défaillance ; elle fut de mon côté. Hubert, lui, n'aurait jamais consigné ses malheurs sur le papier ; je l'admire beaucoup.

En ce qui concerne l'homme que je suppose être l'expéditeur des lettres, qu'aurait-on pu attendre d'autre de sa part ? Déjà à l'époque, il y a dix-sept ans, il était fou, je veux dire par là que c'était un véritable malade mental. Je n'ai pas le droit de lui tenir rigueur de sa démence, il peut la revendiquer, comme nous tous. Je n'ai pas non plus peur de lui et pourtant on pourrait avoir peur. En fait, c'est tellement inepte de se casser la tête sur cette histoire-là ! Qu'il fasse donc ce qu'il veut si cela peut le soulager !

Je montai au salon et m'assis dans un fauteuil. Maintenant je me sentais vraiment contrariée. Ce qui m'irritait, c'était de n'avoir pu dessiner pendant toute une semaine et d'avoir été gênée, entravée, dans une activité qui était pour moi vitale.

J'appuyai mon front dans mes mains et je dormis alors d'un sommeil profond et sans rêves jusqu'à ce qu'Hubert rentre et me réveille. Encore endormie, je parcourus des yeux la pièce et je sus que je n'étais pas ici chez moi. Mais si je ne dois pas me sentir chez moi, je préfère que ce soit ici plutôt qu'en tout autre lieu. En avoir conscience, c'est déjà un grand bonheur.

MERCREDI

Tous les mercredis, je fais le ménage. Je nettoie une pièce à fond et je m'attarde moins sur les autres. La semaine suivante, je m'occupe d'une autre pièce. Je pourrais certainement trouver quelqu'un pour m'aider mais je n'ai pas la main heureuse. Je gâte trop les gens et ensuite je les ai sur le dos. D'autre part, le nettoyage de la maison me donne le sentiment de faire un travail utile. Puisqu'Hubert s'échine pour entretenir cette maison, je m'échinerai avec lui. A mon âge le travail physique ne peut d'ailleurs que me faire du bien, d'autant plus que je ne pratique aucun sport. Le mercredi, Hubert ne rentre pas déjeuner. Il retrouve parfois un certain Dr Melichar. Il ne l'amène jamais ici car il ne doit pas souhaiter que je puisse trouver son ami ridicule ou ennuyeux. Hubert s'en rendrait compte tout de suite même si je ne prononçais pas un mot ; sur ce point, il est vraiment susceptible. J'ai pourtant un faible pour ce Dr Melichar parce que j'ai le sentiment qu'Hubert s'amuse beaucoup en sa compagnie. Celui-ci fraye d'ailleurs beaucoup plus facilement avec les hommes qu'avec les femmes dont il se méfierait légèrement ; de plus il est allergique aux bavardages féminins, en tout cas à ce qu'il appelle des bavardages. Quand on pense à la vie infernale que lui a si longtemps fait mener sa mère, on ne peut que le comprendre. Le mercredi est donc pour lui le jour du Dr Melichar et pour moi le jour de nettoyage, selon une ordonnance très satisfaisante.

Je procède naturellement selon un plan bien établi. Je ne pourrais jamais sinon venir à bout de mon travail ou bien je cesserais progressivement de nettoyer car, au fond, cette tâche me déplaît. Je feins d'y prendre plaisir mais cette attitude aussi fait partie de mon système.

Dans la matinée, je m'occupe des chambres ; l'après-midi c'est le tour de la cuisine, de la salle de bains, des pièces annexes et de la véranda de bois.

La mansarde est nettoyée un autre jour, ce qui me permet de marquer la séparation entre cette pièce et le reste de la maison. Personne dans la famille n'a jamais dormi dans la mansarde, à part la cuisinière Séraphine.

J'attends quelques semaines et j'intercale un jour de nettoyage des fenêtres. Entre-temps, je lave le petit linge. Le gros linge, je le porte à la laverie. En effet, je repasse très mal ; les chemises d'homme en particulier, je ne m'en sors pas ; je préfère un travail plus grossier. Je n'aime pas non plus la couture ou les travaux d'aiguille, mais c'est surtout parce que je déteste rester assise. Même quand je dessine ou quand je peins, je me lève constamment pour marcher un peu. Je ferme alors les yeux pour mieux voir les choses. Il m'arrive de me cogner et je me fais des bleus. Mais je ne peux vraiment voir que lorsque j'ai les yeux fermés.

Hubert peut rester assis pendant des heures. Je l'ai longtemps plaint mais c'était absolument inutile car il semble aimer cette position. Apparemment il se sent bien ainsi. Pour moi, c'est inconcevable. Dans ces moments-là, il est souvent tellement absorbé par une idée qu'il ne remarque pas ce qui se passe autour de lui. J'ai beaucoup plus de mal que lui à me concentrer, il faut que je sois seule et même alors, je n'arrive pas à m'abstraire bien longtemps. Je pense en marchant, ce qui rend mes pensées fugitives et vagabondes. Mais je ne peux cesser de penser. Hubert, lui, le peut. Je le vois sur sa figure. Son visage se vide alors complètement et prend un air légèrement idiot qui pourtant le rend plus beau. Comme j'aime aussi son visage quand il dort, et dans cet état de vide intégral, je m'imagine que je l'aime. Toujours est-il que c'est le seul être que je puisse supporter assez longtemps autour de moi. Bien sûr, il passe presque toute la journée dehors, et c'est une bonne chose. Ferdinand, par contre, me perturbe, il me dérange, même si ce dérangement est agréable. Ilse aussi me tape parfois sur les nerfs quand je la vois si pétulante. Mais ce sont mes enfants, ils me dérangent occasionnellement comme peuvent me déranger mes bras ou mes jambes. Je ne dois pourtant pas me laisser abuser, ce ne sont pas pour moi des partenaires. Mon unique partenaire, c'est Hubert. De nombreuses femmes trouveraient que c'est un partenaire impossible. Il me convient. Il est là sans être vraiment présent et jamais il ne s'approche trop de moi.

Il fut un temps où les choses étaient différentes. Nous étions plus proches l'un de l'autre, parfois trop. Mais, de toute façon, nous ne l'aurions pas supporté longtemps, nous n'étions pas habitués à la proximité ou à ne faire qu'un. Je me demande parfois s'il faut y voir une des raisons de ma maladie, mais ce sont là des pensées de mansarde que je dois chasser immédiatement. Je sais peu de choses sur Hubert et j'en sais déjà trop. Il me semble parfois un peu indécent d'en savoir autant sur son partenaire.

Je branchai l'aspirateur qui se mit à vrombir et mes pensées s'éparpillèrent instantanément.

La maison ne ressemble plus guère à ce qu'elle fut autrefois. Hubert a vendu presque tous les vieux meubles. Ferdinand a récupéré les plus beaux pour installer sa chambre ; les autres n'étaient pas assez anciens pour être beaux. Hubert n'a gardé que le bureau du vieux Ferdinand, un meuble de couleur sombre, lourd, que je ne peux pas déplacer seule. Mais je ne me plains pas car Hubert aime ce bureau et prend bien garde que personne ne dépose dessus de verre humide ou n'en raye le bois. Jamais non plus il ne laissera tomber par inadvertance de cendre de cigarette sur le plateau. Autant permettre que l'on griffe ou que l'on brûle son père !

Hubert parle rarement de son père mais quand on voit le soin qu'il porte à son bureau, on sait tout.

Je suis parfois peinée de voir qu'il n'a pas gardé le moindre objet venant de sa mère. C'est vrai qu'elle avait des meubles ignobles mais il aurait quand même pu conserver une petite bricole. Je n'ai pas de raison de plaindre cette femme mais j'aurais préféré qu'Hubert s'entendît mieux avec elle. Et puis, en fin de compte, je n'étais que le dernier motif de son hostilité envers elle.

Le vieux Ferdinand s'était montré dès le début très gentil avec moi. C'était encore à l'époque un homme séduisant, très brun, mince et d'un maintien élégant. Il avait l'air plutôt sombre, pouvait toutefois être charmant mais gardait toujours quelque chose d'impénétrable. J'aurais certainement pu l'apprécier mais je ne l'ai vu que trois fois. Il mourut brutalement à l'âge de soixante-quatre ans, assis à son bureau. Sa femme était chez le coiffeur ; Séraphine, la cuisinière, au marché. Lorsque celle-ci le trouva, il était déjà froid. Il s'était fait la belle juste à temps, échappant ainsi à tous les désagréments de la vieillesse, en particulier à celui de devoir un jour être soigné par sa femme.

L'aspirateur ronflait, et j'aimais le vieux Ferdinand qui avait embrassé ma main d'enfant, et je laissai cet amour planer à travers la pièce et se déposer, en un nuage, sur le bureau.

Pauvre Hubert, il ne peut pas être comme son père. Il n'aime pas les femmes, il a seulement besoin d'elles. Il n'aime pas non plus vraiment la vie, il la prend comme un devoir que lui aurait donné un maître d'école inconnu, comme un travail dont il ne peut venir à bout, quelque mal qu'il se donne. Et il s'en donne !

Ferdinand ressemble au vieux Ferdinand, Hubert n'en a que des traits sans importance. Il est également un peu plus petit que son père et de constitution plus délicate. Hubert ne fait pas l'effet d'un homme ténébreux et élégant, il offre une apparence correcte et desséchée.

J'allai dans la cuisine, vider le sac à poussière.

Un phénomène curieux se produit depuis quelque temps. Hubert ressemble davantage à son père, et ce n'est pas bon, il vaudrait mieux qu'il ressemblât au véritable Hubert. Cela me tracasse parfois, même si j'ai bien conscience que l'on ne peut rien y changer. Les choses n'évoluent jamais dans le bon sens. Je me demande seulement où est passé le véritable Hubert. Il s'entend, à l'instar d'un bon comédien, à mimer l'homme mince et élégant à l'aspect ténébreux. Mais où est l'Hubert de jadis ?

L'aspirateur se mit d'un seul coup à hurler et son bruit m'arracha à mes doutes malsains : je commençais à me dire qu'il n'y avait peut-être jamais eu de véritable Hubert, ou seulement des prémices sans lendemain. Je tripotai l'aspirateur, au petit bonheur ; avec un certain tour de main, je parviens parfois à remettre tout en ordre. Le hurlement cessa ; l'aspirateur reprit son bourdonnement paisible.

Oui, c'était ainsi, la rigidité apparente était la seule forme que l'on pût encore adopter.

Je passai l'aspirateur sous les lits et m'irritai, comme d'habitude, de ne pouvoir atteindre tous les recoins. Un malaise indéfinissable s'attachait à mes pas. Quelques plumes traînaient encore sous les lits. Les enveloppes des édredons devaient commencer à s'user. Il faudrait en acheter d'autres et ça coûtait assez cher. Je décidai d'oublier les plumes, ce fut très facile.

Quand j'étais jeune, je croyais fermement que la conseillère n'avait pas d'âme. Je ne sais plus quelle conception j'avais alors de l'âme mais j'ai pourtant dû en avoir une, et solide, pour pouvoir en dénier aussi résolument toute présence chez la conseillère. Cela tenait peut-être à cette impression de froide, dure et impénétrable façade que tout, chez cette femme, contribuait à faire naître en moi. Je n'eus jamais le sentiment de parler à un véritable être humain, si tant est qu'on puisse dire que nous nous « parlions ». Je savais qu'elle ne m'aimait pas, mais même cette antipathie ne semblait pas me viser personnellement. En fait, elle n'a pas dû aimer grand monde. Pour elle, je n'étais qu'un dérangement dans la vie bien réglée de son fils, c'est-à-dire dans le plan de vie qu'elle avait établi pour lui. J'étais un facteur qu'il convenait d'éliminer. Je ne sais pas ce qu'elle aurait fait si je ne m'étais pas moi-même obligeamment retirée du jeu au bout de quatre ans de mariage.

J'avais pu observer chez elle certaines particularités que pouvait d'ailleurs remarquer toute personne qui était amenée à la rencontrer. Elle était dominatrice, avare et méfiante. Elle fut une mauvaise femme pour son mari et une mauvaise mère pour Hubert ; par contre, ce fut une très bonne grand-mère pour Ferdinand qu'elle ne chicana jamais et qu'elle combla même par moments de cadeaux. Dans les dernières années de sa vie, elle dut beaucoup parler à Ferdinand de son enfance et de sa jeunesse car il sait des choses qu'Hubert ne soupçonne même pas. Ainsi Hubert n'a jamais entendu parler de la famille de sa mère alors que Ferdinand connaît mille détails sur elle. Sa grand-mère fut l'un des huit enfants d'une famille de fonctionnaires qui courut toujours après l'argent. Afin que les fils pussent étudier, les filles durent mener une vie misérable à la maison. Elle semble ne jamais s'en être consolée.

Après son mariage qui la mit à l'abri du besoin, elle ne s'occupa plus de sa famille et n'en parla plus jamais. Elle attendit d'être âgée pour exhumer toutes ces histoires et les raconter à son petit-fils. Elle avait dû, semble-t-il, dans son enfance, se défendre sans cesse contre ses nombreux frères et sœurs, tous taillés dans le même bois. Ce qui l'avait le plus aigrie, ç'avait été de devoir toujours porter les vêtements que ses sœurs aînées ne pouvaient plus mettre, et cela jusqu'à son mariage, ce qui expliquerait l'importance primordiale qu'elle attacha plus tard aux vêtements et aux bijoux.

C'était une femme de belle allure, grande et mince, aux cheveux bruns très épais qui faisaient penser à un casque de laque noire. Toute sa personne évoquait l'acier, tranchant et bien lustré. Elle n'était pas vraiment élégante, sa prédilection pour les bijoux en était cause ; elle en portait toujours quelques-uns de trop. Elle ne supportait ni les fleurs ni les animaux. Je n'ai jamais vu chez elle la moindre plante verte. Le vieux Ferdinand ne put jamais posséder de chien et il en souffrit. Elle collectionnait fébrilement les cuivres et les porcelaines. Elle vendit ces trésors et ses bijoux avant sa mort. Elle n'acceptait vraisemblablement pas l'idée que ces objets pussent me tomber un jour entre les mains. Même si ce fut maladroit de sa part, même si elle perdit de l'argent dans l'histoire, je suis contente que les choses se soient passées ainsi.

Lorsque je fis sa connaissance, je ne savais pas encore grand-chose des êtres humains ; je ne percevais que leur rayonnement. La conseillère avait le rayonnement du marbre poli. Je ne peux pas dire que je l'aie haïe ou exécrée. C'était pour moi une image désagréable mais fascinante et souvent je gardais longuement les yeux fixés sur elle lorsque j'étais sûre qu'elle ne le remarquait pas. Je lui en voulais seulement d'avoir rendu Hubert malheureux ; car il l'était lorsque je le rencontrai pour la première fois. Il avait épuisé une bien trop grande part de ses forces de jeunesse à essayer de s'affranchir de la tutelle de sa mère et celle-ci était naturellement la plus forte.

Lorsqu'il m'eut trouvée, tout alla très bien pendant un temps. Nous habitions dans une sous-location et Hubert consommait l'héritage de son père. Ce n'est que beaucoup plus tard que je pris conscience que la vieille femme aurait facilement pu l'aider. Nous ne soupçonnions ni l'un ni l'autre qu'elle pût posséder autant d'argent. Elle ne fit pourtant rien pour Hubert et c'était certainement mieux ainsi. Il est très important pour lui d'avoir acquis lui-même, par son travail, tout ce que nous possédons, sauf la maison qui était la propriété de son père et qui devait donc un jour lui revenir. Il fait partie de ces gens qui ne peuvent supporter qu'on leur fasse de cadeaux parce qu'ils n'ont jamais appris à être reconnaissants. Quand on a connu sa mère, on comprend cela très bien. Même moi qui bats des mains comme une gamine devant le moindre bouquet de fleurs, je n'aurais pas aimé recevoir de cadeaux de sa part.

C'était la mère d'Hubert et ma belle-mère. La grand-mère de Ferdinand dut être une femme complètement différente, une femme que Ferdinand aimait et dont il parle encore à l'occasion.

Je me dis qu'il était temps de penser à autre chose et je commençai à réfléchir à l'argent du ménage et à établir des calculs compliqués. Cette activité est un bon dérivatif car je sais mal compter de tête et je dois donc faire de gros efforts pour y parvenir. Je me mis finalement à calculer, en partant des années de naissance et de décès de mes parents et des mes grands-parents, les dates de certains événements de leur vie. C'est là un jeu ancien auquel je me livre quand je suis lasse de mes pensées stériles. Je retrouvai, pendant que mes mains poursuivaient leur travail machinal, les années de service militaire puis de guerre de mon père, l'année où ma mère fut opérée et diverses dates de la vie de mon grand-père. Je cherchai en même temps à repérer d'éventuelles toiles d'araignées, ce qui me demande un certain effort quand je ne porte pas mes lunettes.

J'avais assez calculé, mon front était mouillé et mon chemisier me collait à la peau. J'étais parvenue à retrouver, après un calcul particulièrement difficile, la date de la première communion de mon oncle paralytique. Je relevai la tête, m'étirai, et en me redressant de la sorte, je vis ma belle-mère dans la salle à manger, debout à l'endroit où était placé jadis le buffet de style vieil allemand, grande silhouette mince, vêtue d'une robe de laine noire. Une chaîne en or, qu'elle portait autour du cou, pendait jusqu'à sa taille. Le casque de laque noire encadrait son petit visage nu aux lèvres gracieuses et aux minces sourcils qui dessinaient deux arcs élevés. Tous mes calculs n'avaient servi à rien. Elle n'avait pas changé, ne souriait toujours pas et son regard hautain me traversait sans s'arrêter sur moi. Elle ressemblait vaguement aux libellules que j'avais si souvent dessinées. « Pour aujourd'hui, passons ! dis-je. Mais retourne maintenant d'où tu viens ! » Elle rentra alors, obéissante, dans ma tête et s'y cacha. Il m'est parfois importun d'avoir en tête autant d'images cachées qui peuvent surgir à tout moment. Les gens qui voient des fantômes doivent avoir une constitution analogue à la mienne. Seulement ils ne le savent pas et s'effraient devant les créatures qu'ils engendrent. C'est une pensée étrange : je me dis que je suis la seule personne qui puisse voir la conseillère aussi nettement. Dans son genre, son image est belle, comme peut l'être une libellule.

Je me mis à composer le menu pour les jours suivants, grillades et soupe aux boulettes de foie, foie de veau à la crème, dimanche poulet rôti et beignets aux pommes. Ferdinand viendrait déjeuner et il adore les beignets. Il aime d'ailleurs bien manger, sans être un gros mangeur ; ce serait plutôt un gourmet. Sa résistance aux séductions de ma cuisine et sa préférence pour son petit restaurant en sont d'autant plus admirables. D'un autre côté, il ne faudrait pas non plus qu'il se retrouvât dans la triste situation de ne pouvoir vivre sans la cuisine de sa mère.

Hubert, quant à lui, mange ce qu'on lui présente. Il n'est pas difficile. Sa mère ne savait pas ou ne voulait pas faire de cuisine ; Séraphine faisait certes tout son possible mais elle n'avait jamais appris. Le vieux Ferdinand, qui aimait savourer la bonne cuisine, ne rentrait jamais le midi. Il arrive qu'Hubert sombre dans une indifférence totale vis-à-vis de toute nourriture. Ce n'est pas agréable pour moi parce qu'en fait cette indifférence n'est pas réelle. Elle signifie seulement : « Regardez tous ! Moi, Hubert, le sombre et pur esprit, je n'ai que faire des plaisirs de la table. Je suis tellement absorbé dans mes pensées que j'ignore ces basses préoccupations. » Il creuse alors ses joues, ce qui ne lui donne pas l'air plus ténébreux mais seulement plus morose, et une ride abrupte, qu'il croit avoir héritée de son père, se dessine alors entre ses sourcils. Mais cette ride non plus n'est pas authentique, il se l'est créée à grand peine et lorsqu'il l'oublie, elle disparaît presque entièrement.

Alors que je passais un coup de chiffon sur les meubles, Ilse me revint d'un seul coup en mémoire. Ce fut comme une grande nouvelle, comme si j'apprenais aujourd'hui que j'avais une fille. Je m'inquiétai de son sort pendant quelques minutes ; durant les stages de ski, après tout, bien des choses peuvent se passer. Mais je dus avouer mon imposture, ma peur et mes soucis étaient feints. J'eus honte. Non, je ne me fais jamais de souci pour Ilse, elle n'a pas besoin de ma sollicitude. C'est peut-être une erreur mais c'est ainsi. Je décidai de lui acheter une paire de bottes et de nouveau j'eus honte. Il est facile de se racheter de la sorte quand on a mauvaise conscience, et plus facile encore si ça n'est même pas le cas.

Il est dans ma nature d'aimer faire des cadeaux, peut-être parce que j'aime bien aussi en recevoir, peut-être par désir d'être aimée de ceux à qui j'en fais ou encore parce que c'est une façon pour moi de payer le tribut qui m'affranchit pour un certain temps. Rien n'est plus difficile que de se convaincre soi-même de duperie. J'ai parfois des illuminations subites. La simple réflexion ne m'a jamais permis de progresser. Je sais ou je ne sais pas. Mes pensées sont telle une volée d'oiseaux qui soudain se dispersent. Parfois une aile me frôle et débuchent en moi des images qui dormaient profondément. Je ne peux pas les créer arbitrairement ; d'un seul coup elles sont là, dans des couleurs lumineuses, et je sais des choses que je n'avais jamais sues auparavant. Puis elles redisparaissent dans ma mémoire. C'est pour cette raison que je considère la réflexion comme une activité secondaire. Mais cela ne vaut que pour moi. D'autres personnes parviennent peut-être à un résultat par la réflexion, moi jamais. La réflexion est bonne et utile pour de petites choses sans importance. Au-delà, elle n'engendre chez moi que désarroi et malheur. Toutes les décisions ratées de ma vie, je les ai prises après mûre réflexion. Je continue néanmoins, parce qu'on m'a inculqué dès l'enfance que l'être humain devait penser. Ou bien je ne suis pas un être humain ou bien ce précepte était faux. Je me sers de la pensée comme d'un chien d'aveugle, quand j'ai les yeux fermés et que je ne peux voir aucune image. Malheureusement l'habitude contractée a fait de moi la victime des jeux pervers de mes pensées qui ne me laissent jamais en paix.

En essuyant les meubles — Ilse était oubliée depuis longtemps — je fus envahie par l'exaspération, phénomène fréquent pendant cette opération ménagère, peut-être parce que cette activité, plus que toute autre, me démontre à l'évidence l'inanité de toutes les aspirations humaines. Même la bibliothèque était déjà recouverte d'une fine couche grise. Je me traînai péniblement, comme une très vieille femme, de la table à la bibliothèque, puis jusqu'au bureau. Je me sentais enveloppée d'un épais brouillard gris.

Je décidai de réunir mes dernières forces pour combattre cet assombrissement, je courus à la salle de bains, remplis un seau d'eau, saisis une serpillière et allai m'agenouiller sur le parquet vitrifié du salon. Je ne pris pas le balai, je rampai sur les genoux pour nettoyer tous les coins que le balai n'atteint pas. Ce fut un grand bienfait car je cessai enfin de penser. Ce travail est merveilleusement astreignant, il faut se déhancher pour passer sous les armoires, pour déplacer les meubles, le dos vous fait mal et les mains vous brûlent. Il n'y a rien de mieux contre les pensées importunes.

Lorsque j'en eus fini avec le nettoyage, un épais brouillard flottait devant la fenêtre mais je ne m'en souciais pas. Si Hubert avait pu me voir dans cet état, il aurait été horrifié. Je souhaitai l'espace d'un instant qu'il fût ici, j'aurais couru à sa rencontre, l'aurais serré dans mes bras en riant ou en pleurant, en lui prouvant d'une façon ou d'une autre que j'étais encore en vie. Il aurait été terriblement décontenancé car rien ne le déconcerte plus que les manifestations de sentiments exagérés, c'est-à-dire de sentiments qui lui semblent exagérés. Je lui épargne dans une large mesure de telles surprises, un coup infime pouvant lui faire perdre l'équilibre, ce que je ne veux à aucun prix. En outre, je suis moi-même très rarement d'humeur à rire ou à pleurer. Il m'arrive seulement de jouer parfois avec cette idée, mais il ne convient pas d'y attacher davantage d'importance.

Je ris doucement en moi-même. Soudain, effrayée, je m'arrêtai. Il n'y avait pas lieu de rire en ce qui me concernait. Au contraire, car dehors, dans la boîte aux lettres, un nouveau cadeau devait m'attendre.

Je décidai de ne pas m'en occuper pour l'instant et de continuer à jouer un peu la comédie. J'agis peut-être ainsi parce que je n'aime pas non plus rester seule dans une maison. J'aime bien la solitude dans une pièce mais pas dans toute une maison. Quand on est seul dans une pièce, on a toujours la ressource de frapper à la porte voisine et de demander si l'on peut entrer quelques instants. Et celui qui est à l'intérieur répond : « Oui, entre, mon enfant ! » Nous prenons alors place sur le grand canapé vert, l'autre fume sa pipe et me raconte de petites histoires à bâtons rompus. Après avoir passé un petit moment avec lui, je retrouve la force de repartir et de rester seule dans ma chambre.

Cet homme, dans la pièce à côté, c'est mon

grand-père, encore et toujours, et personne ne prendra jamais sa place. C'est une image et contre les images je suis sans défense. Qui d'autre m'appellerait « mon enfant » ? On ne peut pas modifier les images, même quand on se rend compte qu'elles vous font mal.

Hubert n'est pas assis dans un canapé vert et il ne fume pas la pipe. Il fume des cigarettes et il est assis à son bureau. Un bureau est un meuble solitaire. On ne verra jamais deux personnes assises au même bureau. Hubert ne raconte pas d'histoires non plus. Celles qu'il connaît, il ne veut pas me les raconter, il doit avoir ses raisons. Dans le meilleur des cas, nous nous asseyons dans un fauteuil et nous nous relatons les petits événements de la journée. J'ai davantage de talent pour ça, je raconte ce que le buraliste m'a dit, combien d'oiseaux se sont posés sur le balcon et l'apparition d'un chat blanc dans le voisinage. Je ne sais pas si Hubert en a besoin mais s'il ne voulait pas entendre mes bavardages, il pourrait se lever et sortir. Il ne se lève pas, il m'écoute avec des yeux étonnés ; parfois même il rit, avec une petite hésitation, comme pourraient rire des gens qui en auraient perdu l'habitude. L'essentiel est que nous soyons assis ici et que nous jouions une scène qui ne sonne pas vraiment juste mais qui se substitue très bien à l'autre scène, la vraie, qui, elle, n'est jamais jouée.

J'étais agenouillée par terre et regardais le seau d'eau sale. Quelque chose de très important venait de me passer par la tête, une pensée très méchante et incongrue : rien ni personne ne devrait jamais remplacer qui ou quoi que ce soit. J'avais manifestement commis, depuis ma dix-neuvième année, quantité de crimes et je m'étais servi des êtres humains à seule fin de prolonger imperturbablement mes rêves d'enfant. Cette pensée était horrible, je décidai de l'oublier.

J'étais maintenant vraiment épuisée. Je portai le seau dans la salle de bains, le vidai puis le nettoyai avec autant de soin que si le salut du monde en eût dépendu. Je voulais oublier bien vite mon illumination précédente.

La première partie de mon travail était presque terminée, mais il me fallait encore battre les tapis, pas tous, seulement ceux du salon ; les battre tous eût été une tâche trop lourde.

Le jardin est plutôt petit et minable, il est entouré d'une haie d'ifs qui dégagent une odeur sinistre de cimetière. Je préférerais des charmes mais qui les planterait ? Ici, on ne s'amuse pas à déplanter de l'ancien pour replanter du neuf. Le jardin sait qu'on ne l'aime pas et il dépérit. Rien ne veut pousser, la haie d'ifs est le seul élément de verdure. Le gazon est clairsemé, enclin à jaunir ; les rosiers dégénèrent et leurs fleurs sont plus petites chaque année ; ils sont, de plus, atteints de tout ce qui peut s'abattre sur les rosiers. Dans un coin du jardin traîne une table à laquelle viennent se joindre en été quelques chaises. Derrière pousse un poirier. Ses fruits ont un goût de betterave et pourrissent sur l'arbre. Je ne fais rien non plus pour ce pauvre jardin. Je ne comprends pas moi-même pourquoi. Une fois, j'ai planté deux pieds de pivoines, mais eux non plus n'ont pas supporté leur séjour ici. Ils ont attrapé une maladie, ont jauni et je les ai déplantés avec une certaine satisfaction. Les pivoines ne sont pas faites pour fleurir ici, leur place est dans un jardin complètement différent, un jardin qui n'existe plus que dans ma tête. J'y vois luire leurs pompons rouges et des fourmis monter et descendre le long des tiges, pour l'éternité.

Je m'arrêtai de taper, me redressai pour reprendre ma respiration et je vis le soleil tenter désespérément, une fois encore, de percer le brouillard sans y parvenir. Mes yeux me brûlèrent et je m'efforçai de chasser les belles et anciennes images de « cœurs-de-Marie », de viorne et de dahlias, enfants terribles de mon esprit.

Je chargeai les tapis sur mon bras et les remportai dans la maison. La matinée était maintenant vraiment finie. J'allai dans la salle de bains me laver la figure et les mains en me félicitant de mon travail. Je sentais bien que j'exécrais cette besogne mais je savais à quel point elle m'était nécessaire.

Puis j'allai chercher l'enveloppe jaune dans la boîte aux lettres et la montai dans la mansarde. J'étais trop fatiguée pour accorder la moindre pensée à cette chose que je me contentai de glisser dans le tiroir, sous le papier à dessin. Je retournai dans la cuisine, me versai un verre de lait et me préparai une tartine. Hubert était très loin de moi. Peut-être déjeunait-il en ce moment avec le Dr Melichar et se livrait-il avec plaisir à ses propres radotages. Nous aurions pu être jumeaux.

Je ne m'assis pas car il aurait fallu ensuite que je me relève et je m'en sentais incapable tant ma fatigue était grande. Le lait, qui n'avait pas goût de lait, avait au moins l'avantage d'être bien frais. Je ne pus pas manger la tartine. Je recrachai le morceau de pain que j'avais déjà dans la bouche parce qu'il devenait de plus en plus gros et que je ne parvenais pas à l'avaler. Je remarquai alors que le couteau à pain était posé sur la table la lame dirigée vers le haut. Je le retournai immédiatement. Un couteau ne doit jamais être posé ainsi car les âmes du purgatoire doivent alors danser sur le fil de la lame. Cette pensée me poursuit depuis l'enfance. Je ne sais pas qui m'a raconté cette histoire. Je ne crois pas au purgatoire mais l'idée que des âmes soient obligées de chevaucher la lame de mon couteau m'est insupportable.

J'éprouvais maintenant une certaine satisfaction après avoir sauvé ces pauvres âmes mais en même temps je prenais conscience de mon incroyable fatigue de ce mercredi. Je commence peut-être à ressentir les effets de l'âge. Hubert m'a conseillé une fois de prendre quelqu'un pour m'aider. J'ai décliné cette proposition. Depuis il semble avoir oublié et n'en parle plus. C'est très bien ainsi. Je ne lui demande pas non plus comment il mène ses affaires au bureau, s'il est bon ou mauvais défenseur et s'il ne devrait pas avoir un employé de plus à ses côtés. Ce sont des points sur lesquels les êtres ne peuvent s'entraider.

Parfois, très rarement, il me parle de l'une de ses affaires, et je l'écoute attentivement, étrangement émue par le monde inconnu dans lequel il passe ses journées, ses années, toute sa vie. En contrepartie, il a quelquefois le droit de venir dans ma mansarde et de regarder mes dessins. Tout ce que je dessine lui plaît, parce que c'est moi qui le dessine et parce qu'il est heureux que j'aie une activité qu'il considère comme un passe-temps. Il ne faut pas qu'il sache que tel n'est pas le cas. Peut-être d'ailleurs s'en doute-t-il depuis longtemps. Dans un couple, on sait toujours nombre de choses sur l'autre, même si aucun n'en parle.

Après ce genre de visites, nous nous évitons un peu l'un l'autre. Mais elles sont si rares qu'on n'a guère besoin d'en parler. Hubert ne décolle plus de son bureau. Ilse va son chemin, imperturbablement. Et moi, je fais de longs séjours dans la mansarde. C'est notre façon d'expier nos inconvenantes familiarités.

Ilse a l'habitude d'apprendre ses leçons en écoutant la dernière musique à la mode, ce qui emplit son père d'une profonde méfiance, mais comme elle ne règle pas le son trop haut, il ne le lui interdit pas. Je ne me casse pas la tête pour ça. Il est possible que l'on puisse réellement apprendre en écoutant de la musique quand on a le tempérament d'Ilse. Il ne m'appartient pas d'en douter. Ses amies viennent souvent la voir parce qu'elle a une grande chambre, avec un coin bien aménagé pour s'asseoir. Je dépose toujours dans la cuisine une collation qu'Ilse peut venir chercher. Je suis bien contente quand ces jeunes filles viennent lui rendre visite, je suis heureuse de voir qu'Ilse est aimée et appréciée dans son monde. C'est une bonne chose qu'elle ait des amies et qu'elle puisse rire avec elles. Je ne sais pas de quoi elles peuvent parler. Elles ne ressemblent pas du tout aux jeunes filles de mon temps, elles sont pour la plupart grandes et bien en chair et ne semblent pas avoir de soucis. Ilse aussi est maintenant plus grande que moi ; elle ne peut pas porter mes affaires. Je ne parviens pas non plus à découvrir chez Ilse cette curiosité qui nous caractérisait. Elle semble tout savoir sans s'y intéresser autrement. Elle ne s'occupe que de ses disques et de ses travaux d'aiguille, ce qui me surprend beaucoup, et aussi de ses peluches qui sont disposées, éparses, dans tous les coins de la pièce. Tout cela est très curieux. Je n'y comprends absolument rien. Elle se débrouille très bien à l'école, elle a hérité de la bonne mémoire de son père, ce qui lui facilite grandement l'apprentissage des leçons. Je ne sais pas ce qu'elle fera plus tard, elle ne semble considérer l'école que comme un mal nécessaire.

Je ne peux pas parler d'elle avec Hubert. Pour lui, c'est une enfant qui joue avec des peluches et qui, par hasard, a déjà l'air d'une femme. Il répugnerait à réfléchir sur la féminité d'Ilse, encore plus à en parler. J'ai parfois l'impression qu'il espère en secret qu'Ilse demeurera toujours dans sa chambre à écouter des disques et à faire ses devoirs et que rien ne changera jusqu'à ce qu'il meure. Je pense qu'il s'étonne autant que moi quand il réalise que cette jeune fille, que nous connaissons à peine, est notre fille. Bien sûr, nous ne connaissons pas non plus très bien Ferdinand, mais cette ignorance est comparable à celle dont nous faisons preuve, Hubert et moi, l'un pour l'autre. La différence est importante. Il se trouve que Ferdinand est plus jeune que nous mais il fait partie de notre monde parce qu'il est issu d'un même passé lointain. Et ce ne fut pas une époque de grisaille mais de beauté, de couleurs et d'éclat. Ferdinand, avec qui l'on peut parler comme on parlerait à un adulte, qu'il est d'ailleurs, n'évoque jamais sa vie privée. Hubert l'a aperçu quelquefois en ville, en compagnie d'une jeune femme qui serait un peu plus âgée que lui et qu'Hubert qualifie d'*originale* mais je n'aurai sans doute jamais l'occasion de la voir.

Tout cela me déconcerte beaucoup. Les gens qui n'ont jamais pu assumer pleinement leur vie ne devraient pas s'immiscer dans des vies qui leur sont étrangères. En vérité, je n'entends rien à ces choses. Tout ce qui se passe entre les hommes et les femmes me semble, aujourd'hui encore, très étrange et, si l'on garde un œil lucide, assez incompréhensible. Pourtant ces phénomènes se produisent sans cesse, on s'y est habitué et on n'y réfléchit plus.

J'ai de mes premières expériences un souvenir indistinct. Je me souviens seulement de la forte impression que je ressentais quand un homme avait les mains très chaudes. Bien sûr, mes années de jeune fille dans cette ville m'apparaissent aujourd'hui comme un unique et long hiver de guerre et je prenais la chaleur là où je pouvais la trouver. Quelques jeunes gens que je connaissais à l'époque ne souffraient pas du froid. Ils prenaient pour moi l'apparence merveilleuse de grands poêles de faïence, et même si je ne peux plus me rappeler leurs visages, je leur en garde encore de la reconnaissance.

Comment oserais-je, dans ces conditions,

m'occuper des affaires des autres ? Quelqu'un connaît-il les raisons de leurs actions ou de leurs omissions ?

Une année, pendant les longues vacances au village, mon grand-père vivait encore à l'époque, je retrouvais parfois, la nuit, un jeune homme que je connaissais depuis que j'étais toute petite. Nous allions à la chasse aux hérissons. De temps en temps, il m'embrassait, cela semblait faire partie de la chasse. Mais l'important pour moi, c'était l'aventure et les hérissons. On entendait le frôlement de leur course pataude dans les buissons. On les trouvait facilement. Ils se débarrassaient sur nous de leurs puces puis décampaient. Les prairies sentaient le foin ; parfois une poire tombait d'un arbre et la chute du fruit, en pleine nuit, faisait un tel bruit que nous prenions peur et que nous nous serrions l'un contre l'autre.

Le téléphone sonna. J'avais l'esprit encore engourdi quand je décrochai. La « gentille dame » était au bout du fil et me demandait si elle pouvait venir me voir vendredi. On ne peut rien refuser à la gentille dame ; nous échangeâmes quelques politesses et je raccrochai. Cette visite ne m'arrangeait pas vraiment mais quand on répond au téléphone, on se laisse toujours prendre au dépourvu. La gentille dame a également un patronyme mais je ne pense jamais à l'appeler par son nom. Un jour, j'aurai oublié comment elle s'appelle ; j'ai, de toute façon, du mal à retenir les noms. Je ne pense à la gentille dame que lorsqu'elle me téléphone, c'est-à-dire deux ou trois fois par an. C'est une personne étrange. Pour la naissance d'Ilse, j'étais dans la même chambre qu'elle à la clinique, pendant une dizaine de jours. Depuis elle me rend visite régulièrement. Notre seul point commun est d'avoir eu un enfant au même moment mais cela semble lui suffire.

Je ne m'étais toujours pas assise et j'avais les

genoux qui commençaient à trembler. Je me servis un autre verre de lait, m'assis à la table de la cuisine et feuilletai le journal. D'un seul coup, j'eus très froid. Ce n'était pas surprenant car j'avais transpiré en battant les tapis et je ne m'étais pas changée. J'eus l'impression que je ne pourrais plus me lever. Je pensai alors à mon lit et me dis qu'il ne tenait qu'à moi d'aller m'allonger. Mais cela aurait naturellement bouleversé tout mon système, il ne pouvait donc en être question.

J'attache une grande importance à mon lit. J'ai un grand lit avec une couverture chaude et merveilleusement douillette. Quand j'étais enfant, j'aimais déjà bien aller me coucher. Mon lit était comme une tanière consolatrice où je pouvais me blottir après une triste journée. Et à l'époque, quand mes parents vivaient encore, il n'y avait pratiquement que des jours tristes.

Lorsque je suis couchée, je lis encore une dizaine de minutes puis je tire la couverture sur mes épaules et je m'abandonne au plaisir de m'éteindre lentement. Je rêve beaucoup, et dans mes rêves je trouve encore une certitude, celle que tout finira bien : j'y trouve un peu d'espoir, cet espoir que je ne connais plus quand je suis éveillée. Alors pourquoi n'apprécierais-je pas mon lit ?

Je suis troublée de voir Hubert aussi rétif quand il s'agit d'aller se coucher. Ses yeux se ferment, il tombe de sommeil, pourtant il reste planté devant le téléviseur. Parfois, le soir, il boit du café pour pouvoir continuer à travailler. Mais je le vois bien, il ne travaille pas, il est seulement assis derrière son bureau et regarde fixement devant lui. Comment pourrait-il alors s'endormir ? Il dit qu'un lit lui rappelle un cercueil et qu'il ne peut donc aimer un tel meuble. Il craint toujours de rater quelque chose d'important mais je me demande bien quoi. Je ne comprends pas Hubert. Il prétend ne jamais rêver. Je pense plutôt qu'il oublie ses rêves dès qu'il s'éveille. Pour l'aider à trouver le sommeil, je lui raconte parfois des anecdotes de la vie de tous les jours. Il peut alors s'endormir d'une seconde à l'autre. Mais la plupart du temps, quand il vient se coucher, je suis déjà en train de m'endormir. Je l'entends, le lit bouge, je voudrais dire quelque chose mais ce n'est plus possible, je glisse et retombe dans le sommeil, et j'y retrouve l'espoir. Je suis très inquiète quand je vois Hubert ne pas vouloir dormir. Mais moi non plus, je ne dors plus aussi bien qu'avant. Vers les quatre heures, je m'éveille et je suis un être tout à fait différent de ce que je suis pendant la journée. Cela me fait peur car mon Moi-de-quatre-heures est une créature étrangère et destructrice dont la seule intention est de me tuer.

Il faisait de plus en plus froid. Je me levai et rinçai mon verre de lait. Le téléphone sonna ; c'était un faux numéro. Je mis mon gilet et allai sous la véranda pour y faire un peu de ménage. La véranda est en bois et je l'aime. Le bois est vieux et gris ; il renvoie un reflet moiré quand la lumière tombe dessus. Hubert voulait la faire abattre mais je l'en ai dissuadé. En été, c'est mon petit pavillon, je préfère de beaucoup être assise sous la véranda que dans le jardin. Quand je passe devant, je caresse parfois la cloison ; c'est tellement agréable de caresser le vieux bois.

Je travaillai encore jusqu'à quatre heures et demie ; ma journée s'arrêterait là. Je me lavai, me changeai et allai faire des courses. A six heures passées, Hubert rentra à la maison ; les jours où il voit le Dr Melichar, il rentre toujours un peu plus tôt. Il était vraiment de bonne humeur et ses yeux brillaient. Tous mes os me faisaient mal mais je fus très contente en l'apercevant. Béni soit le Dr Melichar, quel que soit le personnage en réalité, et je suppose que c'est un peu un truand, comment pourrait-il sinon faire autant de bien à Hubert ?

Le repas fut très animé, nous ouvrîmes même une bouteille de vin rouge. Je ne bus pas beaucoup, pourtant je sentis un léger vertige, tout en restant parfaitement éveillée. Ce soir-là, Hubert ne s'assit pas devant la télévision, il regarda un ouvrage d'art que la poste lui avait apporté. A moi aussi, la poste avait apporté quelque chose et comme je vis qu'Hubert n'avait plus besoin de rien, je montai dans la mansarde.

Il n'était pas question de dessiner mais je voulais au moins faire mon devoir. Cette fois-là, je ne déambulai pas dans la pièce, je m'assis à ma table pour lire. Comme je bois rarement du vin, j'avais la sensation étrange que ma tête ne reposait plus solidement sur mes épaules et qu'elle flottait un peu au-dessus, dans l'air ; et cette tête était complètement vide et légère.

2 avril

La neige n'est plus qu'un souvenir, de même que le gel, avec ses craquements que je ne pouvais pas entendre. Il avait dégelé en mars. La neige avait d'abord pris une couleur bleuâtre, terne, et un beau matin, je trouvai la prairie sur l'adret entièrement dégagée. Des chaumes jaune-brun redressaient leurs tiges libérées du fardeau hivernal. Plus tard étaient apparues les premières fleurs, des trinitaires et des primevères, non, il n'y eut d'abord que des trinitaires. Je tentai de les peindre sans parvenir à bien rendre leur bleu. Elles sont trop belles, tout simplement, pour être peintes ; ce n'est pas un travail pour moi.

Le mois de mars, dans son ensemble, ne fut pas agréable. Le dégel et l'agitation que je ressentais sans pouvoir l'entendre, ne me firent aucun bien.

Je vois les eaux, dont la fonte des neiges provoque la crue, sortir de leur lit ; j'en imagine les grondements et les gargouillis. Mais peu à peu je cesse d'imaginer les bruits. Même dans mes rêves tout s'est tu. Le monde devient toujours plus silencieux et je m'en isole toujours davantage. C'est mauvais pour moi, je le sais, mais je ne peux plus rien faire contre. Je ne suis toujours pas allée au village. Le garde m'apporte ce dont j'ai besoin et mes besoins s'amenuisent au fur et à mesure. Il m'en coûte chaque jour davantage de me lever, de me laver, de mettre du linge propre et de m'occuper de mon minuscule train de maison. Le moindre effort m'est pénible. De temps en temps je me coupe les cheveux avec des ciseaux à papier. J'attends toujours qu'ils aient atteint les épaules et qu'ils soient devenus gênants. Je me dégage le front à l'aide d'un bandeau. Je ne mets plus de rouge sur mes lèvres, ma bouche est pâle, parfois presque blanche.

Je vais me balader dans la forêt. Le garde n'aime pas ces escapades. Il m'a écrit sur une feuille : « Il ne faut pas aller trop loin ! C'est dangereux ! » « Pourquoi ? » ai-je demandé. Il m'a regardé d'un air froid et mécontent. « Il y a des vauriens qui vagabondent, a-t-il répondu sur la feuille. Et je suis responsable. » Je n'ai pas pu m'empêcher de rire. Mon rire eut peut-être la sonorité d'un croassement de corbeau ou d'un jacassement de pie car il m'arracha la feuille des mains et la jeta dans le poêle, puis il s'en alla en claquant la porte derrière lui et je sentis la vague que fit l'air sur ma figure. Je mis mes chaussures de montagne et m'en allai dans la forêt. Elle commence à grimper juste derrière la maison et recouvre la plus haute de mes deux gardiennes de prison.

J'imagine que les montagnes ne doivent pas aimer être aussi serrées les unes contre les autres.

Chacune rêve sans doute de s'élever solitaire au milieu d'une vaste steppe. Elle ne se sentirait pas seule pour autant. Un aigle viendrait parfois d'un coup d'aile apporter dans ses serres un peu de la terre et de l'herbe d'une autre montagne. Cette intimité devrait suffire à réchauffer agréablement le cœur de pierre d'une grande montagne. J'aimerais bien être une montagne mais je n'en suis pas une, je ne suis toujours que la courtilière qu'on humilie et qui s'étonne.

J'essaie de peindre un oiseau qu'on appelle « pinson du Nord » mais le dessin ne donne rien, l'oiseau a la belle allure et l'apparence solitaire de l'unique pinson du Nord existant au monde. Une fois, à l'époque où je fis la connaissance d'Hubert, je dessinai un étourneau. Il avait l'air presque gai et semblait épier quelque chose. Je le rangeai dans une valise que nous crûmes en sûreté chez des gens que nous connaissions à la campagne. Une bombe tomba juste à cet endroit. Dans la valise, qui était très grande, se trouvaient mon trousseau de mariée, acheté par mon grand-père, mes couverts en argent pour six personnes, quelques pièces de belle porcelaine et l'étourneau. J'ai fait mon deuil du reste mais je suis triste d'avoir perdu l'oiseau. En ce temps-là, j'étais totalement insensible aux pertes matérielles. Je me dis parfois que jamais plus je ne réussirai à dessiner un aussi bel étourneau. Comment serait-ce possible, d'ailleurs ?

Hubert m'écrit qu'il a trouvé des locaux pour installer son étude et qu'il est en train de les aménager. Par contre, il s'est fait souffler l'appartement par des gens qui pouvaient payer davantage. Mais il en a déjà un autre en vue. Ferdinand va bien, il m'envoie mille baisers et une petite photo. Je ne crois pas aux baisers. Ferdinand doit m'avoir oubliée depuis longtemps. Dans le meilleur des cas, je suis devenue pour lui un personnage de légende. Il a quatre ans maintenant. J'ai caché tout de suite la petite photo.

Je vais marcher tous les jours dans la forêt. Si j'avance d'un bon pas et en faisant attention à ne pas trébucher sur les racines, je suis alors suffisamment occupée pour ne pas penser. Je grimpe sur une crête de la montagne, je redescends de l'autre côté et j'arrive à un petit lac dans lequel se jette la Prusch. On peut y accéder très facilement aussi par un autre chemin mais je préfère ce détour ; les chemins aisés ne sont pas pour moi. Je n'ai pas encore rencontré les vauriens qu'on m'avait annoncés, j'ai seulement vu quelques bûcherons ou bien un pêcheur au bord du lac. Quelques petites maisons de bois sont plantées sur la rive, à grande distance les unes des autres. Je suppose qu'elles appartiennent à des gens de la ville et qu'elles sont habitées en été.

Le lac est vert sombre et l'eau semble très froide. A certains endroits elle est presque noire et doit être profonde. On ne peut sûrement pas s'y baigner, même en été.

Je me tiens sur la rive et j'observe les poissons. Je trouve inimaginable qu'ils puissent vivre dans ce froid éternel. Pourtant ils ont l'air tout à fait vivants et alertes. Je leur parle. Je leur dis : « Nagez bien loin de la rive, que personne ne puisse vous voir. » Je sais qu'il n'existe aucune possibilité de nous comprendre. Pourtant je leur parle. L'être humain doit parler, semble-t-il, s'il ne veut pas perdre la raison. Peut-être l'ai-je perdue depuis longtemps sans le savoir. Parfois, je sens des yeux fixés sur moi dans les fourrés. De petits animaux de la forêt m'observent comme j'observe les poissons. Et nous nous retrouvons tous ensemble ici et ne savons rien les uns des autres.

26 juin
Pendant près de trois mois je n'ai rien écrit. Le printemps est plus dur à supporter que l'hiver. Hubert voulait venir à Pâques mais je l'en ai dissuadé. A quoi bon ces épreuves ? Il est très conscient de son devoir et la seule façon de l'empêcher de venir, c'est de lui écrire que je ne pourrais pas supporter sa visite et qu'elle me serait néfaste. Il fait vraiment tout ce qui est bon pour moi. Il doit ressentir un certain soulagement en lisant mes lettres mais je suppose qu'il en souffre en même temps. Je n'éprouve aucun plaisir à imaginer ses souffrances. Ce n'est pas de la noblesse d'âme, c'est parce que tout ce qui lui fait mal me fait mal aussi. En cela rien n'a changé. Il faut absolument qu'il obtienne ce logement mais ce ne sera jamais le mien. Qu'est-ce qu'un jeune avocat pourrait bien faire d'une femme sourde, que pourrait faire n'importe quel homme d'une telle femme et quelle sorte de mère serais-je pour le petit Ferdinand ? Je ne veux pas y penser. Hubert doit déjà subvenir à mes besoins, cela suffit. Mais cette situation aussi cessera un jour. On me commande des illustrations pour des livres d'enfants et des travaux divers. Ainsi, la dernière fois, je devais peindre des papillons, de « beaux spécimens conventionnels », pour respecter la commande de mon éditeur. Je cesserai un jour d'être financièrement dépendante d'Hubert. Mais je continuerai d'être une charge pour lui aussi longtemps que nous vivrons.

Nous étions si heureux ensemble, un peu incrédules et sans grande assurance encore, mais cela pouvait s'arranger. Ou ne pas s'arranger. On peut très bien concevoir qu'une proximité par trop immédiate serait devenue insupportable à la longue et que peut-être alors nous serions retournés à notre état antérieur, moi à ma peinture et

Hubert à ses amis qu'il gardait autour de lui comme des bouffons de cour. On ne le saura jamais, naturellement. Je lui souhaite de trouver une autre femme ou au moins de gais bouffons.

J'ai oublié ce que je ressentais quand il me touchait. Mon seul souvenir distinct, ce sont les mains toujours très chaudes du petit Ferdinand et sa bonne odeur, et pas seulement quand on venait de le laver. Les adultes ne sentent jamais aussi bon que les enfants. Depuis que je suis ici, je n'ai pas vu un seul enfant et c'est tant mieux.

En mai, l'hiver est revenu. J'avais expédié mes papillons et j'étais retournée à l'Empire romain. Le temps devint froid, il neigea. Le garde me semblait devenir plus grincheux de jour en jour et une fois il frappa son chien avec une particulière méchanceté. Je le vis faire, j'étais sur la véranda. Le chien hurla mais c'était un hurlement muet. Ce fut si horrible que je me réfugiai dans mon lit et pleurai. Peut-être pleurai-je aussi fort que le chien. Je crus étouffer. Le soir venu, le chien rentra en rampant dans la maison. Peu après il repartait en frétillant dans la forêt à côté de son maître. Il boitillait encore mais semblait parfaitement heureux. J'aurais voulu les tuer tous les deux. Qui sait, la situation du chien est peut-être meilleure que celle du maître, ce n'est pas inconcevable.

Ce soir-là, quelque chose s'est produit en moi. Je suis restée deux jours au lit, le visage tourné contre le mur. Je ne sais plus à quoi j'ai pensé, je me souviens seulement que ce fut vraiment terrible.

Le matin du troisième jour, le garde éjecta la clé de la serrure et ouvrit avec un passe-partout. « Fichez le camp ! » criai-je. Le garde rédigea une petite fiche : « Je suis responsable. Est-ce que je dois aller chercher le docteur ? » « Non, dis-je résignée, sortez et je me lèverai. » Il s'en alla, reprenant la feuille et la clé. Vers midi, je me glissai hors du lit. Le froid était glacial dans la pièce. De plus j'étais très faible et je voyais les objets dédoublés. Le garde avait dû m'entendre car il monta, fit du feu puis m'apporta une assiette de soupe. C'était un roux dilué en une épaisse soupe grise. Je me recroquevillai dans le fauteuil sans pouvoir tenir ma cuillère. Le garde dut me faire manger. La soupe était très bonne.

Pourquoi n'accepterais-je pas de sa part une assiette de soupe ? Qui suis-je donc ?

Les yeux du garde étaient sans couleur, comme toujours, mais soucieux. Il ne fallait pas que je meure, il avait besoin de cet argent. Mais peut-être avait-il vraiment pitié, après tout, je ne veux pas exclure tout à fait cette hypothèse.

Ces événements s'étaient déroulés dans le courant du mois de mai. Certains jours sont longs comme des semaines, certaines semaines courtes comme des journées. Quand je vois le garde mettre sa belle tenue pour aller au village, je sais que c'est dimanche. Très souvent je n'y prête pas attention et je ne sais plus alors quel jour on est. De temps en temps il m'apporte un journal. Je le lis mais je ne me sens concernée par rien de ce qu'il contient. Je m'en sers pour allumer le feu.

Comme je ne voulais pas que le garde me fasse manger une fois encore, je recommençai à vivre. C'est-à-dire que je me levais quand le jour se levait, je faisais mon travail et j'allais en forêt. Plus tard, je m'asseyais dans le fauteuil et lisais mon livre sur l'expansion et la chute de l'Empire romain. Chaque jour, je donnais à manger aux oiseaux sous ma fenêtre et parfois je dessinais un peu. Mais je faisais tout cela à seule fin de ne pas tomber malade et pour ne pas être dépendante du garde. Je ne veux plus voir cette expression étrange dans son regard. Il ne faut pas qu'on en arrive à ce que même lui puisse s'apitoyer sur mon sort.

4 juillet

Depuis quelques jours, je me porte mieux. Je vais souvent dans la forêt. Il m'arrive même de me dire que je suis encore jeune, que je suis encore vivante. Dehors, ça sent le foin et cette odeur m'a toujours fait du bien.

Hubert m'écrit qu'il garde bon espoir pour l'appartement. Il me demande d'être patiente. Il écrit comme s'il était entendu qu'un jour il viendrait me chercher, que nous reprendrions notre vie d'avant et que nous ferions comme si rien ne s'était passé. Est-ce qu'il s'imagine qu'au moment où je pénétrerai dans cet appartement, je pourrai réentendre ? Que se passe-t-il dans sa tête ? Je ne sais pas pourquoi il s'accroche à cette fiction ni à qui cela pourrait profiter. Quand je ne suis pas près de lui, peut-être pense-t-il à moi comme à une personne parfaitement normale et qui serait seulement partie quelque temps en voyage. Hubert a peur des gens âgés, laids ou malades. Il n'ose pas se représenter la réalité. En me chassant, en me trahissant, il est resté fidèle à lui-même. Mais je viens d'écrire ce que j'avais toujours refusé de penser et à plus forte raison d'écrire. Chassée et trahie. Même le garde se sent responsable, mais Hubert, qui ne frapperait jamais un chien, m'a trahie. Ce doit être terrible pour lui. S'il obtenait vraiment ce logement, il lui faudrait sans doute des années pour l'installer. La femme à qui il écrit des lettres rares mais pleines de sollicitude n'existe plus que dans sa tête.

Je ne voudrais pas qu'il se sentît coupable. Si l'on veut rester en vie, il faut être capable de commettre une trahison. Et il faudrait pouvoir en prendre son parti comme on peut prendre son parti d'avoir les jambes cagneuses ou arquées. Hubert, lui, ne le pourra jamais.

Aujourd'hui je me suis allongée dans la prairie

et j'ai fermé les yeux. Le soleil me brûlait le visage et je me suis assoupie.

Je m'éveillai en sentant un regard posé sur moi. Le chat était assis à trois pas de là et me regardait de ses yeux jaunes. Je vis bien que quelque chose se passait dans sa tête. Je cherchai à l'attirer en lui parlant tout doucement ; j'espérais du moins parler avec douceur. Il prit peur et recula. Les mots ne sont pour lui que l'annonce des coups. C'est pourquoi je me tus et il se tranquillisa. Poussée par le besoin irrépressible de le caresser — c'est un geste que je n'ai pas fait depuis si longtemps — je tendis la main. Il s'esquiva alors à grands bonds derrière un buisson. C'est mieux ainsi. Il ne faudrait pas qu'il connût la douceur d'être caressé. Il pourrait en être tellement troublé qu'il en perdrait son bon sens de chat. Il faut qu'il reste libre et courageux et qu'il garde sa haine envers ses tortionnaires. Seules la haine et la prudence peuvent le maintenir en vie. Je lui dis : « Ne fais jamais confiance aux humains, chat, ils ne veulent que te martyriser et ils tueront tous tes petits ! Vis pour toi seul ! Un jour ils t'attraperont et vendront ta peau mais c'est moins terrible d'être tué par un ennemi que par un ami. Grave-toi bien ça dans ta jolie tête de chat ! »

Il sortit la tête de derrière le buisson et tendit le cou pour me regarder. Dans le soleil de midi, on aurait cru que ses yeux étaient rouges. Ma main tremblait de convoitise en direction du poil soyeux mais je ne bougeai pas et refermai les yeux.

6 août

Pendant les vacances, il est préférable qu'Hubert vienne me voir sans le petit Ferdinand. L'atmosphère ici serait beaucoup trop éprouvante pour l'enfant. Hubert le conçoit et trouve mon attitude très raisonnable. Je suis contente de voir qu'il maîtrise suffisamment sa mauvaise conscience pour ne pas faire de bêtises. Me voir serait sûrement néfaste pour Ferdinand. J'ai demandé à Hubert de ne pas venir avant que l'appartement soit terminé car je ne serais pas à la hauteur d'un tel énervement. Cet échange de lettres est triste pour tous les deux. Une personne qui ne serait pas impliquée dans notre histoire le trouverait peut-être drôle. Il m'arrive d'être moi-même suffisamment en dehors du coup pour en rire. Ici, on se désimplique terriblement avec le temps. Ferdinand va très bien, m'écrit Hubert. Je veux bien le croire ; il a toujours été le point faible de ma belle-mère et elle doit le gâter plus que je ne l'aurais fait.

Il est d'autres raisons pour lesquelles je n'aimerais pas qu'Hubert vînt. Je crierais peut-être s'il me touchait, ce qui serait extrêmement déplacé, d'autant plus que je ne sais pas à quoi ressemblent mes cris. Ils doivent être atroces et Hubert serait horrifié en les entendant.

En ce moment, je pense fréquemment à mes parents. Ils ont réussi, sans faire beaucoup de bruit, à mourir de tuberculose. Ils se sont débarrassés de moi aussi souvent qu'ils l'ont pu ; ils ne m'ont jamais embrassée et m'ont à peine touchée. Ils ont peut-être eu du chagrin en voyant que la maison de mon grand-père était le seul endroit où je me sentisse chez moi. Je ne réfléchissais jamais à ces choses-là auparavant ; aujourd'hui il est trop tard. Tous ceux qui auraient pu me renseigner sont morts. L'enfant que j'étais avait une grande soif d'amour. Je caressais tous les chiens et tous les chats que je rencontrais, et s'il n'y en avait pas dans le voisinage, j'embrassais les arbres et les pierres. J'ai vraiment dû être assoiffée d'amour. Mais d'un autre côté, je ne supportais pas d'être tenue, embrassée ou caressée. J'étais contente que mon grand-père ne s'avisât jamais d'avoir de tels épanchements. Il me regardait et je savais qu'il m'aimait et parfois nous allions main dans la main à travers champs, mais c'était tout.

Au début de notre mariage, Hubert était très tendre avec moi. J'avais parfois un peu peur de cette tendresse. Enfant, j'avais souffert une fois d'une angine et la soif m'avait tenaillée mais quand on me donnait à boire, je ne pouvais pas avaler.

J'espère qu'Hubert ne s'en est jamais aperçu. J'étais d'ailleurs parfaitement heureuse, autant qu'un adulte puisse l'être. C'est pourquoi il m'est si difficile d'éviter le chat. Je ne parviens plus à imaginer le visage d'Hubert et cette incapacité me tourmente tellement que je ne veux plus essayer de me le remémorer.

Hier je me suis baignée dans le lac. J'ai eu la sensation d'être déchirée en deux. Après le bain, je me suis allongée dans la prairie en grelottant. L'eau est horriblement froide. Cela fait un drôle d'effet de se baigner sans pouvoir entendre le doux claquement de l'eau quand on plonge. Quelle est donc cette région où même en août l'eau brûle tant elle est froide ?

7 septembre

Je suis contente que l'été touche à sa fin, cet été et son silence de mort, avec ses orages que je peux seulement voir, ses ondées qui ne pénètrent pas dans mon oreille et le vent qui me tire sans bruit par les cheveux, avec un concert d'oiseaux qui ne chantent pas pour moi et des chiens de chasse haletants qui passent en courant devant moi sans que j'entende le moindre son. L'univers muet d'une vieille peinture. Il vaudra mieux, cet hiver, que je m'installe dans mon fauteuil de cuir et que je lise ou que je dessine. La douleur sera sûrement moins grande et je me congèlerai lentement sans même m'en rendre compte.

Le garde s'est trouvé une femme. Elle vient le voir presque tous les soirs. C'est une femme entre deux âges. Elle a la taille mince mais la poitrine large et débordante. Il lui manque deux dents sur le devant et ses yeux sont sans couleur, comme ceux du garde. Quand l'obscurité tombe, elle disparaît dans la maison. Peut-être la bat-il comme il bat son chien ; je ne peux pas entendre ce qui se passe sous ma chambre. Quand nous nous croisons, elle me regarde de côté, avec un mélange d'insolence et de soumission. Mais je n'irai certainement pas bavarder et trahir son secret, si toutefois c'en est un.

Régulièrement, je prends la résolution d'aller au village. Une fois même, je me suis mise en route. Mais lorsque de loin j'aperçus les maisons, je fis demi-tour et glissai ma liste de courses sous la porte du garde. J'ai raté le bon moment. J'aurais dû y aller tout de suite, les gens seraient habitués depuis longtemps à me voir. Il est trop tard, trop tard pour tout.

Je suis en train de dessiner une pie, belle créature chatoyante. Elle a l'air plus solitaire qu'aucun autre oiseau avant elle mais il y a chez elle, en plus, une nuance de méchanceté et de froideur. Je n'aime pas cette pie mais je l'ai vraiment bien réussie. Je n'aimerais toutefois pas l'avoir dans ma chambre car elle me fait peur.

15 octobre

Je suis allée me promener hier sur un pâturage désert, dans la montagne. Le garde ne cherche plus maintenant à savoir où je vais. Il semble avoir compris qu'il ne m'impressionnait pas avec ses petites feuilles et ses Je-suis-responsable. Là-haut, la solitude est intense ; je suis faite pour ce paysage. En redescendant, je trouvai des airelles. Elles n'étaient pas tout à fait rouges, ce n'est pas encore la saison, et ressemblaient aux perles d'un collier de corail. J'en mangeai une poignée. Leur amertume était indescriptible, elles avaient un goût de tannin.

Alors que je descendais vers le lac, je vis un homme assis devant une des maisons de bois. Il regardait l'eau, du moins je le pense car je ne voyais que son dos et sa nuque couverte de petites boucles de cheveux rouge cuivre. Il se retourna et me parla. Je répondis en m'efforçant d'articuler distinctement : « Je suis sourde. Si vous voulez me demander quelque chose, il faut que vous me l'écriviez. » Il fixa un instant son regard sur moi puis sembla avoir une idée car il prit dans la poche de sa veste un stylo et un morceau de papier sur lequel il écrivit en lettres d'imprimerie : « Est-ce que vous ne pouvez vraiment rien entendre ? » Je hochai la tête. Il parut satisfait de ma réponse, en tout cas il me proposa, par écrit naturellement, de prendre un verre de limonade avec lui. Je vis qu'il n'agissait pas par compassion, c'est pourquoi j'acceptai son invitation. J'avais le sentiment de vivre une grande aventure en buvant un verre de limonade avec quelqu'un. L'homme avait un visage très étrange, un large visage tout blanc avec un écart étonnamment important entre les yeux, lesquels étaient par ailleurs clairs comme de l'eau. La bouche était grande, les lèvres pâles, les dents étaient saines mais jaunies par le tabac. Ce qu'il y avait de plus frappant, c'étaient ces yeux très écartés et les cheveux rouge cuivre. L'impression d'ensemble était plutôt laide et un peu inquiétante. Mais je ne peux quand même pas choisir les gens qui veulent prendre un verre de limonade avec moi et parler, oui, parler aussi. Il semblait n'avoir que ce seul désir, parler avec moi, et il était manifestement très content que je ne puisse pas l'entendre. On aurait dit un homme vivant tout seul mais ne pouvant pas supporter la solitude. Au début il m'observa avec beaucoup d'attention mais quand il vit que je ne pouvais vraiment rien entendre ni même lire sur ses lèvres, il se laissa aller et ne fit plus attention à moi. Je crois même qu'il cria, tout du moins j'eus cette impression. Comme il me répugnait de garder les yeux sur lui, je finis par regarder le lac. Au bout d'un moment, je me retournai et vis qu'une métamorphose effrayante s'était opérée sur son visage. Celui-ci était complètement défait, les traits étaient méconnaissables, en fait ce n'était plus un visage. Les cheveux de l'homme lui collaient au front, la sueur coulait en petits filets dans son col. Il sentait une odeur très forte et désagréable. Je me levai et dis : « Merci pour la limonade, il faut que je m'en aille maintenant. » Pendant un instant, j'eus le sentiment qu'il voulait me retenir de force puis il se ressaisit et écrivit de nouveau quelque chose sur le papier. J'eus beaucoup de mal à lire ce qu'il écrivait, malgré les lettres majuscules, tellement sa main tremblait.

C'est une bien étrange histoire. Il veut que je vienne le voir aussi souvent que possible et que je le laisse me parler.

Il avait l'air vraiment désespéré et ne semblait pas avoir toute sa tête, aussi je tentai de sourire et je lui dis : « Demain ! » Puis je m'en allai sans me retourner. Je crois qu'il resta là à me suivre des yeux jusqu'à ce que j'eusse disparu.

Depuis j'ai réfléchi. Je ne pense plus maintenant qu'il soit fou bien que de tels yeux ne puissent pas être tout à fait normaux. Je suppose qu'il doit cacher quelque chose et que ça lui est insupportable. Il pourrait aussi bien parler à un chien ou à un arbre, ce serait d'ailleurs encore plus sûr, mais peut-être n'a-t-il pas grande imagination, peut-être a-t-il besoin d'un trompe-l'œil à apparence humaine. Le garde écrirait sans doute : « C'est peut-être un assassin. Je suis responsable. »

Mais même si c'en était un, moi, il ne m'assassinera pas car il a besoin de moi.

On éprouve un sentiment singulier à se sentir de nouveau utile après tout ce temps. Je retournerai le voir. Je pourrai peut-être m'habituer à son visage et à son odeur. C'est étrange, quelqu'un a besoin de moi, pas de moi personnellement mais de ma présence physique. La limonade était poisseuse et avait un goût infect. Je ne peux plus me rappeler le goût des airelles. Dommage !

Je chiffonnai les papiers que je venais de lire et les portai dans la cave. Je regardai les feuilles se consumer lentement. Mon écriture a beaucoup changé depuis cette époque, elle n'est plus aussi penchée et je fais les majuscules autrement. Ce ne sont plus celles de mon écriture d'écolière. C'étaient là les seules pensées dont je fusse capable en cet instant.

Ma tête reposait de nouveau solidement sur mes épaules mais j'étais très fatiguée et souhaitais que la semaine fût finie. J'étais assise sur une caisse, la figure appuyée dans les mains, j'attendais que tout fût réduit en cendres.

Hubert branchait justement la télévision. Je m'assis à côté de lui sur le canapé et je dus m'endormir instantanément. Lorsque je me réveillai, j'avais la tête appuyée sur son épaule et il me dit que j'avais dormi une bonne heure. Il me servit un verre de cognac et je vis que lui avait déjà bu, ce qui arrive rarement. En effet, Hubert ne boit que lorsqu'il est d'humeur joyeuse et non pour chasser les moments de dépression. Quant à moi, je ne bois que pour l'accompagner.

Il débrancha le téléviseur avant la fin de la pièce et vint se coucher en même temps que moi. Et les choses se passèrent, ce soir-là, comme elles se passent toujours quand Hubert a bu et que l'alcool lui fait lâcher un peu la bride. Puis il s'endormit tout de suite. De mon côté, je restai encore un moment éveillée. Après tout, j'avais déjà dormi une heure devant la télévision.

JEUDI

Comme Hubert était retenu au tribunal et qu'il ne rentrerait pas à midi, je décidai d'aller chez le coiffeur. J'aime bien y aller après un jour de nettoyage, quand j'ai les cheveux poussiéreux et ternes. Et puis c'était agréable de ne pas être obligée de cavaler. Je déteste en effet par-dessus tout qu'on me talonne.

Le foehn s'était levé pendant la nuit et j'avais le sentiment, après coup, de l'avoir déjà senti venir hier. Le ciel était bleu et la température anormalement douce. Je ne déteste pas le foehn. C'est le vent du nord qui me fait souffrir. Lorsqu'il souffle, je ne me sens pas bien, je suis comme rompue et j'ai mal partout où l'on peut avoir mal quand on a mon âge. Quand souffle le foehn, par contre, je suis fraîche et dispose et je me sens extraordinairement éveillée. Ma vue, mon ouïe et mon odorat sont alors plus subtils. Le soir, en général, je suis vraiment fatiguée, pourtant je garde les yeux grands ouverts et je ne peux pas m'endormir sans prendre de somnifère. Ne pas pouvoir s'endormir dans le lit conjugal, quelle épreuve ! Je n'ose ni lire ni me retourner de peur de réveiller Hubert. Si le sommeil ne vient vraiment pas, je me glisse hors de la chambre, je monte dans la mansarde, je regarde d'anciens dessins ou bien je lis un peu. Naturellement, j'ai encore moins sommeil après. A bout de ressources, je vais m'allonger sur le divan, je me tourne encore un moment dans tous les sens et je finis quand même par m'endormir.

J'aimerais bien, parfois, et sans raison particulière, dormir dans la mansarde. Mais Hubert ne veut pas en entendre parler. Je ne sais pas pourquoi cette idée le vexe. Mais comme, manifestement, ça le contrarie, je n'en parle presque plus. La situation prend un tour critique les jours où j'ai attrapé froid. Je ne comprends pas alors pourquoi Hubert tient absolument à dormir à côté d'une femme qui se mouche toutes les deux minutes. Chaque fois que je me mouche ou que je tousse, il soupire doucement, avec résignation. D'un autre côté, il faut bien dire qu'il n'est rien de plus horripilant que de devoir se moucher discrètement et cette méthode est en outre d'une parfaite inefficacité. Quand j'entends Hubert soupirer, je le déteste et mon ressentiment dure plusieurs minutes. Pourquoi, mon Dieu, n'aurais-je pas le droit de prendre librement mes quartiers dans la mansarde, là où je pourrais faire de mon nez ce que bon me semble ? On pourrait au moins attendre d'Hubert qu'il ne soupirât pas. Ces soupirs sont illogiques ; qui plus est, ils sont une forme de chantage. J'en arrive à me sentir coupable là où il n'y a vraiment pas faute de ma part.

Régulièrement, à l'automne et au printemps, j'attrape froid. Alors commence le calvaire. Mes rhumes ne durent qu'une semaine mais ils sont d'une violence inouïe. Dans ces conditions, une semaine peut être interminable. Mon corps délabré me fait horreur. Quand je vois alors Hubert, pâle, la mine défaite, devant son petit déjeuner de Spartiate, j'aurais envie de lui lancer un petit pain à la figure. Je m'en abstiens, naturellement, mais j'aimerais bien voir comment il le prendrait.

Premier éternuement. « Je crois que je vais dormir ce soir dans la mansarde. » Hubert prend son air de chef de famille : « Tu vas rester sagement ici. Il y a des courants d'air dans la mansarde et un des ressorts du divan est cassé. On croirait que je suis Barbe-Bleue et que je force ma femme enrhumée à dormir dans une mansarde qui n'est pas chauffée ! » En fait, il n'y a pas davantage de courants d'air dans la mansarde que dans le reste de la maison. Quant au ressort cassé, il ne me gêne nullement. C'est vraiment curieux qu'Hubert ne puisse supporter la moindre séparation. Si je voulais partir seule en voyage, il y verrait la preuve d'un manque total d'affection. Il m'arrive alors d'avoir des pensées mansardières que je ne devrais pas avoir. A-t-il vraiment tout oublié ou veut-il réparer quelque chose ? Fait-il pénitence jusqu'à la fin de ses jours ou bien m'aime-t-il plus qu'autrefois ? Je ne pourrai jamais en avoir le cœur net et c'est d'ailleurs sans importance car je n'ai de toute façon pas l'intention de partir seule en voyage. Hubert sait se taire. Peut-être invente-t-il sans cesse des motifs à ses actions et construit-il un édifice qui ne doit sous aucun prétexte s'effondrer. Ça lui demande beaucoup d'énergie. Je ne devrais pas le détester, fût-ce une minute, quand il soupire ; c'est pourtant le cas.

Je traînai un peu et neuf heures avaient sonné lorsque je sortis. L'enveloppe était déjà dans la boîte aux lettres mais je ne me donnai pas la peine de rentrer à la maison. Grâce au foehn, j'avais les idées très claires et je croyais savoir mille choses. En fait, je ne voulais rien savoir. Je refoulai mes pensées de mansarde et constatai que ce n'était pas le jour idéal pour aller chez le coiffeur. Quand il y a du foehn, mes cheveux sont difficiles à coiffer. Ils sont électriques comme du poil de chat et se hérissent dans tous les sens. Mais Lisa trouverait bien le moyen de leur faire prendre le pli.

Lisa, c'est ma coiffeuse. Je suis un peu amoureuse d'elle. C'est l'être le plus charmant que l'on puisse imaginer, avec ses cheveux lisses, bruns, noués en chignon, sa peau café au lait léger, sa petite bouche aux lignes rondes et ses yeux noirs allongés, très doux. Je pourrais la regarder pendant des heures. Elle incarne la féminité accomplie. Tout chez elle a un effet bienfaisant, la voix, les gestes, le calme et la grâce qui émanent de sa personne. Il ne faudrait pas pour autant la croire rondelette ; elle a les lignes délicatement arrondies d'une personne accorte. Lisa a certainement des os, comme tout être humain, mais on ne le remarque pas, et c'est bien agréable. Jamais encore je n'ai vu Lisa manquer d'amabilité. Son sourire emplit d'une paix idéale le petit salon qu'elle transforme en un temple où s'accompliraient les cérémonies secrètes du sacrifice à une très vieille déesse.

Dans la journée, Lisa travaille au salon. Le soir, elle s'occupe de son mari et de sa petite fille ; elle prépare le repas pour le lendemain ; elle lave, repasse, et ne se couche jamais avant onze heures. Elle ne m'a rien raconté de sa vie mais je suppose que ses journées se découpent ainsi. Le lundi elle fait le ménage et le dimanche elle se consacre à sa famille. Malgré tout, ses mains restent lisses et douces et jamais elle n'a d'ongle cassé. Depuis trois ans, Lisa est pour moi un sujet d'étonnement. Comment fait-elle, comment se débrouille-t-elle, que se passe-t-il en elle ? J'ai parfois le sentiment qu'il ne s'y passe pas grand-chose et que ce serait la raison de sa perfection. Aucune ride ne dépare son front. En réalité, Lisa ne doit pas être sotte, mais elle ne le fait pas remarquer, ce qui est également un côté agréable de sa personne. Elle trouve toujours les mots qui conviennent. Mais elle ne prononcera pas une phrase que je ne puisse lire dans quelque magazine féminin. Peut-être pratique-t-elle la mnémotechnie. C'est en tout cas la seule personne que je connaisse qui ait effectivement essayé toutes les marques de lessive. Elle sait comment dresser correctement une table alors que c'est pour moi, aujourd'hui encore, un casse-tête. Elle sait également quel chapeau ira avec quelle robe, quelles chaussures il faudra mettre et quelle sorte de sac à main accompagnera l'ensemble. Ces propos m'ennuieraient mortellement si je ne les entendais de la jolie bouche de Lisa. Venant d'elle, ils semblent refléter une profonde sagacité et je me sens, à côté, sotte et maladroite.

Sinon, Lisa n'est pas bavarde et elle évite absolument certains sujets de conversation. Ainsi elle ne parlera jamais de maladies ou de politique. Je l'ai entendue une seule fois faire une réflexion sur la politique, pour condamner tous les actes de violence. Une fois encore, sa remarque était judicieuse et de bon ton. La plupart du temps, elle accomplit son ouvrage en silence, avec un haussement de sourcils, parfois, ou bien un sourire creusant la commissure de ses lèvres. Elle a sûrement ses secrets ; elle les garde pour elle. Elle fait déjà preuve de suffisamment de condescendance en soignant de ses belles mains les têtes peu appétissantes de ses clientes. Et toujours elle déploiera une égale bienveillance. Elle ne plantera jamais une épingle dans un cuir chevelu, elle ne serrera jamais trop un bigoudi, et quand tout le monde se retrouve sous le casque, elle va et vient d'une cliente à l'autre, telle une bonne déesse, réglant ici la température, apportant ailleurs un magazine et offrant à toutes son sourire. Si l'une d'entre nous fume, Lisa fronce son petit nez et la coupable éteint sa cigarette. Car Lisa nous a très bien éduquées ! Elle porte des chaussures grises à lacets, hautes mais libérant les orteils et le talon. Ces chaussures sont laides mais elles lui donnent un côté maternel qui, là encore, lui sied très bien.

Le mari de Lisa a l'air un peu lourdaud ; en tout cas, il donne l'impression d'être bien propre et bien nourri. Je ne comprends pas ce qui peut plaire à Lisa chez cet homme ; elle l'aime peut-être simplement parce que c'est son mari. Mais ce ne sont là que spéculations oiseuses ; en réalité, j'ignore tout de leurs rapports. La fillette, qui ressemble au père, est gentille et bien élevée. C'est vraiment dommage qu'elle n'ait, apparemment, rien hérité de sa mère. Je ne pense pas pour autant que Lisa s'en affecte. Le mari est technicien-radio et gagne bien sa vie ; Lisa a également de bons revenus. La petite famille possède une voiture et tous les appareils dont on ne peut, paraît-il, se passer aujourd'hui ; en tout cas, ils en possèdent beaucoup plus que moi. En hiver, ils partent faire du ski ; l'été, ils passent leurs vacances au bord de l'Adriatique. De plus, tous les trois sont fort bien vêtus. Tel est le monde de Lisa, auquel je ne comprends rien et qui me semblerait insupportable si ce n'était elle qui l'habitait.

Cette fois-ci, je dus attendre un peu. Elle s'affairait sur les cheveux bleu ciel d'une vieille dame qui se contemplait avec ravissement dans le miroir. Je pus donc regarder en toute tranquillité le visage de Lisa, de face puis de profil. Vue sous cet angle, elle était presque touchante avec son nez plutôt petit et sa lèvre inférieure légèrement proéminente. J'avais essayé une fois de faire son portrait, de mémoire naturellement, mais sans résultat. Elle présentait en effet trop peu d'analogies avec les insectes, les lézards et les oiseaux. Je ne sais même pas dessiner un lièvre et j'essaierais encore moins de dessiner un chat ! Je saurais les dessiner, bien sûr, mais ils n'auraient pas d'apparence réelle, il leur manquerait un élément essentiel. Mes talents sont étrangement limités. Le visage de Lisa était devenu, sous mon crayon, un masque idiot et sans relief.

Elle avait congédié la vieille dame ; c'était mon tour. Lisa me lave toujours les cheveux elle-même ; c'est un privilège qu'elle n'accorde pas à toutes ses clientes. Je ne me figure pas que Lisa m'aime particulièrement, je crois seulement que je l'embête moins que les autres dans la mesure où je suis d'accord avec tout ce qu'elle entreprend. Je renversai la tête au-dessus du bac et m'abandonnai à ses doigts doux et vigoureux.

Avant, je n'allais vraiment pas de gaieté de cœur chez le coiffeur. Je n'aime pas que des mains étrangères me touchent et je n'aime surtout pas qu'on me tire les cheveux. Avec Lisa, tout est différent. Sa main n'est pas une main étrangère. J'ai parfois l'illusion d'avoir déjà été tenue par ces mains-là, il y aurait très longtemps, tant elles me sont familières.

Tandis qu'elle me coiffait, j'observais discrètement, dans la glace, son visage tranquille et penché. Pourquoi ne pouvais-je pas dessiner ce visage ? Pourtant, quand Lisa s'occupe de moi, elle peut se reposer, je me tais la plupart du temps. Un sentiment de reconnaissance m'envahit. Lisa ressemblait à la fois à un enfant absorbé par son jeu et à une mère se penchant sur son enfant. J'étais cet enfant. J'étais contente d'en savoir aussi peu sur elle et contente aussi parce que je ne connaîtrais jamais la véritable Lisa. Quel âge pouvait-elle avoir ? Vingt-sept ans ? Dès que j'observerais les premiers changements chez elle, il faudrait que je me cherche une autre coiffeuse. J'espérais que ce serait le plus tard possible. Cette pensée n'était pas belle mais j'avais bien conscience que Lisa, comme les autres, aurait un jour des rides et un double menton. Je me trouvai odieuse en cet instant mais il ne convenait pas d'y attacher davantage d'importance, cela m'arrive bien souvent. C'est une vieille habitude. De toute façon, je ne suis pas quelqu'un de très agréable. Ma principale qualité est sans doute de ne pas être importune et de laisser les gens tranquilles, mais cette vertu n'a justement pour origine que la conscience de mes propres insuffisances qui sont on ne peut plus profondes. A quoi me servira-t-il d'éviter de rencontrer la laideur ou les sujets d'effroi puisqu'une grande laideur et un grand effroi s'abattront sur nous tous, un jour ? On ne peut plus alors leur échapper, on est acculé. Il faudrait être sourd, aveugle et insensible. C'est une éventualié sur laquelle on ne peut pas compter.

Lisa m'installa sous le casque puis alla chercher quelques revues qu'elle déposa devant moi. Je n'avais pas envie de lire et fermai les yeux. D'ailleurs, ces derniers temps, je lis de moins en moins. J'ai parfois l'impression que la lecture a été inventée à seule fin de distraire les êtres humains des choses vraiment importantes. Seulement je ne sais pas ce qui est vraiment important et je ne parviendrai jamais, avec ma tournure d'esprit, à éclaircir ce mystère. La simple pensée ne mène nulle part mais c'est une habitude. Je réussis parfois à ne pas penser et je vois alors des images. Ces visions ont peut-être une réelle importance pour moi, même si je ne peux pas les interpréter.

Alors qu'un tourbillon de chaleur m'enveloppait la tête, je vis, derrière mes paupières closes, une image. Une créature monstrueuse en papier bistre, ressemblant à une chrysalide, pendait au bout d'un fil argenté. Elle semblait morte, à première vue ; pourtant, à y regarder de plus près, on percevait de temps en temps de légères ondulations sous la membrane fripée, un heurtement, une pulsation, lancinants et harcelants. Quelque chose était sur le point de naître. La peau éclata alors à un endroit et je perçus un miroitement bleu métallique. J'ouvris les yeux tout grands. Je ne voulais pas voir ce qui sortirait de la membrane. C'était prématuré, il fallait que la chose restât encore dans son enveloppe. Je pouvais m'accommoder du cocon gris-brun mais la nouvelle créature, elle, aurait pu m'effrayer. Je ne veux pas qu'on m'effraie.

Quand j'étais enfant, je m'en souviens nettement, je redoutais beaucoup toute frayeur inattendue. Je me figurais qu'une telle surprise me ferait tomber à la renverse et que j'en mourrais. Je ne savais pas au juste ce que signifiait cet état de mort, j'étais encore trop petite ; pour moi, cela voulait seulement dire qu'après avoir éprouvé une telle frayeur, on ne pouvait plus exister. Je n'ai jamais tout à fait perdu cette peur. J'ai seulement appris à composer avec elle. Et puis je ne trouve plus que ce soit aussi grave de ne plus exister.

Je gardai les yeux grands ouverts. Lisa avait disparu. La vue de son visage m'aurait fait du bien en cet instant. J'essayai donc de me changer les idées. Je projetai alors de nettoyer prochainement les fenêtres. Les carreaux étaient redevenus ternes et crasseux ; on le voyait bien quand il y avait du soleil. En outre, le nettoyage des vitres est une occupation qui, en général, favorise grandement mon sommeil. Il est malheureusement indéniable que je ne dors plus que par routine alors que j'étais autrefois une dormeuse impénitente. Le sommeil n'est plus pour moi la délivrance de tous les maux, c'est devenu une fuite sans force.

Je vis mon visage dans le miroir. Sous la chaleur, il semblait jeune et j'avais le teint rose. C'étaient là des reflets trompeurs qui s'estomperaient plus tard. Quand la peau n'est plus tendue par les bigoudis, les joues se creusent un peu et la chair repose flasque sur les os. Mais ce n'est pas autrement grave. L'attribut essentiel de la jeunesse, ce n'est pas une peau lisse, c'est l'espoir. On s'éveille chaque jour avec celui de vivre quelque chose de nouveau ; à chaque heure, à chaque minute, le grand événement peut se produire, celui qu'on ne peut imaginer mais qui doit arriver. Je ne pouvais plus me remémorer le jour où cet espoir était mort en moi, mais était-il vraiment tout à fait mort ? Il existe toujours quelque chose à quoi je me raccroche : un jour, je réussirai à dessiner un oiseau qui ne sera pas solitaire. On le verra nettement à sa façon de tenir la tête, à la position de ses petites pattes ou à la seule couleur de son plumage. De toute façon, cet oiseau dort en moi, il suffit que je l'éveille. C'est un charme qu'il faut que j'accomplisse seule. Mais qu'arrivera-t-il ensuite, après cette heure de triomphe ? Cette incertitude est peut-être la cause de mon refus de faire naître cet oiseau. Personne au monde n'attache d'importance à la réalisation de mon espoir, pas même moi. C'est une espérance qui s'est détachée de mon être et qui se sert de moi pour parvenir à son but. Mais quel est ce but ?

Une ombre traversa le miroir. Je me posais les mêmes questions pour Hubert. En quoi gardait-il l'espoir ? Pendant un temps, il avait rêvé de construire une maison. Il hérita d'une maison qui n'était pas la sienne et qui tua son rêve. Peut-être Hubert n'espère-t-il plus rien, j'en ai peur parfois. Mais je ne peux pas vraiment le savoir car ce sont des points sur lesquels nous gardons mutuellement le silence.

Lisa s'approcha et actionna un bouton électrique. A ce moment-là seulement, je remarquai que la chaleur sous le casque était devenue gênante. Comment Lisa avait-elle pu s'en rendre compte avant moi ? Merveilleuse Lisa qui sait toujours exactement ce qu'il convient de faire ! A quoi rêve-t-elle en coiffant ses clientes ? A de nouveaux rideaux pour les chambres à coucher ou à un grand avenir pour sa fillette qui lui ressemble si peu ?

La petite fille rêve sans doute d'être bordée et caressée le soir par sa maman. On doit lui permettre parfois de se glisser dans le lit de Lisa pour se réchauffer les doigts de pieds. C'est réconfortant de savoir qu'il y a des petites filles qui ont ce bonheur. Ma mère ne fut pas une bonne mère. Je suis venue au monde par hasard et je ne fus qu'un élément perturbateur dans une maison où ne comptaient que les courbes de température de mon père. Moi non plus, je ne suis pas une bonne mère, je ne suis même pas une bonne épouse. Je fais modestement tout mon possible, mais à qui cela sert-il ?

Je ne pouvais pas tourner la tête sous le casque et c'est du coin de l'œil que je vis Lisa disparaître. Un reflet mauve tendre... elle était partie. Fatiguée, je fermai les yeux.

La chrysalide était toujours là. Elle ne pendait plus au bout d'un fil d'argent, elle reposait à présent sur une table. J'observai avec appréhension le frémissement et les pulsations sous la membrane grise. La créature à naître bougeait toujours plus énergiquement. L'enveloppe craquelée était sur le point d'éclater. J'ouvris vite les yeux mais il était trop tard. Un œil pourpre m'avait regardée. C'était un mauvais œil ; j'essayai donc d'oublier ce qui s'était niché là, derrière mes paupières.

J'entendis un déclic et le doux ronron autour de ma tête cessa. Lisa vint m'ôter le casque et je ne sais comment elle fit, mais elle parvint à dompter ma chevelure récalcitrante. Je dis quelques mots à propos du foehn et Lisa affirma que sa mère en pressentait la venue trente-six heures à l'avance. Je fus très surprise d'apprendre que Lisa avait une mère. Mais, à ce moment-là, elle plaça le miroir derrière ma tête, il ne me restait donc plus qu'à me lever et à partir. Il me fallait quitter cette pièce féminine et parfumée, aux couleurs argent et mauve, je devais abandonner Lisa et son visage.

Je lui glissai un pourboire dans la poche. Elle me remercia, sans rond de jambe ni affectation mais tout naturellement, comme on remercierait quelqu'un pour un petit cadeau. Ses yeux noirs luisaient chaleureusement sous leurs larges paupières. Je fus tentée de toucher sa joue café au lait ; naturellement, je n'en fis rien. Je m'efforçai au contraire de gagner rapidement la sortie sans me retourner. J'aimerais bien ramener Lisa à la maison et la placer sous un globe de verre mais ça ne lui plairait certainement pas.

Il faisait vraiment doux dehors. Je devais avoir les oreilles toutes rouges, comme après chaque passage sous le casque du séchoir. Ce n'est déjà pas agréable en hiver, par un froid glacial ; ça l'est encore moins quand souffle le foehn, même si je savais que personne ne s'en rendrait compte. Qui pourrait, en effet, s'intéresser à mes oreilles ? Les gens semblaient d'ailleurs être tous extrêmement pressés ; on entamait apparemment la pause de midi. Seuls quelques garçons et quelques filles, élèves du collège proche, prenaient leur temps et passaient nonchalamment en discutant dans une langue qui m'était inconnue, un argot de potaches. Ilse aussi doit parler cette langue avec ses amis mais elle ne le fait jamais avec moi. Rien n'a changé depuis le temps de ma jeunesse. Tous ces jeunes vivent dans deux univers à la fois et ont encore l'élasticité nécessaire pour passer aisément de l'un à l'autre. Ils me semblaient proches, nous faisions partie de la même famille, la seule différence était que j'avais un peu poursuivi ma route et que je m'étais enfoncée dans un monde plus dur, plus froid, où l'espoir était plus réduit encore. Ces enfants aussi allaient poursuivre une route qui ne leur permettrait jamais de revenir à cette journée de février sous le foehn. On n'évolue pas en cercle. D'un point incandescent, on pénètre dans la chaleur rouge puis dans le froid bleu et plus tard encore dans le crépuscule gris, avant de s'éteindre dans les ténèbres de la nuit.

En fait, je ne le pensais pas vraiment ; je voyais seulement avec acuité une nuée d'étoiles filantes arrachées au brasier de l'étoile mère s'éteindre dans le froid de l'espace. Ce phénomène n'a pas la moindre signification, il se manifeste continuellement, on ne peut que le constater. Il ne recèle aucun dessein et ne se produit ni pour le bien ni pour le malheur de personne. On ne se le répétera jamais assez, même si je ne sais pas ce que cette idée peut avoir d'aussi réconfortant pour moi.

Le vent chaud me caressait le visage. « Ne te mets pas martel en tête, me disait le vent. Ainsi sont les choses. » Je me vis, enfant, courant dans un parc. Je pleurais et d'autres enfants me poursuivaient en criant des horreurs. Je crevais de colère et de peur et les larmes coulaient dans ma bouche. Le vent séchait mes larmes et un sentiment de tension persistait sur la peau, le sel peut-être. Les enfants cessaient leurs cris. C'était toujours ainsi ; d'un seul coup ils cessaient de crier et n'étaient plus méchants ni cruels, ils étaient redevenus mes bons amis. Ils me tenaient la main et nous reprenions notre course contre le vent chaud. Tantôt c'étaient des amis, tantôt des ennemis et je ne savais jamais pourquoi, et eux non plus n'en savaient rien.

Je courais maintenant, moi aussi, et c'est un peu essoufflée que j'entrai dans un petit café situé dans une rue latérale. Je voulais grignoter un morceau avant d'aller rendre visite à Séraphine, à l'hôpital. C'est quand même curieux que la conseillère n'ait jamais voulu faire la cuisine et qu'elle ait confié toutes les tâches à Séraphine qui fut ainsi cuisinière, femme de chambre, bonne d'enfant et finalement garde-malade. A quatre-vingts ans, elle avait enfin le temps d'être malade elle aussi. Rien chez elle ne l'avait jamais distinguée, elle n'éveillait même pas la sympathie tant elle était réduite à n'être personne. Hubert ne parle jamais d'elle, et pourtant elle l'a fait manger, elle l'a traîné partout, plus tard elle lui a ciré ses chaussures et repassé ses chemises. Le dernier jour du mois, la banque, qui a reçu un ordre de virement permanent, lui adresse une certaine somme d'argent car elle ne pourrait jamais sinon, avec ses rentes, se payer une chambre individuelle dans une maison de retraite. Hubert s'irrite quand je parle d'elle. Il ne lui rend jamais visite et cela me fait de la peine même si je dois admettre que, moi-même, je vais la voir à reculons.

Quand elle me voit, la déception se lit dans ses yeux. Séraphine ne changera jamais, elle est déçue à chaque fois. J'espère seulement qu'elle est plus heureuse quand c'est Ferdinand qui vient la voir. Au fond d'elle-même, elle m'en veut de mes visites, même si elle ne repousse pas les petits cadeaux que je lui apporte. L'intimité n'a jamais régné entre nous. Elle savait que j'étais un obstacle pour la conseillère. J'avais proposé de garder Séraphine chez nous mais Hubert avait refusé. Elle lui aurait rappelé en permanence le passé et Hubert ne veut pas qu'on lui rappelle quoi que ce soit. Je le comprends très bien. Mais la dureté dont il peut faire preuve m'effraie. Il a chassé Séraphine, ni plus ni moins. Dans ce genre de situations, il a toujours été très raisonnable.

Séraphine mène une vie agréable dans sa maison de retraite. Hubert paie suffisamment pour qu'elle récupère même un peu d'argent de poche. Quand il se montre raisonnable, Hubert est terrible ; il fait preuve d'une froideur et d'une inflexibilité qui me rappellent sa mère. Mais cet aspect de son caractère se manifeste si rarement que j'oublie, d'une fois sur l'autre, qu'il peut se conduire ainsi. Le vieux Ferdinand n'aurait jamais placé Séraphine dans un hospice et il nous aurait par là même causé les pires tracas. Mais il n'était pas très raisonnable.

J'étais assise à une petite table de marbre et je laissais mes pensées parcourir des labyrinthes souterrains et s'aventurer dans une termitière d'une ampleur toujours plus insaisissable. Les couloirs souterrains m'ont toujours angoissée. Le jour du bombardement, j'aurais préféré me cacher dans le parc plutôt que dans la cave.

Je m'étais bel et bien égarée et il me fallut l'aide du serveur se penchant au-dessus de ma table et me demandant ce que je désirais, pour regagner la surface. Je commandai deux œufs mollets et une tasse de thé.

Ce café est agréablement désuet. Avec ses banquettes de peluche d'un ton rouge passé et ses vieux rideaux de velours à galons, c'est un véritable musée. Les tables sont suffisamment espacées pour que personne ne puisse entendre la conversation du voisin ou lire le journal par-dessus son épaule. On est assis sur une île où l'on n'entend que le léger cliquetis des cuillères et le froissement des feuilles de journaux. Je viens ici chaque fois que j'ai quelque chose à faire en ville. C'est le rendez-vous privilégié des personnes âgées, on y rencontre aussi quelques employées de bureau pendant la pause du déjeuner et de temps en temps un passant s'y égare. Je me demande comment la recette permet au patron de vivre. Dans une pièce, tout au fond, quelques jeunes gens jouent au billard mais on les entend à peine.

Une jeune femme, une jeune fille peut-être, était assise dans la loggia voisine. Elle écrivait une lettre. Je n'ai plus moi-même, depuis des années, écrit de véritable lettre. Il n'y a pas autrement lieu de s'en étonner car j'ai coupé tous les ponts avec les amis de jadis qui ne furent d'ailleurs jamais de véritables amis. Avant que mon étrange maladie ne m'eût mise pendant deux ans sur la touche, une foule de personnes semblaient partager mes intérêts. Mais deux ans sont suffisants pour dissoudre de tels liens. Il m'arrive encore de rencontrer dans la rue une de ces anciennes connaissances, nous nous saluons courtoisement, parfois même nous échangeons quelques mots et c'est tout. Je rate vraisemblablement beaucoup de choses en menant cette vie retirée mais je n'en éprouve aucun regret.

Le serveur apporta les œufs et le thé puis se retira sans bruit. Je le connaissais depuis longtemps et je le retrouvais chaque fois un peu plus vieux et un peu plus lent. Un jour, il ne sera plus là et je le regretterai pendant quelque temps. Les œufs avaient un goût de vieux, comme d'habitude, mais je ne m'en étonne plus depuis que je sais qu'ils ne sont pas pondus par des poules alertes qui peuvent gratter la terre mais par d'infortunées créatures en cage. Ces œufs sont leur vengeance. Je suis naturellement sans réserve du côté de ces pauvres robots. Les œufs devraient avoir un goût bien plus infect encore pour nous punir de nos agissements infâmes. Je les fis « passer » avec un peu de thé qui n'avait pas davantage goût de thé mais qui au moins faisait oublier celui des œufs. Puis je m'essuyai la bouche et me regardai dans mon miroir de poche. Tout était en ordre, mes oreilles avaient retrouvé leur pâleur, j'étais un peu soulagée.

J'ai déjà essayé toute la carte de l'établissement, seul le café y est consommable, il est même excellent. Le jambon a un goût de papier imprégné de sel, le lard est rance et ne parlons pas du reste de la charcuterie ! On peut aussi commander une salade russe mais on ne le fait pas deux fois ; la seule chose à laquelle on puisse toucher, c'est la feuille de salade, même si elle a un goût d'herbe. Ce n'est pas mieux dans d'autres cafés, et c'est plus cher. Au moins, ici, on est assis dans un cadre agréable et l'on n'est pas dérangé. Hubert prétend toujours que je suis difficile mais ce n'est pas vrai, mon seul malheur est de me souvenir du goût que les plats devraient avoir.

Quelques dames d'un certain âge se bourraient de gâteaux. J'évitai de les regarder. J'allai prendre quelques journaux et commençai de les lire. Après avoir lu trois versions radicalement différentes du même fait divers, en l'occurrence une agression à main armée, où même le nom du criminel était orthographié de trois façons, je renonçai. Après tout, je ne lis pas le journal pour résoudre des énigmes.

Entre-temps, un homme était venu s'asseoir à une table en face, au milieu de la salle. Je vis tout de suite que c'était un passant que seul le hasard avait fait entrer ici. L'homme avait par ailleurs suffisamment d'assurance pour venir s'installer à une table centrale ; moi, j'en aurais été incapable.

Il commanda un café. Le son de sa voix me rappela quelque chose mais je ne parvins pas à découvrir quoi. Il pouvait avoir la cinquantaine. Ses cheveux, épais et grisonnants, étaient coupés très courts, la silhouette était massive, les joues pendaient légèrement et un bourrelet de chair tenace débordait du col de sa veste. C'était vraiment irritant de ne pas pouvoir se souvenir. Lorsqu'il se tourna de profil, je le reconnus enfin. C'était le vieux docteur Hofstätter, qui m'avait soignée quand j'étais enfant, à Rautersdorf. Je le regardai un moment et je fus sur le point d'aller vers lui lorsque je me dis que le docteur devait avoir aujourd'hui à peu près quatre-vingts ans. J'en fus très troublée. Mais si ce n'était pas le docteur, c'était donc son fils, ce jeune homme avec qui j'allais chasser les hérissons. A l'époque, il est vrai, c'était un beau garçon, athlétique, avec une charpente taillée à coups de hache. D'où provenaient donc ces bourrelets ? Il avait sûrement repris le cabinet de son père et devait être aujourd'hui dans sa commune un médecin très occupé. Il était visible que cet homme-là vivait à la campagne. Sans la guerre et la mort de mon grand-père, qui sait ? c'est sans doute lui que j'aurais épousé et je serais encore à Rautersdorf.

C'était inimaginable. J'étais contente, d'un seul coup, de ne pas vivre à Rautersdorf, avec cet homme et avec ses enfants ; il y en aurait eu assurément quatre ou cinq. Je ne serais jamais tombée malade, et quand bien même, cela n'eût pas été aussi grave. Cet homme ne m'aurait pas éloignée ; il était suffisamment robuste pour vivre avec une femme sourde. Il se serait bien occupé de moi et m'aurait trompée assidûment comme tout homme normal dans un cas semblable.

Je m'attendais à un réveil de sentimentalité mais non, je ne ressentais absolument rien. Une partie de mon être s'amusait même des efforts de l'autre. Je me souvenais nettement de ces nuits d'été, de l'odeur du foin et du trottinement des hérissons mais ces souvenirs n'avaient rien à voir avec l'étranger assis à la table du milieu. J'avais d'ailleurs oublié jusqu'à son prénom. Il offrait l'apparence d'un brave bonhomme de docteur doublé d'un être sans scrupules, mais c'est une combinaison fort répandue.

Je fis signe au garçon, payai, enfilai mon manteau et sortis. Comme je passais devant la fenêtre du café, l'homme leva la tête et me regarda dans les yeux. Il fronça les sourcils et sembla réfléchir intensément. Déjà à l'époque, quand nous chassions les hérissons, il était beaucoup plus lent que moi. J'entrai sous la première porte cochère et attendis. Au bout d'environ trois minutes, il apparut dans l'encadrement de la porte et regarda jusqu'en bas de la rue. Il secoua alors la tête et rentra dans le café. Il m'avait donc reconnue, mais ce n'avait pas été difficile, je n'avais pas changé autant que lui. Je veux dire : extérieurement. Je sortis de sous la porte cochère et poursuivis mon chemin, aussi soulagée que si je venais d'échapper à un danger. Rautersdorf était mort et ne devait pas ressusciter. Le Rautersdorf dans ma tête est ma propre création, c'est un grand tableau que j'ai peint et qui ne supporte aucune retouche. Sur cette peinture, je vois mon grand-père traverser les champs où l'on entrepose le bois ; je vois aussi des chasseurs rentrer à la maison, dans la brume du soir. Une vache est menée au taureau, des enfants pataugent dans les mares, les noix vertes pendent sur leurs branches et mon grand-père dépose des feuilles de noyer, qui sont si rafraîchissantes, dans l'eau qui servira au bain de pieds. Les prairies du Danube sont blanches sous la multitude des perce-neige, le soleil s'abat brûlant sur les champs jaunes, des gouttes de miel coulent le long de la cire verte des rayons, une miche de pain est posée sur la table. Pendant les nuits d'été, les grillons chantent et les grenouilles coassent. Parfois une pomme tombe dans l'herbe humide.

Ainsi resteraient les choses sur mon tableau. Il échappait à mon influence et rien ne pouvait y être modifié. Un peu de magie s'y mêle, naturellement. Mais en ce temps-là, j'aimais user de sortilèges. Aujourd'hui je ne m'en sers plus que dans des limites très modestes. Je crois parfois avoir perdu la main mais il en est de la magie comme de la natation ou de la bicyclette, on n'oublie jamais complètement. Je la pratique encore un tout petit peu pour Hubert. J'espère qu'il mourra avant moi car je ne sais pas comment il s'en sortirait sans mes modestes talents. C'est un art dont Ferdinand a hérité. Mais je ne suis pas sûre qu'il exerce son savoir de façon honorable car il montre parfois des dispositions qui pourraient faire de lui un véritable sorcier. Je souris en pensant à Ferdinand, je l'attirai tout près de moi, où qu'il se trouvât en cet instant, puis le relâchai bien vite. Je sentis qu'il s'éloignait dans une autre direction. Les choses étaient bien ainsi, les magiciens doivent suivre leur chemin en solitaire.

Je suis, semble-t-il, assez « atteinte ». Je le constatai tandis que le vent se glissait sous mes cheveux et soulevait l'ouvrage artistement édifié par Lisa. « Je t'aime », dis-je au vent. Une dame qui passait me dévisagea sévèrement. Je lui ris au nez et m'éloignai, laissant derrière moi une femme éberluée.

J'aime marcher en ville et parcourir de longs trajets à pied. Soudain je me rappelai Séraphine et toute la magie vola en éclats. La journée avait été belle jusqu'alors, je m'étais sentie légère, infatigable et vraiment jeune. C'en était fait. Je ralentis le pas immédiatement ; je me sentais d'un seul coup très vieille. C'est d'ailleurs curieux, je me sens jeune ou vieille sans que cela corresponde jamais à mon âge réel. Mes épaules s'affaissèrent. Je traînais maintenant les pieds comme une vieille femme exténuée.

Séraphine partage une salle commune avec sept autres personnes. Manifestement, on a réuni ici les femmes très âgées ou moribondes afin qu'elles ne dérangent pas les autres malades. Qu'elles puissent se déranger entre elles n'a plus aucune importance. Dans les lits gisent de petites bonnes femmes ratatinées ou bien des géantes bouffies ; toutes sont condamnées. J'ai un faible pour les personnes âgées et je fais preuve d'une certaine patience à leur égard, surtout si elles sont impotentes et qu'elles doivent attendre sagement dans leur lit. Mais je n'aime vraiment pas venir dans cet endroit. Quelques-unes de ces vieilles femmes vont mourir ici ; d'autres, une fois revigorées, seront renvoyées à la maison, là où peut-être on tremble déjà de les voir revenir.

Une odeur désagréable règne dans cette pièce mais elle m'effraie moins que le nuage concentré de volonté de vivre qui m'enveloppe et me pénètre quand j'entre ici. Ces pauvres êtres n'exhalent pas seulement l'odeur de leurs corps malades mais aussi l'acharnement sauvage avec lequel ils s'accrochent à la vie. Certains d'entre eux ont peut-être renoncé parce qu'ils étaient mourants mais la plupart poursuivent je ne sais quel ultime et vain espoir.

Je rends visite à Séraphine à peu près tous les dix jours. Cela fait sept semaines qu'elle est ici, c'était donc ma cinquième visite. Son lit est placé près de la fenêtre ; pour aller jusqu'à elle, je dois saluer à droite et à gauche. Quelques vieilles femmes me connaissent déjà mais je ne sais jamais lesquelles. Il y a dix jours, Séraphine allait un peu mieux et on pouvait penser qu'elle s'en remettrait une fois encore. En réalité, elle avait cessé de vivre à la mort de la Conseillère. Ça l'avait déboussolée de ne plus recevoir d'ordre de nulle part. Les seuls parents qu'elle avait quelque part à la campagne étaient morts depuis longtemps. La Conseillère était tout pour elle, mère, maîtresse, sœur. Pour finir, elle avait même été son enfant.

Sa voisine de chambre, une géante boursouflée, me murmura à l'oreille : « Elle décline, madame, elle n'en a plus pour longtemps. » Ce jour-là, Séraphine n'avait pas la tête tournée vers la fenêtre ; elle gardait les yeux rivés au plafond. C'était mauvais signe car elle aimait bien d'habitude observer les allées et venues des infirmières dans la cour. « C'est moi, Fine, je suis revenue vous voir, je vous ai aussi apporté quelque chose de bon. » Elle me regarda mais j'eus le sentiment qu'elle ne me voyait pas vraiment. Je posai ma main sur son bras maigre et tavelé ; elle ne bougea pas. « Fine, je suis la belle-fille de Madame la Conseillère, vous ne me reconnaissez pas ? »

« Madame la Conseillère », répéta-t-elle avec indifférence puis elle commença de marmonner à toute vitesse et je ne parvenais pas à comprendre ce qu'elle disait. Ce jour-là, en outre, elle n'avait pas ses dents. « C'est toi, Anna ? demanda-t-elle soudain très distinctement et son petit visage en forme de cœur se colora d'une rougeur malsaine. Mais où est-ce que je suis ? Et qui va traire la vache maintenant ? » Je lui parlai très lentement et très distinctement pour lui raconter ce qui s'était passé et lui dire qu'elle allait déjà mieux. Je mentais mais que peut-on raconter dans un cas semblable ? Des mensonges. Mes propos ne semblaient d'ailleurs pas l'intéresser le moins du monde, elle demanda seulement à plusieurs reprises des nouvelles de sa mère. Etait-elle encore malade ? Et qui s'occupait maintenant de la vache ? Puis elle m'invectiva : je n'étais qu'une saleté qui laissait tout aller à vau-l'eau et à qui on ne pouvait pas confier la vache. Je pense en fait qu'elle me prenait pour une de ses sœurs défuntes. Le découragement s'empara de moi. Une chose affreuse s'était produite chez Séraphine. Sa voisine se redressa alors, sortit du lit une jambe bleue et dit : « Ça fait cinq jours qu'elle est comme ça ; elle ne reconnaît plus personne et la nuit elle est intenable. »

Je commençai alors de parler à Séraphine : je m'occupais de la vache ; sa mère allait beaucoup mieux ; elle n'avait aucune raison de se faire du souci. « Tu as reçu une bûche sur la tête mais tu vas guérir. Quant à la vache, elle se porte à merveille. » Je lui racontai longuement et en détails ce qui avait pu se passer et je finis presque par croire moi-même que j'étais cette saleté d'Anna et que j'avais à la maison une mère malade et une vache. Je pelai une orange pour Séraphine qui se calmait peu à peu. Elle me l'arracha des mains, l'avala goulûment et fut prise d'un accès de toux.

Le jus lui coulait sur le menton et dans le cou. Je l'essuyai avec mon mouchoir. A peine se fut-elle remise qu'elle s'enfourna dans la bouche les derniers quartiers que j'avais posés sur la table de nuit. On aurait cru qu'elle mourait de faim. L'instant d'après, couchée sur le dos, elle retrouva son apathie et se mit à tripoter machinalement sa couverture. Elle semblait m'avoir complètement oubliée. Sa voisine m'enseigna que ce mouvement des doigts annonçait le début de la fin, elle en avait souvent été témoin. Elle parla à voix haute, comme si Séraphine, ayant déjà les deux pieds dans la tombe, ne pouvait plus nous entendre. Je m'en irritai et ne lui répondis pas.

Soudain Séraphine me regarda et dit : « Tu es bien lotie, maintenant. Il t'a quand même épousée, l'autre gredin !

— C'est vrai, répondis-je, finalement il n'avait plus le choix. »

Elle ricana en douce. Je remarquai qu'elle s'exprimait sur un ton que la conseillère n'aurait jamais admis. Mais il n'y avait plus de conseillère, pourquoi eût-elle dû se montrer plus longtemps bien élevée ? Puis, sans transition, elle recommença, le regard fixe, à tripoter sa couverture. La voisine réitéra ses explications sur « ce symptôme qui ne trompait pas » et je distinguai dans sa voix une certaine satisfaction. Je restai encore un quart d'heure au chevet de Séraphine ; cela me sembla une éternité. Elle paraissait vraiment jeune aujourd'hui. Elle avait dû être jolie et délicate autrefois mais depuis que je la connaissais, son petit visage en forme de cœur avait toujours porté les marques de la faiblesse et de la sottise. Séraphine, cette brave, sotte et laborieuse image de l'insignifiance, avait toujours vécu par procuration. Mais que savais-je de sa vie ? Rien sinon qu'elle avait été l'esclave de ma belle-mère.

Au moment où je me levai, elle tourna son

visage vers moi et je vis qu'elle me reconnaissait enfin. Son regard était parfaitement clair et raisonnable. En même temps, elle semblait redevenue beaucoup plus vieille. Elle me regarda et dit : « Je suis perdue. » Ces mots semblèrent lui plaire car elle les répéta deux fois : « Perdue... je suis perdue. » Puis son regard se reposa sur la couverture et ses doigts reprirent leur occupation machinale.

Je sortis, saluant encore une fois à droite et à gauche. J'aurais peut-être dû chercher un docteur mais qu'est-ce que cela aurait changé à l'état de Séraphine ? En outre, pendant les heures de visite, on ne voit pas l'ombre d'un médecin. Je suppose qu'ils s'enferment dans leurs chambres jusqu'à ce que le dernier parent du dernier malade ait quitté l'hôpital. Je les comprends très bien car la conversation avec les proches doit être pour eux un véritable pensum.

Une fois dans la rue, je sentis que j'avais mal aux pieds. Ces randonnées en ville ne me valent rien. Je pris un taxi pour rentrer à la maison. Je sentais mon esprit toujours aussi tendu et mes sens en éveil mais la magie de la matinée était bien loin et Séraphine n'avait pas été en mesure d'en profiter, à moins que... ? J'étais très contente de mon histoire de vache. Mais il est bien triste de devoir inventer des histoires pour quelqu'un qui les oubliera l'instant d'après. Ce fut néanmoins la seule fois où je vis Séraphine s'intéresser à mes propos. Auparavant il avait toujours fallu que je lui mente sur son état et sur la surcharge de travail qui empêchait Hubert de venir la voir et je lui mentais encore en lui disant qu'il l'embrassait bien fort. Elle n'a sans doute jamais cru à mes mensonges. A présent qu'elle était « perdue », je pouvais m'épargner cette peine. Je serais soulagée de la savoir morte et de ne plus être obligée de pénétrer dans cette chambre effrayante. J'eus le sentiment d'une situation irréelle en pensant que j'allais maintenant devoir faire la cuisine pendant que Séraphine, de son côté, continuerait de tirer sur sa couverture. Le temps dans lequel j'évoluais et le sien n'avaient plus rien de commun.

Hubert rentra et me demanda ce que j'avais fait pendant l'après-midi. Il ne le demandait pas par curiosité mais seulement par courtoisie. Il eût été préférable pour lui d'oublier cette politesse car je dus naturellement lui raconter que Séraphine n'en avait plus pour longtemps. La nouvelle ne sembla pas l'émouvoir autrement mais il mangea peu et s'installa à son bureau tout de suite après le dîner. Comme je ne pouvais de toute façon lui être d'aucune utilité, je le laissai seul et montai dans la mansarde.

24 octobre

Le temps est calme, froid et beau. Quand je dis qu'il est calme, j'entends par là qu'il n'y a pas de vent. Deux fois, je suis allée voir l'étranger dans sa petite maison. Il a, dans sa chambre, un poêle en fonte dans lequel il brûle du bois, ce qui explique qu'on passe tour à tour du froid polaire à la fournaise.

Pour simplifier les choses, j'appellerai cet homme : X. Il ne m'a pas dit son nom, et pourquoi l'aurait-il fait ? Il rédige ses petits papiers en lettres d'imprimerie et les reprend, naturellement, dès que je les ai lus. De toute façon, il n'écrit presque rien. Nous nous sommes mis d'accord : je l'écoute pendant une heure mais sans être obligée de boire sa limonade. D'ailleurs, je ne voulais rien boire du tout mais il a tenu absolument à me faire du café ; c'est quand même meilleur que la limonade. Comme il avait le sentiment d'être le seul à tirer profit de notre affaire, il m'a proposé de me payer mes heures comme il paierait pour des cours particuliers. J'ai refusé. Je ne veux pas m'engager. Et je ne trouve pas non plus que ce soit un marché de dupes. Toutefois, je ne le lui ai pas dit ; ce n'est pas le genre de personne avec qui on aime se montrer aimable. Nous ne parlons jamais de moi ; il ne semble pas être l'âme compatissante ; d'autre part, il a besoin d'une bonne heure pour parler. Quand il a fini, nous buvons du café. Il est épuisé et ses mains tremblent mais ça ne m'étonne pas. Après, je m'en vais. La seule chose qui me déplaise est de devoir le regarder quand il parle, mais il l'exige. Je trouve cela vraiment choquant car si je lui ressemblais quand je parle, avant d'ouvrir la bouche, je m'enfermerais dans une chambre sans lumière. Bien sûr, je ne sais jamais vraiment s'il parle, s'il crie ou s'il murmure mais je crois qu'il crie pendant presque toute l'heure. Je ne parviens pas à lire le moindre mot sur ses lèvres mais ce qu'il raconte doit être effrayant, ce sont sans doute des choses qu'on lui a faites ou qu'il a faites à d'autres, peut-être les deux à la fois.

Nous sommes assis l'un en face de l'autre. La table nous sépare. Le menton appuyé sur les mains, je prends l'attitude de la personne qui écoute. Il commence toujours lentement, avec modération, et finit dans un état d'excitation extrême. Sa figure, qui est généralement d'une pâleur maladive, s'empourpre alors et cette couleur sanguine tranche laidement sur sa chevelure cuivre. Ses yeux passent du bleu froid et limpide au noir quand leurs pupilles se dilatent. On dirait parfois qu'ils se couvrent d'une poussière d'argent. L'éclairage, sans doute. Comme je ne peux pas entendre sa voix, je m'intéresse à sa physionomie. Le plus curieux chez cet homme, ce sont les yeux ; ils sont beaucoup trop écartés et ne semblent pas tout à fait humains. Quand son visage a pris cette couleur rouge sang, il peut se décomposer l'instant d'après et virer au verdâtre. Je suis témoin de ces transformations, je vois aussi l'homme ouvrir la bouche plus ou moins grand, je vois ses dents, qui paraissent d'ailleurs assez saines, je vois sa langue et son palais. Dans ces moments-là, il crie, sans aucun doute ; en effet, quand les gens parlent normalement, on ne voit pas leur palais. Tandis qu'il parle, crie ou murmure, ses mains, grands battoirs blancs couverts de poils roux clair, mènent leur vie propre. Il me répugne tant d'observer son visage que je détourne les yeux sur ses mains. Quand elles se referment et frappent la table, je sens tout son corps s'ébranler. L'instant d'après, elles reposent, largement étalées sur la table, apathiques, épuisées. Au bout d'un moment, elles glissent, se rapprochent et se jettent l'une sur l'autre. Elles tentent de s'étrangler ou de s'arracher les doigts un à un. Quelquefois, leur rage au combat est si grande que des gouttes de sang apparaissent sur la peau blanche. X ne semble pas s'en apercevoir. Ses ongles sont taillés en pointe, ce qui ne convient pas du tout à des mains larges. Ils sont aussi jaunis par la nicotine. Quand il parle, il oublie de fumer mais la pièce pue le tabac froid. Je ne fume jamais quand je suis là-bas. Je trouve déjà bien suffisant d'assister avec autant d'indifférence à ses excès ; si je fumais en même temps, cela pourrait avoir un effet provocant sur lui. Il se pourrait très bien que les deux bêtes que sont ses mains aient une plus grande envie de me tordre le cou que de se maltraiter elles-mêmes. Seulement, ça leur est défendu. Leur maître leur a interdit de me toucher. Je suis en ce moment son bien le plus précieux. Il ne veut à aucun prix le perdre.

Je suis donc assise, je le regarde, et ses cris qui ne rompent pas le silence me fatiguent beaucoup. Entendre des cris m'était déjà assez pénible autrefois ; voir des cris, c'est presque insoutenable. Pourtant, je ne désire plus maintenant, comme la première fois, détourner les yeux. Il me semble avant tout très important de ne pas perdre de vue ses mains car elles m'angoissent beaucoup plus que son visage. Elles sont si nues ; elles ne dissimulent pas et n'ont aucune pudeur.

Pourquoi vais-je donc le voir ? Je ne le sais pas exactement. Peut-être parce que cela me réintègre dans une vie que j'avais presque oubliée. Peut-être aussi parce que je préfère la compagnie d'un personnage terrible à l'absence de tout être et parce que l'odeur dans la pièce qu'il habite me rappelle l'odeur que l'on sent chez les humains, celle de la sueur, de la peur, de la haine et du tabac froid. « Vivez-vous toute seule ? » avait écrit X sur son bloc, et j'avais répondu : « Oui, toute seule. » Il avait semblé satisfait de ma réponse. Je vis d'ailleurs vraiment toute seule et je suis sur le point de devenir comme ma pie, pas comme la véritable pie, mais comme celle que j'ai dessinée sur le papier, froide, méchante et isolée du monde entier. Quand X me sert un café, ses mains maltraitées tremblent ; sa figure blanche est décomposée. Je ressens alors avec étonnement quelque chose qui ressemble à de la pitié et je sais que j'ai tout autant besoin de lui qu'il a besoin de moi.

Peut-être pourrai-je quand même bientôt aller au village et faire mes courses moi-même. Je dors mieux depuis quelques jours. On dirait que X pompe de façon mystérieuse toute la force qui est en moi quand il me raconte ses effrayantes histoires. Je me sens alors vide et tranquille et je dors toute la nuit, sans interruption.

La pie est une image parfaite, dans son genre. Elle me glace quand je la regarde. Demain, je l'enfermerai dans l'armoire et je ne la regarderai plus, et après-demain j'irai au village ; cette fois-ci, je dois y parvenir.

26 novembre

Une nouvelle commande : poissons et faune marine pour un livre d'enfants. Le livre est débile avec ses étoiles de mer, ses poissons et ses crabes débordant tous d'amabilité et de générosité. Mes illustrations ne s'accorderont certainement pas avec le texte mais personne ne s'en rendra compte. J'éprouve une joie maligne à illustrer ce genre de livres.

Hubert écrit qu'il a trouvé un logement, trois pièces qu'il doit maintenant aménager. Comme l'appartement est ancien, l'installation durera un moment ; de plus, l'argent commence à manquer. Mais ensuite, écrit-il, nous serons de nouveau réunis. Pauvre Hubert, que fera-t-il quand l'appartement sera installé ? Ses lettres sont toujours l'expression d'un léger reproche : Vois un peu, je fais tout pour recoller les morceaux du monde, il serait temps que tu t'y attelles, toi aussi, et que tu mettes un terme à cette inconvenante surdité. Je lui répondis qu'il n'avait pas besoin de m'envoyer d'argent pendant quelque temps.

Je sors tous les jours, malgré le mauvais temps ; et quand je ne suis pas à la maison, quelqu'un entre dans ma chambre. On ne touche qu'à mes dessins ; je m'en aperçois parce qu'ils ne sont jamais reposés à la même place. J'ai glissé mes pages de journal sous mon matelas et si quelqu'un y touchait, je m'en rendrais compte tout de suite. Mais on ne s'intéresse qu'à mes dessins et au contenu de mon tiroir. Pourtant je n'y range que ma correspondance avec les éditeurs pour qui je travaille. Les lettres d'Hubert, je les brûle après les avoir lues. Mon visiteur ne doit pas être très intelligent. Comme le garde ne s'est jamais occupé de mes affaires auparavant, je suppose que c'est la femme qui fouille chez moi. Ça m'est d'ailleurs assez indifférent. Le garde me considère d'un œil désapprobateur, qu'il avait toujours eu, certes, mais depuis peu il a le regard de celui qui sait et qui évalue. Il m'a espionnée, assurément, il m'a suivie et sait maintenant où je vais. Il doit croire que X est mon amant, il me regarde comme un homme peut regarder une femme.

Il semble commencer à prendre conscience que je ne suis pas un être asexué. Ce n'est pas très agréable qu'il s'en rende compte seulement maintenant. Peut-être se demande-t-il s'il ne devrait pas informer Hubert de la situation puisqu'il est quand même responsable de moi. D'un autre côté, Hubert pourrait venir me rechercher tout de suite et il perdrait alors son salaire. Je pense plutôt qu'il mijote quelque petit chantage mais il ne doit pas savoir comment s'y prendre. Toujours est-il que je demandai à X de ne pas crier aussi fort. J'étais sourde mais d'autres personnes, en se glissant jusqu'à la fenêtre, pouvaient l'entendre. Il blêmit. Depuis, il s'efforce d'être plus discret et j'aperçois moins souvent son palais et sa langue. Mais quand il se maîtrise ainsi, ses mains en pâtissent ; elles se couvrent de taches bleues et leur comportement trahit une envie croissante de commettre un meurtre. Parfois elles se précipitent sur son cou et l'étranglent ou bien elles lui tirent les cheveux. Je commence à souffrir avec lui. Quoi qu'il ait fait, il paie cher.

Je ne parviens pas à concevoir ce qu'il peut chercher en ces lieux. Ce n'est manifestement pas un homme de la campagne ; il tranche dans le décor. Son bureau, un vieux meuble branlant, est couvert de journaux. Je ne vois aucun livre, rien que des journaux, tous ceux qu'il peut trouver au village. Peut-être court-il comme moi à travers la forêt et ne vient-il ici que pour s'asseoir et relire sans cesse les journaux en m'attendant. Il se comporte parfois avec une extrême humilité, presque servilement, et je vois bien que ce n'est pas une attitude habituelle chez lui. Seule la crainte l'oblige à agir ainsi. Il veut me faire bonne impression pour ne pas me perdre.

Quand je m'en vais, il me suit de ses yeux affamés, tel un grand chien laid qui aurait peur que son maître pût ne jamais revenir. Après mon départ, il doit se jeter sur son lit et s'endormir comme une masse. Peut-être ne peut-il dormir que lorsque je suis venue le voir. Il ne semble d'ailleurs pas en très bonne forme, il a maigri, on dirait maintenant qu'il a trop de peau sur les os. Je lui donne quarante ans à peine. Il ne fait pas plus vieux, il offre seulement l'apparence de l'individu en bas de la pente. Quand il parle, je m'étonne parfois de ne pas le voir tomber raide mort de son fauteuil. Je l'imagine en train de dompter l'impétuosité de sa voix. Cet effort donne à son visage une couleur violacée. Il arrive aussi que ses yeux expriment soudain non pas la haine mais une joie sauvage. Ils sont alors noirs et comme embués et me font peur. Dans ces moments-là, ses mains sont détendues et satisfaites comme deux bêtes repues qui se remémoreraient un copieux repas.

Tout cela est supportable. Par contre, il ne devrait pas rire. Quand il rit, il rejette la tête en arrière ; un jour, il se brisera la nuque. La sueur luit sur son cou épais et j'aperçois son palais, rouge clair. Il rit sans s'arrêter et son fauteuil penche alors dangereusement. Je reste assise là tranquillement, je l'observe, et il voit bien, dans mon regard, que je ne peux rien entendre. L'instant d'après, il se plie en deux au-dessus de la table et me parle sur le ton de la confidence, ses yeux traqués jettent un regard en coin à droite et à gauche et je sais qu'il me raconte alors les choses les plus abominables. Son visage se rapproche tellement du mien que je sens son haleine. Il doit fumer comme un sapeur. Je pense aussi qu'il a dû boire autrefois et qu'il souffre beaucoup de ne plus pouvoir se permettre ce vice. Mais il pourrait, s'il était ivre, parler à des gens qui ne seraient pas sourds. Quand je m'en vais, sa chemise est tellement mouillée de sueur qu'elle lui colle à la peau.

Je rentre à la maison, abasourdie, et ma chambre me semble être le ciel, un ciel immobile, aux senteurs délicates. Mes dessins me regardent et je sais que je suis chez moi. Si je le sais, c'est à X que je le dois. Je me blottis dans mon fauteuil de cuir, la pièce baigne dans le crépuscule et je suis très fatiguée. Quelque chose se passe en moi, un phénomène tout nouveau. Je ne sais pas ce qui en naîtra. Au fond, toute cette histoire est parfaitement incompréhensible et je m'adapte aux circonstances. C'est un sentiment agréable de céder et de prendre docilement la place qui vous est destinée.

1er janvier

Hubert, pour respecter mon désir, n'a pas passé Noël ici. En le délivrant de cette obligation, je lui faisais son cadeau de Noël. Il me raconte dans sa lettre que Ferdinand était très mignon sous le sapin. L'appartement n'est pas encore prêt. En repeignant les fenêtres, Hubert a pris froid. Il eût été préférable d'attendre le printemps pour faire ce travail mais, comme il a commencé à payer le loyer, il veut emménager le plus tôt possible. Il travaille courageusement à notre avenir. La seule explication que je puisse trouver à cette ardeur est qu'elle est en fait inhérente à ses occupations et que le temps file pour lui. Mon temps se mesure autrement mais il ne peut pas le savoir et la lecture de mes lettres ne le révèle pas. J'écris rarement et mes lettres sont toujours celles d'une gentille petite fille : « Je suis bien de ton avis » et « Quant à moi, je vais beaucoup mieux. »

Plus je vois X, plus Hubert me redevient proche. Je me rends compte, seulement maintenant, combien je m'étais éloignée de lui. Je repense à des paroles humaines et à sa tendresse, la nuit. Je repense à nos rires. Mon être corrompu ne peut plus maintenant revivre ces choses. Même si je pouvais réentendre, rien ne serait plus jamais comme avant. Des expériences nous séparent, que j'ai faites seule et dont je ne pourrais jamais lui parler. Je dois lui donner une chance, c'est pourquoi je vais lui demander le divorce. Peut-être n'est-il pas encore trop tard pour lui. Je ne peux pas croire non plus qu'il n'ait pas d'autre femme dans sa vie. Moi qui suis presque tous les jours chez X et qui me laisse inonder de toute la saleté et de toute la haine dont il se libère, qu'ai-je encore à faire dans l'univers rangé où vit Hubert ? Mais que sais-je de son univers ? Je n'en connais qu'une partie, et sur le reste il garde le silence.

J'ai parfois peur que les heures passées avec X ne me transforment en quelque chose que je ne soupçonne pas. Peut-être X est-il véritablement un monstre, mais que fut-il autrefois ? Quand on se transforme en monstre, la métamorphose peut être imperceptible. Une partie de la personne est déjà transformée tandis que l'autre reste tapie, tremblante, dans les ténèbres de son oubliette et devient lentement folle de peur. Ses mains sont déjà folles ; qui sait ce dont elles seront capables ? Même X ne peut le savoir. Je dois me réjouir de voir ce malheureux, qui est prisonnier en lui, se libérer pour quelques heures et crier son malheur dans l'univers. Je suis l'univers, moi, la femme sourde, qui en tendant son visage donne l'impression de tendre l'oreille.

Depuis deux semaines, je vais faire mes courses ; c'est un progrès. Pourtant, je ne sais déjà plus ce qu'il peut avoir de positif. Sinon, c'est très facile, je glisse ma liste de commissions sur le comptoir et l'épicière emplit mon panier. J'ai de toute façon l'esprit tellement absent que je ne remarque pratiquement plus ni la pitié ni la curiosité.

J'ai cessé de m'occuper de moi. Si l'on fixe sur moi un regard plein de curiosité, je n'y attache pas davantage d'importance que si un corbeau me regardait. Seulement, les corbeaux, eux, sont des oiseaux discrets et qui savent se tenir. Ils n'arrêteraient pas leur regard sur moi, ils détourneraient la tête et fixeraient l'horizon.

Quand je remontai de la cave, Hubert était toujours assis à son bureau. Il s'était cherché une consolation dans la lecture de la bataille d'Ebelsberg. « C'est vraiment passionnant, dit-il. Je ne regarderai pas la télévision ce soir mais ne t'en prive pas à cause de moi.

— Si ça ne te fait rien, répondis-je, je monte dessiner un peu.

— Comme tu veux, fais ce qui t'amuse ! »

Je n'avais pas précisément envie de monter mais où aurais-je pu aller sinon ? La mansarde a changé, elle aussi, depuis que je dois y relire mes anciennes pages de journal. Mais les envois devraient bientôt prendre fin. Mes souvenirs ne sont plus très précis mais il ne peut plus rester grand-chose à venir. J'aérerai alors pendant toute une journée et j'essaierai d'oublier cette semaine.

Je m'assis à ma table et m'apprêtai, sans enthousiasme, à dessiner une sittelle, un « torchepot ». Je dessine toujours pendant une dizaine de minutes puis je déambule un peu dans la pièce pour revenir m'asseoir et reprendre mon dessin. Mais, en allant et venant ainsi, je ne pouvais pas voir la sittelle distinctement. Je me rendis bientôt compte qu'elle prenait des traits de reptile qui ne me plaisaient pas. Les sittelles ont certes une silhouette quelque peu aplatie mais celle-ci, à chaque coup de crayon, ressemblait davantage à un lézard pour se transformer finalement en un être hybride. Pendant tout ce temps, j'eus le sentiment que je ne voulais dessiner ni une sittelle ni un lézard mais quelque chose de tout différent et que je ne pouvais pas voir. C'était très éprouvant et au bout de deux heures environ, je déchirai l'étrange créature et la jetai dans la corbeille à papier. Cela m'arrive rarement. Les dessins ratés ont, eux aussi, leur importance mais celui-ci n'était pas un dessin raté, c'était une chose que je n'avais absolument pas voulu dessiner. Peut-être ne pourrais-je plus jamais dessiner. Cette pensée m'inquiéta tant que je dus prendre un somnifère. Même après, je somnolai encore longtemps ; j'étais engourdie mais je ne dormais pas vraiment. La respiration d'Hubert, qui dormait à côté de moi, était paisible et régulière. La bataille d'Ebelsberg avait rempli son office.

VENDREDI

Lorsqu'Hubert, après ses vingt minutes de sieste, eut quitté la maison, je m'allongeai sur le divan du salon et essayai de lire le journal. Le divan avait gardé la chaleur du corps d'Hubert. J'étais très fatiguée car j'avais à peine dormi cette nuit-là. Le ciel étant fortement couvert, il faisait assez sombre dans la pièce. Irréalisable projet que celui de lire le journal quand on est allongé sur le dos ! Après avoir vainement tenté de tourner les pages, lassée du bruit des feuilles froissées, je laissai tomber le journal sur le tapis et me tournai contre le mur. Je sentais nettement que je n'étais plus jeune, en tout cas plus assez jeune pour recevoir chaque jour une de ces grosses enveloppes jaunes.

Mais je ne voulais pas y penser. L'enveloppe était dans la mansarde et j'étais fière d'avoir su me discipliner suffisamment pour ne pas l'avoir ouverte, lue et détruite tout de suite. Ces lettres ne me concernaient pas en tant que maîtresse de maison et ne devaient pas perturber le cours de mes journées. Je pouvais d'ailleurs effectivement les oublier pendant des heures, et le problème était justement là : ce répit ne durait que quelques heures. Quand la totalité des lettres aura été brûlée, je réfléchirai à toute cette affaire. Je n'en attends pas de résultat tangible. Ma réflexion, en effet, n'a jamais rien produit de valable. Elle n'est que le fruit d'une habitude qui remonte à l'enfance, une démarche certainement préconisée par mon grand-père car jamais je n'aurais suivi avec autant de conscience les recommandations d'une autre personne. L'intention était bonne, il ne pouvait pas savoir que ma tête n'était pas faite pour penser. Il fut d'ailleurs amené à constater, pour lui-même, que la réflexion de toute une vie, au bout du compte, ne lui avait servi à rien. Dans sa tête régnaient l'ordre et la clarté. Il avait planifié et pré-médité sa vie, de même que celle de ses enfants et de ses petits-enfants. Il avait seulement oublié que la clarté ne régnait pas dans la tête de tout le monde, ce fut l'écueil sur lequel échouèrent ses plans.

Toujours est-il qu'aujourd'hui encore, je suis son conseil, tel un automate, et que je réfléchis dans des circonstances où il n'y a plus lieu pour moi de le faire.

J'étais tellement fatiguée que j'en frissonnai. Irais-je me chercher une couverture ou m'accommoderais-je de cette désagréable situation ? Avant d'avoir pu prendre une décision, je m'étais endormie. Je rêvai. Je me trouvais au-dessus d'un paysage étrange ; en fait, je planais doucement audessus de ce paysage en avançant par petits battements des mains. Celles-ci agissaient comme des palmes. J'étais le premier être humain à pouvoir voler, c'était une faculté que je venais de découvrir chez moi. Voler était la chose la plus simple du monde. Il suffisait que je m'abandonne aux courants aériens comme un nageur se laisserait porter par l'onde. Je vis scintiller tout en bas un plan d'eau dont la surface bleu sombre était ridée par de petites vaguelettes. Au fond de mon champ de vision s'élevait le versant vert clair d'une montagne. L'espace d'un instant, la peur m'étreignit mais elle disparut vite. Je savais que je ne pouvais pas tomber et m'écraser. Un mouvement d'éventail avec les mains suffit, je m'éloignai de l'eau et m'élevai au-dessus de la montagne. Une agréable fraîcheur régnait ici. Le ciel était bleu sombre, comme l'eau, et sans un nuage sous l'arrondi de sa voûte. Aucune maison en vue, aucun être humain, aucun animal. Je fis une pirouette très lente dans l'air, donnai quelques coups de palmes et poursuivis mon vol plané, le visage en avant, un souffle frais et doux sur les tempes. L'instant d'après, la forêt avait disparu et je dérivais au-dessus d'une ville, laide et à l'abandon, où l'on voyait même des ruines. Sur une petite place, des gens rassemblés levaient vers moi leurs yeux méchants et méfiants. Aucun doute n'était permis : je représentais pour eux un élément tout à fait insolite et hostile, même si je ne faisais rien d'autre que planer dans les airs. Mais, pour les humains, voler était une chose interdite, cela me revint subitement à l'esprit, et eux ne le pouvaient donc pas. Moi, j'avais oublié l'interdiction et plus jamais je ne l'observerais. Sous moi, je voyais partout des fils et des mâts. J'essayai de reprendre de l'altitude en brassant l'air. Ce n'était pas la bonne méthode, il ne fallait pas que je frappe ainsi dans tous les sens. Je me sentis attirée vers le bas. Je ne pouvais résister plus longtemps. Je ne planais plus, je voletais gauchement, telle une chauve-souris. Plusieurs personnes tentaient, en me tirant par les pieds, de me faire descendre et de me retenir. Je savais qu'elles m'abattraient parce que j'avais enfreint l'interdiction mais cela n'avait soudain plus d'importance. Si je n'avais plus le pouvoir de voler, on pouvait bien m'abattre. Je posai les mains sur mes hanches et attendis la chute. C'est alors qu'un courant aérien me souleva et je repris mon ascension. Ils n'avaient pas pu me capturer. La ville s'étendit bientôt loin derrière moi, je planais maintenant au-dessus d'un plat paysage d'herbages. L'air devenait toujours plus frais mais je n'avais pas froid car mon corps se refroidissait en même temps. La lande était sans limites, je savais qu'elle ne finirait jamais. Il n'y avait pas un seul arbre sur lequel j'aurais pu me poser, mais peut-être pouvais-je dormir dans les airs. Je le pouvais, assurément. Je dérivais maintenant sur le dos, les mains croisées sur la poitrine, je regardais le ciel. La nuit était tombée et je commençai de m'engourdir. Autour de moi brillaient les étoiles et une grosse lune blanche. Confiante, je fermai les yeux et m'endormis.

Un éclat me réveilla. C'était une voiture qui avait eu un raté, en passant devant la maison. J'étais furieuse. J'en voulais à cette voiture. J'aurais eu envie de prendre un fusil et de tirer par la fenêtre. Comme toujours quand je suis réveillée par un bruit, mon cœur réagit curieusement, il gargouilla bizarrement avant de reprendre son battement régulier. Mon cœur déteste le bruit, il ne s'y habituera jamais. Il s'arrêtera un jour de battre sous le coup d'une émotion trop forte. Je me remémorai le silence absolu dans lequel j'avais vécu autrefois. Peut-être cela n'avait-il été qu'une mesure de préservation, mais je ne l'aurais pas compris. Je fus prise d'une vague nostalgie de cette époque. C'était bien sûr inconcevable et je refusai de croire à un tel sentiment. Je ramassai le journal qui traînait sur le tapis, le repliai convenablement pour ne pas irriter Hubert et le posai sur son bureau. Le laisser-aller peut contrarier profondément Hubert et je m'en voudrais beaucoup de le rendre malheureux.

Il était trois heures. Mon rêve était encore tout frais. Pourquoi, après tout, ne pourrais-je pas voler ? Debout sur le tapis, je battis l'air de mes mains mais rien ne se produisit. Comment d'ailleurs une chose à laquelle je ne croyais pas vraiment aurait-elle pu se réaliser ? Je sentais le poids de mon corps qui m'était un fardeau insupportable. J'étais lourde comme une pierre et une pierre ne peut pas voler. J'avais l'impression que mes pieds allaient traverser le plancher et que mon poids m'entraînerait dans la cave puis me ferait m'enfoncer toujours plus profondément dans la terre jusqu'à ce que j'en atteigne le lourd noyau. J'arriverais ainsi là où ce corps avait sa place. Je levai péniblement un pied et commençai d'arpenter la pièce d'un pas lourd de colosse. J'offrais un bien triste spectacle mais si comique en même temps que je ne pus m'empêcher de rire. C'était honteux de se conduire ainsi, à mon âge. Pourtant, j'eus soudain la révélation que ce n'était pas honteux du tout et que rien, d'ailleurs, de ce que je pouvais faire ne l'était. La honte n'était qu'un mot qui avait perdu pour moi toute signification, que j'avais rayé, banni de mon vocabulaire. Quel plaisir de savoir que je n'avais plus rien à craindre des humains puisque ce qu'ils pensaient de moi m'était devenu indifférent ! Cette peur-là, du moins, qui m'avait tourmentée dans ma jeunesse, m'avait quittée. Depuis longtemps, peut-être, mais j'en prenais conscience seulement aujourd'hui. Il me faut souvent un certain temps pour remarquer ce qui se passe en moi.

Je commençai de mettre la table pour la « gentille dame » tout en me disant que vraiment rien ne m'obligeait à la recevoir sinon l'habitude. Il aurait suffi que je laisse ma porte fermée ou que je lui dise : « Rentrez chez vous ! Je ne suis pas d'humeur à vous voir aujourd'hui », ou encore : « Si vous preniez un cornichon plutôt qu'un café et du kouglof, ça me donnerait beaucoup moins de mal ». J'imaginai sa tête et de nouveau je partis à rire. Je fis pourtant sagement ce qu'il fallait faire, je mis la table, apportai le kouglof et posai la bouilloire sur la plaque chauffante. La gentille dame était toujours très ponctuelle ; pour ça, on pouvait lui faire confiance. En m'apprêtant un peu dans la salle de bains, je vis sur mon visage deux rides profondes qui s'étaient creusées de la tempe jusqu'au lobe de l'oreille, à l'endroit où je m'étais appuyée sur le bord du coussin. On ne pouvait plus rien faire car de tels sillons ne s'estompent qu'au bout d'une heure ou deux. Je les tamponnai avec un peu de poudre mais au fond ça m'était égal. Pourquoi ne me baladerais-je pas avec ces marques sur le visage ? Le triomphe du rêve n'était pas encore totalement éteint. Je croyais mieux comprendre les oiseaux maintenant et je prenais moins au sérieux mon échec d'hier soir. On sonna.

La gentille dame entra. Je ne sais toujours pas si elle m'est sympathique ou antipathique mais elle me stupéfie chaque fois, et cela depuis quinze ans déjà.

C'est un être de chair, c'est une femme, comme moi, nous avons eu un enfant au même moment ; pourtant je n'ai pas le sentiment que nous ayons quoi que ce soit en commun et je me demande toujours pourquoi elle vient me voir car je ne suis pas une compagnie très attrayante, tout du moins pour les gentilles dames. Je ne peux pas exercer ma magie avec elles parce qu'elles ne me comprendraient pas. Au fond, il n'y a que les petits enfants et les personnes âgées que je puisse divertir agréablement ; les adultes m'intimident, ils sont trop différents de moi. La gentille dame est parfaitement adulte. Parfois, quand je la vois assise devant moi, je me dis qu'elle va s'endormir d'un instant à l'autre et tomber sous la table. Je ne lui en tiendrais pas rigueur car chaque phrase que je prononce m'ennuie moi-même. Mais non, elle ne tombe pas sous la table ; elle paraît, à chaque visite, extrêmement satisfaite de notre conversation. La gentille dame demeure une des énigmes de mon existence. Elle représente, pour moi, le précieux survivant d'une espèce disparue. J'ai déjà tenté de l'étudier mais je ne parviens pas à percer son mystère.

La gentille dame est... gentille, cela ne fait aucun doute. Elle est également agréable à regarder ; elle est grande, mince, toujours impeccable. Elle a des cheveux blond naturel qu'elle relève en une coiffure sans âge et un visage oblong aux traits plaisants et méditatifs. Ses yeux sont bleus sans être transparents ; ils sont un peu trop rapprochés. L'ensemble du visage a quelque chose d'étroit, comme si on l'avait légèrement pressé sur les côtés. Les yeux me gênent un peu, tant ils sont petits et resserrés mais c'est là une raison purement esthétique.

La gentille dame a un mari qui est, paraît-il, très capable, qui a belle allure et qui pourrait être son frère. Les quatre enfants sont le portrait calqué des parents. Ils apprennent bien à l'école et sont sages, mais sans excès. Je ne sais tout cela que par ce qu'on m'en a raconté et par les photographies qu'on m'a montrées, car je ne rends jamais visite à la gentille dame. Cette famille ne possède pas de téléviseur et occupe ses soirées en jouant, en lisant ou en faisant de la musique. Le mari est employé dans un ministère et trouve le temps de partager pleinement la vie de sa famille. J'entends parler de randonnées en été et de ski en hiver, tout étant modulé et pratiqué de telle sorte que les plus petits puissent suivre le mouvement. Jamais je n'entends parler de voyages à l'étranger. En été, ils passent leurs vacances à la campagne, toujours au même endroit. L'aîné des enfants a quinze ans, le plus jeune neuf et tous apprennent à jouer d'un instrument. La gentille dame peut avoir une dizaine d'années de moins que moi mais on ne peut vraiment pas lui donner d'âge, elle pourrait avoir trente ans comme elle pourrait en avoir cinquante.

Nos conversations, si on les enregistrait, seraient les preuves d'un incompréhensible malentendu.

Elle entra donc, ôta son manteau d'astrakan, un vêtement beau mais démodé, et se dirigea vers le salon. Elle portait un ensemble bleu, demi-teinte comme ses yeux, coupe stricte et tissu de belle qualité, un petit collier de perles, des chaussures noires à talons plats et un sac à main, noir également. Elle en sortit une pochette de cuir dont elle tira un mouchoir puis elle se moucha, en détournant le visage. Son inimitable discrétion me laissa pantoise. Elle replaça alors le mouchoir dans la pochette, glissa la pochette dans le sac, referma le sac et me sourit. « Le temps n'est malheureusement pas aussi clément qu'hier, dit-elle.

— En effet, répondis-je, ce temps est vraiment désagréable. »

Il me paraissait impossible de m'exprimer plus crûment devant elle. « Je suis si contente quand je pense au printemps proche », me dit-elle en me souriant comme à une amie intime. Je me réfugiai dans la cuisine sous prétexte de verser l'eau sur le café. Avant de sortir, je cherchai en hâte mes deux magazines les plus convenables et les déposai devant elle. Toute décontenancée, j'essayai, dans la cuisine, de reprendre mes esprits. Je me dis que la gentille dame n'était après tout qu'un être humain et que je n'avais donc aucune raison de m'énerver. Je résolus néanmoins de faire un effort sur moi-même pour ne rien exprimer d'inconvenant et ne la heurter en aucune manière. Seul un monstre en eût été capable et je ne voulais pas en être un. L'ennui est que je ne sais jamais ce qui pourrait lui apparaître inconvenant. Pour bien des choses, elle est d'une pruderie ! Je ne sais pas où, chez qui, on pourrait trouver aujourd'hui encore telle affectation. D'autres fois, ses propos me désarçonnent.

Le café était enfin servi, j'avais découpé le

gâteau, la véritable conversation pouvait commencer.

La gentille dame : « Ce café est vraiment excellent. »

Moi : « En tout cas, il n'est pas amer.

— Pas le moins du monde. »

Silence.

La gentille dame : « Etes-vous allée voir *Docteur Jivago* ? »

Moi : « Non, nous allons rarement au cinéma.

— Un véritable chef-d'œuvre ! Il faut absolument que vous alliez voir ça. Mon mari était enthousiasmé.

— Est-ce que le film n'est pas très long ?

— Ah, certes ! Mais l'histoire est tellement captivante que l'on ne voit pas le temps passer. Et une musique !

— Les fauteuils de cinéma sont tellement durs... »

La gentille dame, une légère stupeur dans le regard :

« Ah, que dites-vous là ? »

Moi, en hâte : « Bien sûr, ce n'est pas très grave, je voulais seulement dire que... »

La gentille dame, feignant avec délicatesse de ne pas remarquer mon embarras : « Et comment va votre gentille famille ? »

C'est le moment où je commence à me détendre un peu. Je l'informe que nous allons tous bien puis je m'enquiers de la santé de *sa* famille. Cette question me procure une demi-heure de repos. J'écoute, avec sur les lèvres un sourire que j'espère approprié ; j'apprends que le mari est très occupé au ministère et qu'il se délasse, le soir, en jouant au train électrique avec ses enfants, que le petit Ewald a eu la rubéole mais qu'il est guéri ; qu'Hildegard, l'aînée des filles, est en vacances de neige, comme Ilse ; qu'on a enlevé les amygdales de Roswitha, celle qui a treize ans, et qu'elle a déjà pris deux kilos depuis l'opération ; et enfin que Reinhold, qui a onze ans, est parfois vilain et qu'il parle sans avoir été interrogé. Dans ces cas-là, il est privé de compote au dessert et il finira bien ainsi par perdre ses mauvaises manières. J'en suis persuadée. Dans cette famille, tout finit toujours par s'arranger. La gentille dame est heureuse de pouvoir me dépeindre sa vie de famille et je l'écoute, en m'étonnant comme il convient.

Pour me distraire pendant ce genre de conversations, j'imagine parfois que des événements effrayants se produisent dans cette famille, des intrigues, des scélératesses secrètes qui défieraient l'entendement. Je plonge alors mon regard dans les petits yeux bleu tendre et je sais que de telles suppositions ne sont que divagations. La gentille dame ne ment pas, son mari et ses enfants non plus, et si l'un des enfants était soumis à une tentation, on lui ferait la leçon, on lui expliquerait les choses, il regretterait et tout rentrerait dans l'ordre. La gentille dame estime qu'il faut éclairer les enfants, dans tous les domaines, on lit des choses tellement effrayantes dans le journal, les parents qui n'ont pas informé leurs enfants à temps sont seuls responsables. Ainsi, pendant ses grossesses, elle faisait participer les aînés à l'événement. Ils pouvaient même coller l'oreille contre le ventre de leur mère pour écouter les mouvements du petit frère ou de la petite sœur. Les enfants en avaient conçu un étonnement recueilli face aux voies merveilleuses de la nature.

Chaque fois qu'elle aborde cette question, je deviens rouge comme une cerise et je sors pour rechercher du café. Je ne comprendrai jamais la gentille dame, j'en ai parfaitement conscience. Je n'ai plus l'innocence nécessaire. Elle parla aussi de parents plus ou moins éloignés, de la hausse des prix et du plaisir qu'Hildegard lui avait fait en lui offrant un cadeau de Noël vraiment touchant. C'étaient des fleurs qu'elle avait pressées, l'été dernier, et qu'elle avait ensuite collées sur du papier. Son mari aussi avait trouvé cela très joli.

Je dois reconnaître que je ne m'ennuyais toujours pas. Je m'efforçais seulement, en l'écoutant, de ne pas marquer trop d'étonnement. La gentille dame se moucha deux fois encore, avec la même discrétion, j'ouvre mon sac, j'ouvre la pochette, je referme la pochette, je referme le sac. Elle répéta que le temps n'était malheureusement pas très réjouissant, c'était un vrai temps de février, mais le printemps finirait bien par arriver.

Elle était assise devant moi, portrait au pastel, un soupçon de rose sur les joues, pas un cheveu en désordre. A aucun moment elle ne se renversa dans son fauteuil ; elle garda au contraire, pendant tout ce temps, les reins bien droits ; j'étais béate d'admiration.

Elle m'apparaît encore plus énigmatique que tous mes oiseaux qui me donnent pourtant déjà bien du fil à retordre. Je dois faire partie des créatures les plus ignares qui soient. Pendant longtemps, je m'étais laissée aller à imaginer que le mari de la gentille dame la trompait en secret. A seule fin que l'ordre général des choses fût rétabli. Mais le jour où je l'ai aperçu, j'ai compris qu'il me fallait abandonner cette idée réconfortante. Cet homme-là ne trompe pas sa femme, il n'est pas corruptible non plus et il y a fort à parier qu'il ne met jamais ses doigts dans son nez, même quand il est seul. Voilà donc à quoi ressemble le paradis sur terre. Je ne pourrais pas vivre dans ce paradis-là mais cela ne tient qu'à moi. Je suis complètement gâtée, ruinée. Je n'en ai jamais la conscience aussi nette qu'après une visite de la gentille dame et jamais je ne me réjouis autant de l'être. Je me pose seulement la question : qu'y a-t-il en moi qui l'attire pareillement ? C'est une énigme pour moi et ça le restera.

« J'ai passé un après-midi vraiment charmant, dit la gentille dame en se levant.

— Vous m'en voyez ravie, répondis-je. J'espère que nous nous reverrons bientôt.

— Certainement. C'est tellement agréable parfois de pouvoir ouvrir son cœur quand on est entre femmes. Il y a quand même des sujets qu'on ne peut pas aborder avec son mari ou avec ses enfants. N'est-ce pas ?

— Assurément ! »

Une fois dans le vestibule, elle repoudra délicatement son long nez, mit sa fourrure et son chapeau et me tendit une main fraîche et sèche. Je pris garde de serrer cette main trop fort et proposai à la gentille dame de l'accompagner jusqu'à l'arrêt du tramway. J'avais un besoin urgent de prendre l'air. Il pleuvait un peu mais le souffle du vent était encore chaud. J'entendis répéter, une dernière fois, que le temps n'était vraiment pas clément. La gentille dame sentait un délicat parfum de violettes, une fragrance rare aujourd'hui et qui m'emplit toujours d'une langueur inconvenante. C'est vrai, j'aime les violettes. Je les aime passionnément et jamais personne ne m'en offre, ce qui est très raisonnable car les violettes ne tiennent pas longtemps dans un vase. Ce parfum m'incita à lui faire un dernier signe quand elle fut assise dans le tramway. Elle répondit à mon salut et je vis se dessiner sur ce visage trop étroit, aux lèvres minces et aux petits yeux, un sourire impénétrable.

Soulagée et déconcertée, je rentrai à la maison. J'aspirai l'air humide à pleins poumons. Le crépuscule transformait les maisons et les jardins en ruines mystérieuses et en contrées sauvages.

Notre maison aussi, je veux dire : la maison d'Hubert, me sembla étrangère. J'eus l'impression de rendre visite à ma belle-mère et je sentis un courant froid qui soufflait à ma rencontre. Cette femme avait presque tout réussi dans sa vie, mais elle n'avait pas pu me reléguer plus de deux ans, un an et demi pour être précis. Hubert lui fit payer cher cet exil, et ce fut injuste de sa part, car si l'idée de m'écarter vint bien de ma belle-mère, Hubert fut quand même l'exécuteur, l'instrument crédule de sa volonté. J'ai pardonné depuis longtemps à cette femme, si toutefois il y avait quelque chose à lui pardonner car elle ne me devait ni bonté ni amabilité. Hubert, lui, ne lui a jamais pardonné, pour la bonne raison qu'il ne peut pas se pardonner à lui-même. C'est un malheur pour lui ; qui plus est, c'est un malheur dont on ne doit pas parler.

J'ouvris le portail et entrai dans ce jardin qui n'est pas le mien puis dans cette maison qui ne m'appartient pas. Seule la mansarde est à moi et n'importe quelle autre pièce sous les toits ferait aussi bien l'affaire. Je m'étonnai de l'agréable sentiment de légèreté que l'on ressent quand on a conscience de n'être nulle part chez soi.

Je débarrassai la table où nous avions pris le thé et lavai la vaisselle. Un délicat parfum de violettes flottait toujours dans la pièce. La gentille dame était venue s'asseoir ici et je n'allais plus la revoir ni penser à elle pendant des mois. Enfin, cette journée était passée et j'avais encore le temps d'aller dans la mansarde. Je ne m'attardai pas sur la sittelle qui s'était transformée de façon si inattendue en un petit lézard et commençai tout de suite un dessin de buse. Je ne pouvais pas attendre de cet oiseau qu'il offrît l'apparence d'un être sociable ; ce qui m'importait, c'était seulement de me prouver que j'étais toujours capable d'en dessiner un. Je me souvins de mon rêve qui lentement déjà s'estompait et je crus savoir ce que ressentait une buse lorsqu'elle tournoie librement, tout là-haut, au-dessus des forêts. Je ne voulais pas la forcer à devenir ce qu'elle ne pouvait pas être, il suffisait qu'elle pût savourer sa solitude.

Je dessinai dix minutes puis me levai d'un bond et déambulai dans la pièce. Je n'arrivais pas à voir la buse. Le coup fut si rude que je sombrai dans un profond désespoir. J'étais abattue non seulement moralement mais physiquement. Quelque chose d'horrible s'était produit en moi. Je ne parvenais pas à voir la buse, ni elle ni rien d'autre. Je m'assis sur le divan et remâchai ma haine envers celui qui était responsable de mon état puis j'allai prendre l'enveloppe dans le tiroir de la table et commençai d'en lire le contenu. Ça ne pouvait plus me nuire maintenant.

17 février

Je sais de nouveau quel goût ont les larmes. X a pleuré. Il ressemblait à un chien qui aurait pris un coup de fusil dans le ventre. Je sais ce que c'est ; j'avais dû, un jour, être témoin d'une telle scène. Je ne l'oublierai jamais. C'était beaucoup plus affreux que de voir X pleurer, car le chien, lui, n'était pas responsable de son malheur. Hier, X a rompu notre accord. Il s'est levé d'un bond, a fait le tour de la table et s'est mis à hurler. Je le voyais hurler et je ne pouvais pas bouger. Il se pencha sur moi et ses larmes tombèrent sur ma bouche. Je voulus le consoler mais je ne savais pas comment. D'ailleurs, il ne faut pas le consoler, ce serait l'offenser. Il se terre au fond d'un gouffre où nulle consolation ne peut l'atteindre. On croirait parfois que les mots que je ne peux pas entendre pénètrent quand même en moi à travers ma peau car, ces derniers temps, je fais de mauvais rêves. Je n'ai jamais rêvé ainsi auparavant, avec cette violence et cette cruauté. L'enfer n'est pas une fable. X vit en enfer et veut m'y entraîner.

Il ne veut pas y être seul. Cette nuit, j'ai rêvé que nous nous abreuvions d'invectives à travers une paroi de verre noir, nos figures écrasées contre la vitre, nos bouches grandes ouvertes. Quelqu'un derrière moi éclata alors d'un rire sardonique et je m'éveillai. Je ne devrais plus aller chez X. Il n'a pas respecté notre contrat, même s'il ne m'a pas touchée. Ses larmes sont tombées sur ma bouche. Une chaleur terrible émane de cet homme. Je ne peux plus supporter cela. Je vais lui dire que je ne peux plus venir.

1er mars

C'est le dégel. L'eau coule du toit. La chatte a un très gros ventre qui pend comme un sac accroché à sa maigre colonne vertébrale. Triste vision. Elle est plus craintive que jamais. Ses petits seront tués par le garde. Comme toujours. C'est raisonnable, je le conçois bien, mais ça ne change rien au problème. Je crois que le garde s'est disputé avec sa commère. Elle porte des traces vertes et brunes sur le visage. Pourtant, elle vient toujours. Elle me rappelle le chien ; tous deux n'ont d'autre lieu où aller.

Le torrent charrie une écume blanche. On reverra bientôt des trinitaires, comme l'année passée. Mais ce n'était pas l'année passée, c'était il y a cent ans. Je m'étonne d'être en aussi bonne santé. Pendant cinq mois, je n'ai pas vu le soleil et la vallée ruisselle d'humidité. Je mange peu, je dors mal et pourtant je suis en parfaite santé. Je n'ai même pas le moindre mal de dents. Je suis très souvent dehors, ceci explique peut-être cela. Je n'aime pas me promener ; dans ma course, je fuis seulement mon inquiétude. Mes geôlières, les montagnes, se dressent, sombres et figées, autour de la maison. Elles sont d'un bleu presque noir, ce qui signifie que le foehn règne. Je suis prise dans un piège et je m'imagine parfois que les montagnes se resserrent sans cesse et qu'un jour, elles m'écraseront. Il n'y a pas que les montagnes qui me fassent cet effet. De tous côtés, je sens grandir une menace ; un péril me guette.

Hubert n'a pas écrit depuis longtemps. Je suppose que l'appartement est installé et qu'Hubert attend un miracle. C'est moi qui devrais opérer ce miracle mais je ne sais pas comment l'on fait. Peut-être commence-t-il à m'oublier, il n'a que trop attendu. Seul le petit Ferdinand peut encore lui rappeler que j'existe. Mais Ferdinand ne m'appartient plus depuis longtemps, ils me l'ont enlevé comme on enlève à la chatte ses petits. Non, ce n'est pas vrai, c'est moi qui me le suis enlevé et qui l'ai abandonné. Seulement, pourquoi ? Il était prévisible que même un an et demi de réflexion ne me ferait pas progresser. Il y a, paraît-il, des médecins qui comprennent ces choses-là. Ceux à qui j'ai eu affaire n'y entendaient rien et ils ne purent pas m'aider. Hubert ne faisait aucun cas des médecins, mes déboires l'ont fortifié dans ses positions.

Je vais toujours voir X. Il n'a plus essayé de s'approcher de moi, il reste désormais à l'autre bout de la table mais ses mains ont un comportement effrayant. Quand elles bougent, elles ressemblent à des crabes rougeâtres ; elles ne se jettent plus l'une sur l'autre mais on dirait qu'elles cherchent une proie que leur cécité et leur insensibilité les empêchent de trouver.

4 mars

Je fais des mots croisés. C'est une occupation sans problèmes. Je n'ai pas besoin, pendant ce temps-là, de penser à moi. Je m'étonne de l'étrangeté de chaque mot. Les choses ne savent pas qu'on leur a donné un nom, elles ne savent pas qu'on tente de les épingler comme des papillons dans une collection. Tu es une « piéride du chou », ne réplique pas ! Je te fais piéride. Le petit corps mort ne réplique pas. Cela dit, nous n'avons pas le pouvoir de fasciner, ce n'est qu'une illusion de notre mégalomanie, et c'est pourquoi nous éprouvons aussi en permanence la crainte que les choses puissent un jour perdre leur inépuisable patience, rompre le charme et fondre sur nous sous leur véritable et effrayante forme. Effrayante, parce qu'elle nous serait totalement étrangère. Les choses pourraient nous ensevelir sous le poids de leur étrangeté, nous oublierions leurs noms et deviendrions nous-mêmes des choses anonymes. Etre un humain est une condition bien précaire, peut-être ne sommes-nous plus depuis longtemps ce que l'on appelait autrefois des êtres humains, seulement nous ne le saurions pas. Notre courage est admirable, même s'il n'est formé que de peur et d'entêtement, mais à quoi sert-il ? Si je veux, je peux remplir vingt grilles de mots croisés par jour ; plus j'en résous, moins je comprends comment tourne le monde.

Les daphnés sont en fleurs. Je ne les coupe pas car ils pourraient crier et je n'en saurais rien. Bien sûr, aussi loin que je puisse remonter dans ma mémoire, je n'ai jamais entendu de daphné crier. Mais ce serait quand même possible, tout est possible quand on ne peut pas entendre. Depuis quelque temps, j'attrape des mouches et des « petits poissons d'argent » à l'aide d'une feuille de papier et je les jette par la fenêtre. Mes doigts ne peuvent pas les écraser. Ils doivent savoir pourquoi. C'est horrible et définitif d'être écrasé. Je m'étonne que tout le monde ne le sache pas. Mais il m'est arrivé à moi aussi, autrefois, de trancher le cou à des poules et d'assommer des poissons. Je forçais mes mains à tuer parce que c'était normal de le faire. Maintenant, il semblerait que je ne sois plus normale. Peut-être le redeviendrai-je un jour et mes mains seront alors de nouveau capables de tuer. Toutefois, je ne sais pas si je le souhaite.

Hier, j'ai eu une visite, la première depuis que je suis ici. Le curé a trouvé le chemin pour venir jusqu'à moi. Peut-être serait-il venu plus tôt s'il m'avait vue à l'église. Mais je ne fréquente pas les églises. Jadis déjà, je n'y entrais que lorsque je pouvais y être absolument seule et je ne priais pas, je m'asseyais seulement sur un banc sans penser à rien. J'aime l'air que l'on respire dans les églises et la lumière qui tombe des vitraux de couleurs.

J'ai fait du café pour le prêtre et nous avons eu ensemble une courte conversation, je parlais et il écrivait des paroles de réconfort sur mon bloc. Il lui était visiblement difficile d'écrire pour parler de la grâce, de l'espérance et des épreuves et il me faisait pitié. Nous étions gênés, lui et moi. Je ne voulais pas le vexer, il est encore jeune et maladroit et sa tâche ne sera pas facile ici. Je ne crois pas qu'il reviendra, même un prêtre peut comprendre quand toute nouvelle démarche est inutile. Et il ne peut décemment pas venir pour le seul plaisir de prendre le café, il est encore trop jeune pour ça, les gens jaseraient. Un jeune prêtre doit veiller à sa réputation. Il avait l'air tellement zélé, tellement soigné. Il vient assurément d'une autre région et je suis sûre qu'il a le mal du pays. Il me félicita pour mes dessins et je lui offris un couple de mésanges. Au moment de partir, il jeta un regard timide sur le bloc et je lui donnai tout ce qu'il avait écrit. Il rougit mais glissa les feuilles dans sa poche et s'en alla.

Je portai, comme chaque jour, ces pages de journal dans la cave et les y brûlai. Puis Hubert rentra à la maison et je préparai le dîner. Hubert dit qu'il était content que la semaine prît fin. J'aurais pu, moi aussi, être satisfaite sans cette histoire de buse. Je ne pense vraiment pas avoir écrit grand-chose de plus. Quand le feu aura tout dévoré, je pourrai croire que les choses sont rentrées dans l'ordre. Peut-être pourrai-je même alors voir et dessiner de nouveau. Je l'espère vraiment car je n'ose penser à ce que je deviendrais sinon.

Nous regardâmes un peu plus tard un très vieux film qui, heureusement, me donna sommeil. J'allai alors me coucher et Hubert resta encore une heure à son bureau pour lire. Je ne l'entendis pas entrer dans la chambre, je dormis d'un trait jusqu'à quatre heures. Alors commença mon habituelle dérive crépusculaire ; je préfère ne plus m'en souvenir.

SAMEDI

Je sentis tout de suite, une fois levée, que le foehn avait repris le dessus car j'étais parfaitement éveillée, malgré ma grande fatigue. Jadis, il y a bien longtemps de cela, j'éprouvais un sentiment semblable quand j'avais passé la nuit avec un homme : j'étais fatiguée à en tomber à la renverse mais parfaitement éveillée. Si ces nuits-là ne sont plus qu'un vague souvenir, ce sentiment que j'éprouvais le matin reste très net dans mon esprit. Le foehn a un effet analogue. Je travaille plus vite que d'habitude, sans le calme et le recueillement que m'apporte le vent d'ouest, ni l'énergie et la gaieté du vent d'est, et sans perdre le cœur à l'ouvrage comme c'est le cas lorsque le vent du nord me gratifie de cent petits maux. Quand souffle le foehn, je travaille superficiellement et avec fièvre. Je casse un verre, à l'occasion, et je remarque que mes mains tremblent un peu.

La matinée du samedi est en général éprouvante. Nous déjeunons plus tôt que d'habitude, et, avant le repas, il faut que je fasse le rangement et les commissions. Le samedi, je dois attendre dans tous les magasins. Ce jour-là, semble-t-il, tout le monde fait ses courses pour toute la semaine et je n'ai plus faim quand je vois les femmes charger leurs paniers. On croirait qu'une famine est imminente. Quand je rentrai, à dix heures, l'enveloppe était dans la boîte, jaune et gonflée comme un crapaud venimeux. Sans ôter mon manteau, je courus la cacher dans la mansarde. Puis je retournai m'asseoir dans la cuisine et restai là, tremblante, pendant peut-être trois minutes. Peu après, une assiette m'échappa des mains et je décidai de mettre cette maladresse sur le compte du foehn.

A midi, Hubert rentra. Il ne dit pas un mot sur mes paupiettes de bœuf qui avaient attaché et qui étaient un peu dures. Je me tus également parce que c'était son jour, celui où il joue l'homme hâve et austère qui n'accorde aucune attention à la nourriture. En outre, bien que mes paupiettes soient en général excellentes, je n'ai jamais entendu le moindre compliment de sa part.

Vouloir toujours être félicitée quand on a fait quelque chose convenablement semble être une fâcheuse caractéristique féminine. Hubert aussi travaille tous les jours et je ne le félicite pas pour ça. D'ailleurs, des félicitations ne lui feraient sans doute même pas plaisir, mais je me trompe peut-être. Même si tel était le cas, il n'en conviendrait pas. Je ne crois pas qu'il ait jamais été félicité par sa mère, c'est un manque dont on perçoit aujourd'hui encore les effets. J'ai agi différemment avec Ferdinand et Ilse et j'espère que ça leur a fait du bien.

Les paupiettes étaient donc ratées. Hubert ne s'en rendit pas compte, tout absorbé qu'il était dans son rôle d'ascète ; quant à moi, je n'y attachai aucune importance. Je ne cuisine d'ailleurs que pour ma famille. Si j'étais seule, je me contenterais d'une tartine. Toutes ces dépenses pour maintenir un train de maison bourgeois n'ont de sens que pour les hommes qui vont s'éreinter, leur vie entière, pour pouvoir y subvenir. Quelques-uns, certes, ont une autre conception des choses, ils ont compris qu'on s'en tirait très bien sans grands frais de cuisine et de ménage. Mais Hubert ne fait pas partie de ces hommes-là ; sa mère, déjà, avait veillé à ce qu'il ne leur ressemblât pas, elle qui n'avait jamais eu besoin de lever le petit doigt et qui avait eu une esclave à son service. Ce sont des sujets que j'évite avec Hubert car il pourrait me croire dévergondée, et puis je ne sais pas au juste jusqu'à quel point il comprend la plaisanterie. Nous rions parfois ensemble mais il ne faut pas que j'aille trop loin. De toute façon, il ne rit jamais s'il voit sa dignité tant soit peu menacée, et il est difficile d'estimer avec précision ce qui peut heurter la dignité d'un homme. Je n'ai pas de dignité, je ne crains donc pas qu'on y attente. Je ne sais pas exactement ce qu'il faut entendre par dignité ou honneur. En tout cas, je n'en sens pas la présence en moi. Je ne le clame pas, naturellement, les gens pourraient être désagréablement surpris et il faut que je fasse toujours bien attention à ne heurter personne. Ce n'est pas pour moi que j'agis ainsi ; je veux seulement ne pas nuire à Hubert et à Ferdinand.

Tout était différent, autrefois. Hubert n'attachait pas une telle importance à sa dignité, nous riions beaucoup et nous inventions mille jeux qu'il a de toute évidence oubliés et dont le souvenir devient, chez moi aussi, toujours plus flou. Ce ne peut pas être le même homme qui reste assis aujourd'hui des heures entières à son bureau et qui ne veut pas être dérangé. Notre passé lointain m'apparaîtrait aujourd'hui sans doute bien étrange si je pouvais l'observer par un trou de serrure, si étrange que j'en pleurerais, or je ne sais plus comment l'on pleure.

Moi aussi, je me suis transformée, mais pas aussi radicalement, car chaque fois que Ferdinand me félicite pour mes entremets, la joie me ferait sauter au plafond. Prisonnière en moi, vit encore une petite fille qui veut se réchauffer les orteils et qui aimerait sauter et danser comme les autres enfants. Mais on l'a enfermée, comme on enferme toutes les petites filles qui ne peuvent pas grandir. Cela ne tient vraiment qu'à moi si je ne peux m'accommoder du présent.

Trois fois par an environ, Ferdinand me sort et m'invite à dîner. Nous choisissons un soir où Hubert ne rentre pas. Alors nous faisons la noce, comme de bons vivants, nous buvons du vin, et un méchant lutin caché en moi se réjouit de voir que nous prenons du plaisir aux frais de la conseillère, elle qui, de son vivant, aurait été malade de voir la moindre part de gâteau dans mon assiette. Chaque fois, nous buvons à la santé du vieux Ferdinand et j'espère de tout mon cœur qu'il a pu, lui aussi, profiter de quelques bonnes occasions pour faire la fête comme nous aujourd'hui. Je suis sûre que tel fut le cas car c'était un sage. Il n'est plus aujourd'hui qu'un petit tas de cendres. Il s'est fait incinérer ; je considère que c'est une façon très propre de régler cette dernière question. Il serait content de voir son jeune alter ego et de boire un verre de vin avec lui. Il pourrait être encore en vie aujourd'hui, mais, à bien y réfléchir, quel bonheur y trouverait-il ? Bien sûr, il ne serait pas obligé de souffrir dans une salle d'hôpital, il serait seul et tranquille, mais je ne crois pas que cela aurait été une consolation pour lui. La conseillère est morte dans son lit, soutenue par sa vieille esclave ; mes parents, comme mon grand-père, sont morts eux aussi dans leur lit. Une sœur de ma mère vint pour les soigner, c'était cette Marie qui plus tard entra au couvent. Elle s'y appela sœur Rosalie, ce nom lui allait bien. On lui a certainement coupé sa grosse natte jaune, ce qui a dû mortifier mon grand-père. C'était une jeune fille très gaie et très jolie. Je ne l'ai jamais revue.

Sur son lit de mort, ma mère apparaissait belle et effrayante à la fois. Le côté effrayant provenait des taches rouges qu'elle avait sur les joues et qui donnaient l'impression qu'on l'avait fardée, et des deux ombres vert sombre qui encerclaient ses yeux et qu'on aurait crues peintes également sur sa peau. Je n'avais pas le sentiment que ce fût ma mère. Quelqu'un avait glissé un œillet blanc entre ses mains jointes. L'œillet me faisait de la peine parce qu'on allait l'enterrer. Je m'en souviens, de même que de ma robe noire qui me piquait et me grattait. Les sœurs, à l'école, me racontèrent que ma mère était désormais au ciel, à côté de mon père. Je n'en crus rien. J'avais déjà quatorze ans et à cet âge-là nombre d'enfants perdent la foi. En réalité, mes parents n'avaient jamais vécu pour moi et il m'était indifférent de savoir où ils se trouvaient maintenant.

La tante liquida les comptes, je dus retourner à l'école et, pendant les grandes vacances, je revins chez mon grand-père. C'était une délivrance de ne plus être obligée de penser à cette femme cathareuse qui était ma mère. Je pouvais commencer à vivre vraiment, et dans la joie. Mon grand-père eut toujours très peur que je n'eusse hérité de la maladie et il me faisait ausculter sans cesse mais j'étais en très bonne santé. Mes parents m'avaient à peine touchée, c'était tout ce qu'ils avaient pu faire pour moi et ç'avait été très généreux de leur part.

A la maison, je ne pouvais jamais rire parce qu'il y avait toujours quelqu'un de malade, je dus attendre d'arriver chez mon grand-père pour pouvoir rire, c'est lui qui m'a appris. Lorsque lui aussi cessa de rire, je me tus une fois encore. Je réappris avec Hubert mais pas pour longtemps. Une sirène de pompiers toute banale, déclenchée à minuit, suffit à me rendre sourde. Ou peut-être fut-ce une voiture de police ou une ambulance. Je ne sais pas au juste. Les quintes de toux de mon père, elles, ne m'avaient pas rendue sourde, pas plus que les véritables sirènes, à cette époque de la guerre. Je ne comprends pas. La sirène des pompiers, ou une autre, s'était mise à hurler, je m'étais réveillée en sursaut, et je ne pouvais plus entendre la voix d'Hubert. A ce moment-là, j'ai voulu mourir. En voulant être loin de tout, je trouvai un succédané à la mort.

Mais je suis ressuscitée des morts et les ressuscités ne retrouvent jamais plus de véritable appartenance. C'est un fait qu'il faut reconnaître et comprendre. A l'époque, je ne le comprenais pas encore. Je reprenais à la conseillère l'enfant qui depuis longtemps n'était plus le mien, je lui reprenais aussi Hubert, de façon définitive, et je m'étonnais de n'en ressentir aucune joie. Non, je n'étais pas satisfaite, je me sentais coupable. Mais que faut-il donc faire quand on ne peut pas mourir, quand on a seulement présenté l'apparence de la mort ? On veut reconquérir sa place et ça ne peut pas se passer sans heurt. Je trouvai un jour un tube de rouge à lèvres dans la salle de bains du nouvel appartement. Nous n'en avons jamais parlé. A qui appartenait-il ? Qui ai-je évincé, qui Hubert a-t-il dû renvoyer à cause de moi ? C'est une faute que je l'ai obligé à endosser, une peccadille peut-être, mais je ne peux en juger. J'ai chassé quelqu'un, le fait est là. Les choses sont comme elles sont et doivent être vécues telles quelles jusqu'au bout. Ma réflexion n'aide personne, pas même moi.

C'est aujourd'hui le quatrième samedi du mois ; c'est le jour où deux anciens camarades d'école viennent jouer au tarot avec Hubert. Auparavant, ils venaient à trois mais l'un d'eux fut victime d'un accident, l'an passé. Ils jouent donc à présent à trois, ce qui est également possible. En réalité, ils ne jouent pas du tout au tarot, mais à l'école. Il fut un temps où j'étais un peu jalouse ; maintenant, je suis contente de voir Hubert rajeunir dans ces occasions-là, je suis heureuse qu'il puisse rire. Il est facile de voir qu'ils sont camarades d'école dans la mesure où c'est bien la seule chose qu'ils aient en commun. Ils ne ressentiraient aucune attirance mutuelle s'ils se rencontraient aujourd'hui pour la première fois. Les deux compères s'appellent Malina et Gröschl ; je ne connais toujours pas leurs prénoms. Malina est architecte d'intérieur. C'est un homme grand et enveloppé. Gröschl est professeur de collège. Il est petit et fripé et regarde toujours vers un coin de la pièce au lieu d'arrêter son regard sur vous quand il vous parle. Je ne sais pas s'il est timide ou s'il a une quelconque raison d'éviter mon regard. Malina est grand amateur de femmes et me fait chaque fois la cour pendant les quelques minutes que nous passons ensemble. Il ne peut s'en empêcher. Ses mains sont chaudes et potelées et ses yeux ont le bleu ciel humide et suspect des séducteurs-nés.

Je ne les vois tous deux jamais plus de dix minutes. Quand ils ôtent leur manteau et leur chapeau, ils se débarrassent en même temps de leur profession et se métamorphosent en adolescents ; ils redeviennent l'élève Malina et l'élève Gröschl, toujours assis au cinquième rang de la classe, à quelque distance d'Hubert et du quatrième camarade, aujourd'hui disparu. D'un seul coup, ils se nomment Maltzi et Groschi et appellent Hubert « Schnapsi ». Il est inconcevable que ce surnom ait jamais pu convenir à Hubert. Ça ne lui déplaît pas mais il souhaite vivement que je quitte la pièce le plus vite possible et, de mon côté, je ne tiens pas non plus à rester. Je trouve grotesque que des gens se permettent d'appeler Hubert « Schnapsi ».

Il semble que tout ne soit pas au mieux dans les maisons Malina et Gröschl car les rencontres ont toujours lieu chez nous. J'apporte au salon quelques sandwiches puis je disparais dans la mansarde. Je serais profondément désolée s'il arrivait quelque chose à Malina ou à Gröschl car à deux on ne peut pas jouer au tarot.

Après avoir fait la vaisselle, j'encourageai Hubert à faire une promenade. Il marche beaucoup trop peu et ce manque d'exercice est certainement mauvais pour sa santé. C'est pourquoi je l'emmène, tous les samedis et tous les dimanches, prendre l'air. Il résiste de toutes ses forces, prétexte un travail, un mal de crâne, ou feint d'avoir sommeil mais je suis intraitable. Quand il est parti, il marche beaucoup mieux que moi et j'ai du mal à suivre son rythme. Nous avons la chance d'habiter suffisamment loin du centre pour arriver, au bout de dix minutes, dans des rues peu fréquentées ou bien sur des chemins de promenade. Si seulement ce n'était pas aussi dur de convaincre Hubert ! Car moi aussi, plus je vieillis, plus j'ai de mal à quitter la maison. Je dois donc lutter non seulement contre son indolence mais aussi contre la mienne. Je me demande parfois si ma seule motivation est le sens du devoir ou bien s'il ne s'y mêle pas un peu de despotisme. Si c'était le cas, cette particularité de mon caractère serait utile, en l'occurrence.

Nous partîmes donc nous balader, couple entre deux âges, et notre promenade fut bien silencieuse. Ce n'est pas toujours ainsi. Hubert me raconte parfois quelque anecdote survenue à son étude ou bien me demande où j'en suis dans mes dessins, dans ce qu'il appelle mon « passe-temps ». Comme il n'a aucune raison de s'y intéresser, je trouve ses questions vraiment touchantes. Nous ne parlons presque jamais des enfants. Cela peut paraître anormal mais c'est ainsi. Je me rends bien compte qu'Hubert n'aime pas aborder ce sujet. Il est là pour les enfants quand ils ont besoin de lui, ce qui arrive, en fait, très rarement. Ilse vient le voir quand elle a des difficultés avec un problème de mathématiques ou pour avoir un peu d'argent de poche. Quant à Ferdinand, il n'a besoin de rien. Quand il est à la maison, il parle avec son père de courses de chevaux, de football et de voitures. Ou plutôt : Ferdinand fait plaisir à son père en abordant ces sujets qui sont parfaitement anodins. Il n'est jamais question de l'étude d'Hubert ou des études de Ferdinand. Ces sujets les touchent de trop près. Leur approche du foot, des courses de chevaux ou des voitures, par contre, est suffisamment floue pour permettre une conversation agréable.

En fait, Ferdinand voulait étudier l'archéologie. Nous ne nous y serions pas opposés, Hubert en prenant sur lui, et moi parce que ça m'aurait plu de voir l'un d'entre nous faire ce dont il avait vraiment envie. Mais Ferdinand renonça finalement à son projet. « Vois-tu, maman, m'expliqua-t-il un jour, on ne peut pas gagner d'argent avec l'archéologie. On ne peut arriver à quelque chose dans ce domaine que si l'on a dès le départ la fortune nécessaire. Je me connais. Il me faut de l'argent, non pas que je tienne à l'argent en soi mais parce que je veux le dépenser. Un jour, j'en gagnerai beaucoup, j'en suis sûr, et je pourrai alors vivre aussi agréablement que possible. L'archéologie n'était qu'un rêve, il faut que je tire un trait dessus. Comme je ne peux pas exercer de métier qui me plaise vraiment et qui me rapporte beaucoup d'argent en même temps, je me suis décidé pour l'argent et la vie agréable. Si je devais tirer le diable par la queue pendant des années, le rêve finirait par mourir. Je ne suis ni un héros ni un fanatique et seules me plaisent les choses que je peux avoir facilement. Il faut que tu le comprennes. »

On ne pouvait rien objecter. Ferdinand savait exactement ce qu'il abandonnait. Il en souffre parfois mais il s'en accommode, tout comme le vieux Ferdinand avait réussi à s'accommoder de la vie peu réjouissante qu'il menait chez lui. Non, nous ne parlons pas des enfants, ils nous ont échappé et ne nous appartiennent plus. Hubert le sait depuis longtemps ; il sait vraisemblablement nombre de choses que je ne soupçonne pas.

Aujourd'hui, nous sommes restés longtemps sans dire un mot. Le temps était redevenu beau mais le foehn déclinait déjà. Les collines qui dominent la ville étaient bleues, on aurait pu les saisir avec la main et les égouts puaient, ce qui est un signe infaillible de mauvais temps. Hubert prétend toujours qu'il ne sent pas le foehn. Je n'en crois rien, pas plus que je n'accorde foi à ses propos quand il affirme ne pas se souvenir de ses rêves ou qu'il ne veut pas les prendre en compte. Il se dit : « Des rêves oubliés ne sont pas des rêves, et un temps dont je ne ressens pas les effets ne peut pas exister. » Nous nous disputâmes un peu, heureux d'avoir enfin trouvé un sujet de conversation dans lequel aucun de nous deux ne se sentît vraiment impliqué. Je vis combien il était content de pouvoir se moquer un peu de moi et je ne cédai pas tout de suite afin de prolonger son plaisir. La promenade prit par là un tour très plaisant. Je lui montrai une dizaine de chiens, deux chats et le premier tussilage qui fleurissait au bord d'une sablière. Il se montra tellement étonné devant chaque chose que je m'en attristai. Dans quel monde vit donc mon mari pour s'étonner devant des chiens, des chats et un tussilage ?

Un moment, il prit ma main et nous marchâmes alors comme deux amoureux, que nous sommes d'ailleurs, même si nous formons un couple bien étrange. Mais au bout de quelques minutes, il se sentit mal à l'aise et, comme par hasard, ouvrit son manteau, ce qui lui permit de libérer sa main. Il doit sentir sa dignité menacée en marchant ainsi à son âge, tenant quelqu'un par la main. Nous poursuivîmes donc notre chemin l'un à côté de l'autre, comme deux bons amis, à cette différence près que des amis ne se connaissent pas comme nous nous connaissons, et qu'il est ainsi plus facile pour eux de marcher côte à côte.

A trois heures, nous étions rentrés. Je fis chauffer du café. Hubert se dirigea vers son bureau comme si c'eût été le seul endroit au monde où il se fût senti un peu en sécurité. Je lui apportai son café et me retirai au salon en m'efforçant de l'oublier, ne fût-ce que quelques heures, car c'est excessivement fatigant pour moi de ne pas pouvoir réfléchir sans rapporter toute pensée à Hubert. Dans ma tête tournaient Hubert, Ferdinand et Ilse, les vivants et les morts, avec maintenant, en plus, cet être qui me poursuivait depuis lundi dernier en m'envoyant ces grosses enveloppes jaunes, et sur lequel j'en savais à la fois trop et trop peu. Je m'assis sur le canapé et ouvris un roman policier, en plein milieu car la page n'a aucune importance. Je lis des romans policiers sans m'y intéresser le moins du monde. Il arrive même que je les aie déjà lus et que je ne m'en rende pas compte. Un seul de ces livres me suffirait pour la vie entière. Je pourrais tout aussi bien m'enivrer et avaler des pilules ou demander à une âme compatissante de bien vouloir tous les jours me taper sur la tête à coups de marteau. Ce serait, certes, la plus efficace des méthodes. En effet, l'alcool et les pilules ne font pas grand effet. Les romans policiers sont le remède le plus inoffensif contre la réflexion stérile. Ils ne provoquent pas non plus de « gueule de bois ». C'est pour ces raisons que je les lis, c'est pour les mêmes raisons que j'aime tant dormir. Je ne suis pas inactive pendant mon sommeil, je rêve. Dans mes rêves, tout est possible, et cela me rend heureuse. Je suis alors quelqu'un de tout différent, je me balade dans des quartiers portuaires de villes inconnues ; je suis assise, aux termes de missions secrètes, dans de grands arbres et j'attends que se produisent des événements inouïs. Je grimpe aussi très souvent dans des greniers poussiéreux, talonnée par des gens qui me poursuivent, mais, au dernier moment, une cloison se déplace et me cache à leur vue, je suis sauvée et je descends dans des régions souterraines où personne ne pourra jamais me découvrir. Dans mes rêves, je suis très rusée et c'est un jeu d'enfant pour moi d'éviter tous les pièges que l'on me tend.

Parfois, très rarement, mes rêves sont complètement différents. Je n'oublierai jamais certains d'entre eux. Il y a une dizaine d'années, j'avais rêvé une fois que je me trouvais dans un vaste parc où étaient disposés de grands réservoirs d'eau aux parois de verre. A l'intérieur étaient assis des ondines et des ondins qui jouaient de la harpe et de la flûte. Je n'entendais rien à travers les parois de verre mais je savais qu'ils jouaient la vraie musique, celle qui n'est pas destinée aux humains. Leurs queues couvertes d'écailles brillaient comme de la nacre et leurs longs cheveux dénoués flottaient sur l'eau. Ils étaient très beaux. Je restai là, béate, à les regarder. D'un seul coup, je sus que je n'avais pas le droit d'être ici en même temps que ces créatures. Puis ce fut l'obscurité et une voix dit : « Vous nous avez abandonnés, c'est la fin du monde. » Je pleurai alors jusqu'à ce qu'Hubert me réveillât en me secouant. Je ne savais plus où j'étais ; tout, autour de moi, m'était étranger. Le monde était englouti. Hubert me caressait les épaules ; j'essayai de ne plus pleurer pour ne pas le déranger davantage. Mais je fus tourmentée pendant plusieurs jours par un sentiment d'affliction devant une perte irréparable.

Si rêver était un métier, j'aurais acquis depuis longtemps mes certificats de maître artisan du rêve. On le voit, je ne possède que des talents inutiles en ce monde où il me faut vivre. C'est pourquoi je dois m'adapter, et je lis de temps en temps des romans policiers quand les efforts d'adaptation me deviennent trop insupportables.

Je n'eus pas besoin de lire longtemps cette fois-ci, et je ne sais d'ailleurs plus ce que je lus, car peu après on sonna et les joueurs de tarot apparurent.

Aucune dérogation aux habitudes. Le regard de Gröschl glissa sur moi pour s'arrêter sur le porte-parapluies et Malina embrassa ma main un peu trop longuement. Tout son être parlait : « Tu me plais, disait-il, et j'aimerais tant coucher avec toi mais c'est impossible ! Ton mari est mon camarade d'école. » Je lui adressai un regard plein d'amitié ; ses yeux étaient d'un bleu humide. En fait, il ne m'est pas antipathique, il ressemble à un gros et beau matou qui ne peut s'empêcher de temps en temps de ronronner, qu'il le veuille ou non.

J'apportai les sandwiches au salon et me retirai sans bruit. Je n'entendis plus que les sons rauques mais amicaux émis par trois gosiers d'hommes. On a toujours l'impression qu'ils ne se sont pas vus depuis des années, on dirait toujours une réunion d'anciens bacheliers. Je montai alors dans la mansarde.

Je sortis du tiroir le crapaud jaune et m'affairai sur lui. Cette comparaison est du reste idiote. Les crapauds sont de beaux animaux qui méritent qu'on les aime. J'en dessinerai un, prochainement, pour faire amende honorable.

Je vis tout de suite que c'était le dernier envoi, néanmoins mes mains tremblaient un peu en tournant les pages, le foehn faisait donc toujours son effet.

19 avril

Aujourd'hui, je suis retournée voir X. Quelque chose avait changé chez lui, il donnait l'impression de ne pas être vraiment présent. Il était assis comme toujours en face de moi, mais cette fois-ci il se taisait. Jamais encore cela ne s'était produit. Il ruminait, se contentant par moments de remuer faiblement les lèvres, comme s'il se parlait à lui-même. Il levait parfois la tête et me regardait fixement. On aurait cru que c'était la première fois qu'il me voyait vraiment. Je n'appréciais pas d'être ainsi vue par lui telle que j'étais. Mais j'attendis patiemment en me demandant comment je lui annoncerais que j'étais là pour la dernière fois. J'avais en effet décidé de cesser mes visites.

D'un seul coup, il se leva et commença de préparer le café, ce qu'il n'avait plus fait ces derniers temps. Nous bûmes un café et au moment où j'ouvrais la bouche pour lui dire que ce café serait le dernier que nous prendrions ensemble, il se mit à écrire sur son bloc. J'attendis qu'il eût fini de rédiger son message. Il avait écrit : « Il faut que je disparaisse d'ici. Venez avec moi, j'ai besoin de vous, jamais vous ne le regretterez. » Il avait souligné deux fois le mot « besoin ». Je ne pouvais plus maintenant lui faire connaître mes intentions. Il ressemblait à un chien affamé qui mendie un os. La sueur lui coulait du front sur la figure puis le long du cou. Il ne l'essuya même pas. Je lui répondis : « Je réfléchirai, laissez-moi jusqu'à demain ! » Je crus qu'il allait pleurer de joie. Je ressentis une grande pitié mais en même temps une répulsion plus forte que jamais.

Pour ne pas être obligée de le voir plus longtemps, je m'en allai. Il se tint sur le pas de sa porte et me suivit longtemps des yeux.

Une fois rentrée à la maison, je m'enfonçai dans mon fauteuil et essayai de réfléchir. Je ne pouvais plus retourner vers Hubert ; le miracle qu'il avait attendu de moi ne s'était pas accompli. Bien sûr, je pouvais rester assise ici jusqu'à la fin de mes jours, et réfléchir, illustrer des livres et courir dans la forêt. Mais j'en avais assez. Je ne voulais pas attendre plus longtemps une chose tout à fait incertaine. De plus, je change lentement et d'une façon qui m'inquiète. Je ne veux plus être amenée à me faire peur. X parlait sérieusement quand il me proposait de l'accompagner, je le savais. Peut-être pourrais-je m'habituer à lui malgré son air d'assassin et de dément. Les assassins fous ont besoin, eux aussi, d'un autre être humain, surtout s'ils peuvent emplir chaque jour ses oreilles sourdes de leurs cris. J'ai trente ans passés et j'en ai assez du garde et de la vallée et des montagnes qui me tiennent lieu de gardiennes de prison.

20 avril

J'ai traversé la forêt en m'abandonnant à mes pensées stériles. Quand je suis rentrée, je n'avais toujours pas pris de décision car pendant tout ce temps j'avais vu devant moi les mains de X et il me semblait impossible de devoir toute ma vie regarder ces mains-là. Mais tout ce que j'aurais pu faire d'autre m'apparaissait également irréalisable. Le mieux eût été de m'enfoncer dans la terre et de ne plus exister.

Je redescendis le long de la montagne et pris la petite route. Le garde se tenait devant la maison et tirait avec son fusil sur un sac gris posé non loin de là, dans le pré. Le sac était vivant et bougeait en faisant de drôles de petits sauts. Je devinai tout de suite ce qu'il contenait. L'heure avait sonné pour les chatons. Le garde épaula et le sac fit un bond en avant, il épaula de nouveau, puis une troisième fois, et la chose grise rampait et tressautait toujours. Ce n'est qu'après le quatrième coup de feu que tout mouvement cessa. Le garde se retourna et me regarda avec un sourire gêné sur les lèvres puis il ramassa le sac et le traîna derrière la maison. Le sac était tout rouge et des gouttes de sang tombaient sur la terre.

Je n'entrai pas dans la maison ; j'allai tout de suite chez X. Ma tête était vide et j'avais froid. X pouvait bien m'emmener où il voulait, ça m'était égal. Je voulais seulement partir d'ici.

Je suis en train de faire ma valise, mais ce n'est pas pour partir avec X. Je ne sais pas pourquoi j'écris encore ces lignes, peut-être parce que mon grand-père disait toujours qu'il fallait mener chaque chose à son terme. C'est ce que je fais maintenant.

J'ai dit à X que je partirais avec lui et il s'est mis à rire. Ce n'était pas beau à voir. Cette fois-ci, ses mains étaient posées sur la table et en les voyant, je sus que j'avais été folle et que jamais je ne pourrais être là où ces mains seraient. X cessa soudain de rire et me regarda fixement. Je ne pouvais pas voir ce qui se passait en lui car ses yeux étaient tout noirs et comme recouverts d'une couche argentée. Mais lui pouvait voir mes yeux et on peut lire dans mon regard.

J'eus si peur que j'en restai paralysée. X baissa les yeux sur ses mains et, de nouveau, se mit à rire. Mais était-ce bien un rire ? Ça n'en avait peut-être que l'apparence. Il regarda ses mains glisser lentement en direction d'un verre, en tâtonnant, en cherchant, puis quand elles l'eurent enfin trouvé, se refermer sur lui et l'écraser. Le verre éclata et des gouttes de sang coulèrent sur les mains de l'homme. Cette vision me rappela quelque chose et je me mis à crier. J'étais éperdue, je ne savais plus ce que je faisais. X regarda de nouveau ses mains, presque étonné, puis il se leva et je le vis s'avancer vers moi, sa figure était pourpre et ses lèvres bougeaient très vite. Un filet de sang s'étalait sur la table.

C'est alors que se produisit le miracle que j'avais été incapable d'accomplir moi-même : j'entendais. D'abord, je ne compris pas, car de sa bouche ne sortaient que des bruits sauvages. Mais quand je commençai enfin à en saisir le sens, je me levai d'un bond et m'écriai : « Il y a des gens qui passent devant la maison, n'approchez pas ou je crie ! » Les pas se rapprochaient et X me regardait, terrorisé. Jamais encore je n'avais vu sur un visage les signes d'une telle épouvante. Mais j'étais déjà sortie, je courais maintenant à toutes jambes, et sans me retourner.

Le garde n'était pas là. Je me cachai dans le bois derrière la maison. L'air était empli de bruits, je riais et pleurais et me mordais les doigts. Il faut que je fasse ma valise tout de suite et je partirai demain matin, par le premier train. Il faudra que le garde m'emmène à la gare, je n'irai pas seule sur ce chemin solitaire.

Voilà ! Par souci d'ordre, j'ai mené les choses à leur terme. Personne ne pourra plus me reprendre le petit Ferdinand. Tout cela ne fut qu'un mauvais rêve que j'oublierai, de même que j'oublierai ce que X m'a dit quand il ne savait pas encore que je pouvais de nouveau entendre. C'est sûr, je l'oublierai.

Je ne m'étais pas trompée. Je ne me souviens vraiment plus de rien. Il est certaines choses qu'il faut oublier si l'on veut vivre.

Mais il y a quelqu'un qui se souvient parfaitement de tout et qui ne peut pas savoir que j'ai oublié. Et cela dure depuis des années. Il doit avoir volé mon journal dans ma valise, le soir où je suis descendue pour parler de mon départ avec le garde. C'était si simple, on pouvait, en profitant de l'obscurité, passer par-dessus la véranda pour accéder à ma chambre. Cinq minutes suffisaient.

Où était-il pendant toutes ces années ? Pourquoi avait-il attendu jusqu'à maintenant pour se manifester ? Etait-il devenu un citoyen respectable, comme tant d'autres, et la sueur mouillait-elle encore son front quand il pensait à moi ?

J'allais et venais dans la mansarde en réfléchissant à toutes les possibilités. La moins inquiétante était de considérer ces lettres comme une menace, comme un avertissement. Je ne connaîtrai peut-être jamais le fin mot de l'histoire, ou seulement dans quelques années ou dans quelques mois, à moins que les jours qui viennent ne m'apportent déjà la réponse. Mais il sera trop tard car il ne voudra jamais croire que j'ai tout oublié. C'est une nouvelle forme du jeu du chat et de la souris mais la souris n'entend plus se laisser effrayer. Cela n'a aucune importance... un danger de plus ou de moins. Je peux aussi bien me faire renverser demain par une voiture, on peut découvrir chez moi quelque maladie mortelle. Non, je n'ai pas la moindre raison de m'inquiéter.

J'allai dans la cave et quelque chose se produisit dans ma tête. Je vis l'image d'un vieil homme qui avait décidé d'en finir une bonne fois avec la haine et la crainte. Il essuyait les dernières gouttes de sueur sur son front et glissait quelques feuilles dans une enveloppe jaune. Il bougeait les lèvres, je ne pouvais rien entendre, mais je savais qu'il disait : « Assez ! » L'image était très imprécise et disparut aussitôt. Elle pouvait signifier quelque chose, elle pouvait ne rien signifier du tout.

Je m'étais assise. La buse me revint soudain à l'esprit ; je me rappelai aussi que je ne pouvais plus dessiner d'oiseau. Je fermai les yeux et je vis alors quelque chose mais ce n'était pas un oiseau. J'attendis et les contours se précisèrent, une créature aux yeux d'or me regardait ; à mon grand étonnement, je vis que c'était un dragon. J'ai toujours aimé les dragons, mais comme ce ne sont pas de véritables animaux, je n'ai jamais osé en dessiner un. Jamais auparavant un dragon ne m'était apparu. Un dragon est un être qui peut avoir l'air solitaire. C'est son droit. Il ne naît pas, il est là d'un seul coup et il ne sait pas pourquoi, ça se voit sur sa tête. On le croirait frappé d'un incurable étonnement.

J'étais assise sur la vieille caisse et toute ma pensée était concentrée sur le dragon. Je tentai de fixer son image telle qu'elle m'était apparue. Elle était très bien ainsi, elle me plaisait beaucoup. Il n'y a que ces choses-là que je comprenne réellement. Le monde est un labyrinthe dans lequel je ne retrouverai jamais mon chemin puisque ma tête ne peut travailler que sur des images et qu'elle est incapable de pensées raisonnables. Je me sentis soudain très fatiguée mais je n'éprouvais pas la moindre peur. Je voyais le dragon très distinctement, il avait de merveilleux yeux jaunes au fond desquels je lisais une grande innocence et une grande ignorance. Que suis-je ? demandaient ces yeux, que suis-je ? Tu es un dragon, répondis-je, ce qui est un état vraiment hors du commun ; en fait, tu ne devrais pas exister, mais tu ne peux pas comprendre cela. Tu existes puisque je peux te voir.

Je montai très lentement dans la mansarde car j'étais bien fatiguée. J'ouvris la fenêtre en grand, le souffle du foehn balaya la pièce, la purifiant de tout ce qui n'y avait pas sa place. Je m'assis et commençai de dessiner mon dragon avec une extraordinaire facilité. Quand j'eus terminé les contours, je vis que tout prenait forme comme je voulais et je fus très heureuse, je ne l'avais pas été autant depuis longtemps. Je m'allongeai sur le vieux divan et fermai les yeux. Aucun son ne montait jusqu'ici. Je ne pensais plus aux joueurs de tarot, et pas davantage à Ferdinand ou à Ilse, ni aux vivants ni aux morts, ni à ce malheureux qui était peut-être en train d'ourdir quelque mauvais projet. Enfin, pour une fois, je ne pensais à rien. Dans ma tête régnaient un vide et un silence merveilleux. C'est ainsi que j'imagine le ciel. Je fermai les yeux, aucune image n'apparut, mon être vidé n'était plus qu'une enveloppe sur le néant. Mais je ne m'endormis pas, je restai seulement allongée dans le silence et le vide, j'étais satisfaite.

Beaucoup plus tard, quand je fus dans mon lit, je m'endormis tout de suite. Je ne rêvai pas, en tout cas je ne me souviens pas d'avoir rêvé.

DIMANCHE

Quand je m'éveillai, c'était de nouveau dimanche. J'entendais Hubert tourner les pages de son livre sur la bataille d'Ebelsberg. Il avait ouvert le rideau, laissant entrer dans la chambre la clarté d'un matin de février. L'arbre, acacia, aulne ou orme, dressé dans l'atmosphère humide, semblait dessiné à la mine de plomb. Hubert posa son livre, me dit bonjour et m'embrassa sur la joue. Il suivit mon regard et ajouta : « Aujourd'hui, on voit très nettement que c'est un *agacia*. » Pour moi, ce n'était pas aussi évident, ce pouvait être aussi bien un orme ou un aulne. Il avait dû pleuvoir pendant la nuit car l'arbre semblait bien mouillé et sa couleur bien sombre. Un oiseau vint se poser dessus, suivi par un deuxième puis par un troisième ; des merles, des verdiers ou que sais-je ? Je ne peux pas bien les reconnaître sans mes lunettes. C'était un dimanche comme tous les autres. « Chaque fois qu'un oiseau se pose sur une branche, un autre s'envole, remarqua Hubert, c'est très curieux. » Je me tus et il reprit sa lecture. J'étais très contente que l'arbre fût encore à sa place. Le jeu des nuages allait commencer et grâce à l'arbre, j'allais pouvoir me rendormir. Hubert dit alors : « Le temps a changé, j'ai mon cor au pied qui me fait souffrir.

— C'est vraiment ennuyeux. Ne veux-tu pas, pour une fois, prendre ton petit déjeuner au lit ? »

Il s'assit bien droit dans le lit et je vis qu'il avait le bord des paupières légèrement rougi. Il avait trop fumé pendant la partie de tarot.

« Quelle idée ! s'exclama Hubert, légèrement indigné. Tu sais bien que je ne prends jamais mon petit déjeuner au lit.

— Tu pourrais, pour une fois.

— Mais je ne peux pas ; toute ma vie, j'ai pris mon petit déjeuner assis à une table.

— Justement. Puis j'ajoutai : C'était seulement une idée. »

Rassuré, il se recala dans le lit et poursuivit sa lecture. Je vis l'arbre se remétamorphoser en une image plate. Nous ne saurons jamais si c'est un acacia, un orme ou un aulne.

Je n'avais pas l'intention, aujourd'hui, de me laisser enchanter par l'arbre et je descendis du lit. Il fallait seulement occuper convenablement cette journée et, en début de soirée, je retournerais à mon dragon. J'eus peur subitement qu'il n'ait changé pendant la nuit, mais cette crainte s'évanouit vite.

« Que faisons-nous, aujourd'hui ? demanda Hubert.

— Ferdinand vient déjeuner, répondis-je avec assurance, ensuite nous irons nous promener et nous finirons par l'Arsenal. »

Cette façon d'abréger les choses ne sembla pas le satisfaire. Chagriné, il secoua la tête et continua de lire. Mais je ne pouvais pas, aujourd'hui, observer les règles du jeu, j'étais beaucoup trop énervée.

La journée se déroula comme prévu. Ferdinand arriva vers les onze heures et parla avec son père de sports d'hiver, de football et de voitures. Il me félicita pour mes beignets aux pommes et ses compliments me firent plaisir mais je ne me sentais pas vraiment concernée. En prenant le café, nous poursuivîmes notre agréable bavardage sur des choses sans importance, puis Ferdinand prit congé. Il m'embrassa sur la joue. Il sentait très bon, il avait une odeur jeune, et je m'étonnai de voir que l'enfant que j'avais voulu reconquérir autrefois était devenu un homme.

Cette fois-ci, nous nous contentâmes de faire trois fois le tour du pâté de maisons car le temps n'était vraiment pas beau puis nous allâmes en voiture à l'Arsenal. Hubert se dirigea tout de suite vers les stéréoscopes pour se mettre à la recherche de son père présumé et j'allai musarder de mon côté. J'admirai les maquettes des vieux bateaux, en particulier la frégate *Novarra*, puis je m'arrêtai longtemps devant les figurines, les Croates, les arquebusiers et les soldats du prince Eugène. Comme il n'y avait personne à proximité, je parlai un peu avec eux. Ils ne pouvaient pas m'entendre et leur surdité me rappela quelque chose qu'il me fallait oublier. Je les abandonnai donc dans leurs vitrines et montai voir la grande tente turque. Rien n'avait changé. Je ne m'ennuyais pas car je ne m'ennuie jamais ici, et, si cela n'est pas vraiment normal, ça m'est bien égal.

Je retrouvai Hubert dans le hall d'entrée. Il venait de s'acheter une brochure sur Dürnstein-Loiben, une bataille qui s'est déroulée en 1805. Il était vraiment de bonne humeur et content de sa visite. « Es-tu sûr maintenant que c'est ton père ?

— Presque. Il faut bien sûr regarder les photos de nombreuses fois.

— Oui, je comprends bien, il faut les regarder souvent. »

Nous rentrâmes à la maison. Hubert s'assit à son bureau et se plongea dans la bataille de Dürnstein-Loiben. Je savais qu'il m'avait oubliée.

En cet instant, j'éprouvai une grande tendresse pour lui. Il n'en saura jamais rien. Je l'aimais vraiment de tout mon cœur, son dos et sa nuque étaient si touchants. Il me rappelait un de ces impassibles soldats d'étain.

Mais je n'avais pas vraiment le temps de l'admirer, il fallait que je m'occupe de mon dragon. « Au revoir, Hubert », dis-je. C'était parfaitement inutile, pourtant il murmura poliment quelques paroles en retour, sans toutefois me regarder. Le jour où je ne serai plus là, c'est une éventualité qu'il faut envisager, je lui manquerai sans doute beaucoup, même si aujourd'hui il n'a pas de temps à me consacrer.

En montant dans la mansarde, je trébuchai sur l'avant-dernière marche qui est un peu usée. Il est vrai que j'avançais en gardant les paupières closes. Mais c'était pour mieux voir les yeux jaunes et innocents du dragon.

TABLE

OUVRAGE RÉALISÉ
PAR L'ATELIER GRAPHIQUE ACTES SUD
ACHEVÉ D'IMPRIMER
EN JUILLET 2019
PAR NORMANDIE ROTO IMPRESSION S.A.S.
À LONRAI
POUR LE COMPTE DES ÉDITIONS
ACTES SUD
LE MÉJAN
PLACE NINA-BERBEROVA
13200 ARLES

DÉPÔT LÉGAL
1re ÉDITION : AOÛT 2019
N° impr. : 1902155
(Imprimé en France)